내일은 희망이다

# 내일은 희망이다

초판1쇄 발행 | 2015년 11월 25일
초판1쇄 발행 | 2015년 12월 02일

지은이 | 김순견
펴낸이 | 박연
펴낸곳 | 한결미디어

등록일자 | 2006년 7월 24일
등록번호 | 제313-2006-000152호
주소 | 서울시 마포구 모래내로 83 한올빌딩 6층
전화번호 | 02 · 704 · 3331
팩스번호 | 02 · 704 · 3330

ISBN 979-11-5916-004-2  03810

# 내일은 희망이다

꿈을 놓지 않는 푸른 장년의 희망 읽기

김순견 지음

한결미디어
HANGYEOL MEDIA

# 목차

# 1장
## 오늘의 희망,
## 내일의 웃음

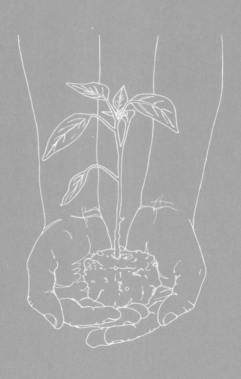

# 자식에게 희망이 있어야
# 엄마 얼굴에 웃음이 핀다

막연한 꿈을 구체화 시킬 수 있는 다양한 기회부여와 상상의 공간
제공, 엉뚱 무모 황당한 모험이 가능한 교실, 그런 희망의 교실을
만들어야 한다.

〈한국전력기술〉 상임감사로 선임되어 뜻하지 않은 서울살이를
하게 됐습니다. 회사에서 배정된 차량이 있기는 하지만 바쁘지
않을 때는 버스나 지하철 등 대중교통을 이용하기도 합니다. 어
느 아침, 시내 중심가의 한 지하철역에서 내려 지하도를 빠져나
오는데 화단 모퉁이에서 보자기를 풀어 아이스박스를 꺼내는 아
주머니가 눈에 들어오더군요. 스쳐지나갈 수도 있었지만 아주머
니의 차림새나 쭈뼛거리는 모양새가 너무 어색해 뒤돌아보게 되
었습니다. 조금 떨어진 곳에서 걸음을 멈추고 지켜보았더니 포

일에 싼 김밥과 검은 비닐봉지를 꺼내 지하도 입구로 다가가더군요. '집에서 만든 김밥이에요, 2천 원입니다' 흔한 풍경입니다. 그런데 그 아주머니, 사람들이 무심히 스쳐갈 때마다 목소리는 기어들어가고 낯빛은 점점 빨갛게 달아오르는 것이었습니다. 안쓰러운 마음에 바지주머니를 뒤지니 2만 원이 있었습니다. 김밥 일곱 줄을 달라니 금세 낯빛이 환해지며 목소리도 밝아졌습니다. '고생이 많으시네요' 인사를 건네니 '애 과외비가 많이 들어서요' 하더군요. 그의 나이로 짐작해 보면 아이는 중학생쯤 되었을 것 같았습니다.

아마 처음이거나 그 일을 시작한 지 며칠 되지 않았을 겁니다. 남의 부인이니 곱느니 어쩌느니 말할 수는 없습니다만 단정한 차림새는 평범한 가정주부임을 말해주는데 여북했으면 출근길 거리에 나와 차마 떨어지지 않는 입술을 떼고 있을까 싶더군요. 그래도 일곱 줄의 김밥에 낯빛이 환해지는 것을 보면 천생 엄마였습니다. 자식의 과외비를 마련할 수 있을 것 같은 그 희망의 시작에 기어들어가던 목소리가 다시 밝아지는 것을 보며 마음 뿌듯했습니다. 다행히 방문한 사무실의 직원 중에 아침을 거른 이들이 있어 일곱 줄 김밥이 요긴한 선물이 되기도 했고요. 거스름돈 6천 원을 받지 않았으면 하는 생각에 아쉽기는 했지만, 그날 저는 오래전 유행했던 '도니 오스몬드(Donny Osmond)'의 〈마더 오브 마인 (Mother of Mine)〉이라는 노래를 가사도 가물거리는데 종일 흥얼거렸습니다.

자식에게 희망이 있으면 세상 모든 엄마는 밝은 웃음을 지을 수 있지요. 그러나 아무리 화려하고 귀한 모든 것을 가져도 자식에게 희망이 없으면 엄마의 마음 한구석에는 퍼런 멍이 들 수밖에 없습니다. 그래서 부모가, 특히 엄마가 웃으며 행복하려면 자식의 앞날에 희망의 길이 열려야 합니다. '

## 꿈을 잃은 아이들

꿈, 희망. 어찌 생각하면 뜬구름 잡는 허황한 단어인 듯도 싶다. 실체가 없는 이상(理想)의 단어이기 때문이다. 그러나 인간은 그 꿈과 희망이라는 이상으로 세상을 일궈왔다. 내가 내 어머니의 자식으로 살았던 그때에, 내게는 몇 가지 꿈이 있었다. 그중에서도 언젠가는 어머니를 따뜻한 방안에서 손에 물 묻히지 않고 웃을 수 있게 해드리겠다는 열망이 가장 컸다. 아마 내 아버지의 꿈은 자식들 모두 공부시켜 남에게 부끄럽지 않은 삶을 살게 하겠다는 것이었으리라. 우리의 아버지, 우리들 또래는 대부분 그런 꿈을 꿨다. 꿈이 열망이 되고 그것으로 희망을 삼았기에 아버지들은 역사를 새로 썼고, 우리는 그를 발판으로 저마다의 꿈을 일궈왔다. 오늘 우리 아이들은 어떤 꿈을 꾸고 무엇을 희망으로 삼고 있을까.

내가 자라던 시절, 초등학생이나 중학생에게 꿈을 물으면 크고 밝았다. 대통령, 과학자, 비행사, 선생님 등등. 2015년의 한 조사에 의하면 요즘 초등학생과 중학생의 꿈 중에서 첫 번째는 교사가 압도적 다수를 차지했다. 내가 여기서 '선생님'이 아니라 '교사'로 칭한 것은 선생님을 존경하는 마음에서 꿈이 된 것이 아니라 안정된 직업으로서, 특히 부모들의 뜻이 은연중 깊이 반영된 듯해서이다. 더구나 고등학생에게 꿈을 물으면 아예 픽, 하는 시큰둥한 반응이거나 한숨부터 내뱉기 일쑤다. 그네들에게 이제 꿈은 원하는 대학이면 제일 좋고, 아니면 한 등급 아래나마 일단 대학에 들어가는 것이 최우선이고, 어쩌면 거의 전부인지도 모른다. 그런 다음에 무엇이 될 것인지 제대로 생각하는 아이들이 얼마나 될까. 대학생이 되고, 세상으로 나올 때까지는 또 서글프게도 '오직 취업'이 대부분이니…….

법조인, 정치인, 언론인, 공직자, 의료인, 디자이너, 대기업 정규직……, 우리 사회에는 참으로 다양한 직업군이 있고, 일정 수는 그 직업군에 마침내 입성한다. 여기서 씁쓸한 우스개를 하자면 〈개그콘서트〉라는 프로그램에서 본 적 있는 '그래서 뭐?' 그거다. 잔칫상에 재를 뿌리자는 것이 아니다. 내가 '그래서 뭐?'라는 것은 그 우수한 인재들의 빛나는 입성이 오직 스스로 선택한 꿈이 아니라 다른 누군가의 선택에 의해서, 또는 안정되고 잘나간다는 수익과 평판에 따른 '취업' 그 자체인 경우가 다수이기 때문이다.

한 중국 관련 책에서 읽은 대목이 우리 아이들의 꿈을 선명하게 이야기해주고 있다. 국내 최고 명문의 의과대학 1·2학년생들이 중국 연수를 가서 각자의 과제로 현장조사를 한 뒤 성과발표를 하는데, 결론은 '중국에서 성형 한류가 열풍이니 돈을 많이 벌기 위해서는 성형기술을 더욱 발전시켜야 한다'는 것이었다. 작가는 이제 막 의사의 첫 발을 뗀 학생들이 히포크라테스 정신은 차치하고, 의료의 본분이 무엇인지 인식하고 의학의 발전을 생각하는 바 없이 오직 수익을 최고의 가치로 여기는데 참으로 실망했다는 쓴 소리를 했더니 분위기가 싸늘해지더라고 덧붙였다. 발표회가 끝난 뒤 머쓱해진 작가에게 지도교수가 고맙다며, 자신이 학교에서 그런 소리를 했다면 학부모들의 항의로 강좌가 폐쇄되었을 것이라며 씁쓸한 웃음을 짓더라고.

법조인의 꿈은 최소 '사회정의'여야 한다. 의사라면 '인간에 대한 지극한 사랑으로 그 생명과 건강'이 희망이어야 한다. 공직자라면 '국민에 대한 봉사와 국가의 발전'이라는 반듯한 포부여야 한다. 하다못해 사기업의 회사원도 '회사와 나라 경제의 발전'쯤의 가치관은 가져야 언젠가 최고경영자가 되겠다는 꿈을 품을 수 있고 실현이 가능하다. 단순히 좋은 일자리의 취업이라는 만족감만으로는 결코 더 큰 꿈은 이룰 수 없다, 아니 꿈 그 자체가 없는 것이다. 꿈과 희망과 포부와 가치관을 가진 자여야 검찰총장과 대법관, 추앙받는 의사, 장관과 총리, 최고경영자의 길을 열어갈 수 있다.

# 획일화된 교육,
# 하나의 목표

　　　　　지금 우리의 교육은 아이들의 꿈과 희망을 빼앗
고 창의적 상상력을 가로막고 있다. 학교는 저마다의 개성을 고
려하지 않은 획일화된 교육으로 명문 상급학교 진학률을 높이는
데 급급해 경쟁으로만 내몰고 있다. 중학교에서부터 가르치는 것
은 대학입시를 위한 과목과 정답 맞추기가 전부이다. 음악은 없
어졌고 미술은 미대입시를 위한 준비과정뿐이다. 출제빈도 위주
의 문학수업으로 인간의 감성과 삶의 의미를 깨우쳐 줄 수는 없
다. 연대와 역사기록을 외우는 것으로 교훈과 거울로 삼을 수는
없다. 어른이 되어 가는 영혼의 피와 뼈가 될 문학과 역사와 예술
에 미리 질려버린 아이들의 그 피폐한 심성이 무엇을 보여주고
있는가. 평생을 함께 할 우정이라는 덕목이 사라지니 '왕따'와 '학
교폭력'이 난무한다. 기어이는 선생님에게 욕설과 주먹을 휘두르
는 지경에까지 이르지 않았는가.
　무릇 교육의 시작은 가정이다. 부모와 함께하는 밥상머리에서
살아가는 기본을 배우고 마음에 담은 의문과 고민을 풀고 위로받
아야 한다. 부모와 자식 간의 예절은 봉건적 가부장의 억압이 아
니라 사랑의 훈육이다. 내가 자라던 시절, 저녁밥상은 몰라도 아
침밥상에서는 언제나 가족 모두가 마주앉았다. 그 자리에서 주로
들었던 이야기는 공부가 아니라 세상을 바르게 살아가는 이치였

다. 출세와 돈이 아니라 이웃과 나라에 대한 배려와 생각, 자연의 섭리였다. 이제는 아침밥상에서조차 모두 마주앉기가 쉽지 않다. 어쩌다 마주하더라도 마음을 연 따뜻한 나눔이 아니라 성적과 출세에 대한 반복과 강조, 혹은 강요이다.

어떻게든 공부를 잘해야 하고, 그를 위해서는 다른 생각은 말아야 하며, 친구는 좋은 대학에 가서 잘난 사람을 사귀어야 한다. 아빠처럼, 엄마처럼 살지 않으려면 성공해서 돈을 많이 벌어야 하고, 성공하기 위해서는 경쟁에서 이겨야 한다. 경쟁에서 이기기 위해서는 무조건 일류 대학부터 들어가야 하고……. 아이들에게는 차라리 밥상 앞에서 엄마와 아빠를 마주하지 않는 것이 행복이다. 가정에서부터 교육이 뒤틀리고 있는 현실이다.

성공해서 돈을 많이 벌든, 돈을 많이 버는 것이 성공이든, 모두가 다 부자가 되는 세상은 행복할까? 모두가 다 부자가 되면 외려 행복하지 않을 수도 있다. 돈이 많은 사람은 당연히 자신의 아이디어, 상품, 노동력 등을 비싸게 팔려 할 테니 각자가 가진 것으로 교환하고 구매해야 하는 사회적 삶에서 벗어날 수 없는 한 소유한 부의 가치는 특별할 것이 없게 될 테니 말이다. 그런 경우 분명 돈은 많이 벌었는데 부를 느낄 수 없으니 오히려 불행감이 깊어질 뿐이다. 결국 모두가 부자가 되는 것은 의미가 없고 자신만 특별한 부를 가져야 하는데, 현재와 하나도 다를 바 없는 치열한 경쟁이 아닌가.

경쟁에서 이기는 것이 성공이고 부자가 되는 길이라고 치자. 그럼 한번 부자가 되면 영원히 그것을 누릴 수 있기는 할까. '부자 3대 못 간다'는 흔한 이야기의 현실을 우리는 주변에서 쉽게 목도한다. 3대까지는 말고, 당사자는 행복할까. 경쟁은 멈추고 싶어도 멈춰지지 않는다. 상대가 무한히 많기 때문이다. 경쟁을 멈출 수 없는 한 그저 조금 여유 있기는 해도 여전히 쫓기고 편안한 행복을 누릴 수는 없다. 그래서 성공했다던 많은 이들이 어이없는 모습을 보이고 하루아침에 몰락하기도 하는 것이다.

## 꿈과 희망의 가치

요리의 나라 프랑스 청년이 영국으로 요리유학을 갔다. 영국은 대표 음식이라면 '피시 앤 칩(Fish and Chip)'이라는 생선과 감자를 기름에 튀긴 것뿐이라는, 요리에 있어서는 최악이라는 평을 듣는 나라이다. 그런데 프랑스 청년이 왜?

영국은 이렇다 할 음식이 없는 대신 세계 각국의 다양한 요리가 들어와 있는 나라이다. 특별한 것이 없어 오히려 다양한 선택을 즐기기에 수많은 나라의 특색 있는 음식이 모여든 것이다. 어릴 적부터 요리사를 꿈꿨던 청년은 그 넓은 선택의 폭을 찾아 영국으로 갔고, 프랑스는 물론 다른 여러 나라에서도 주목받을 수 있는 요리를 선택해 즐겁게 공부했고, 지금은 행복하다 말하며 즐거움 가득한 삶을 살아가고 있다.

영국의 어떤 청년은 어린 시절부터 꽃과 나무를 사랑했다. 집안 정원은 물론이고 드넓게 펼쳐진 산과 숲을 누비며 꽃과 나무를 좋아하게 된 까닭이다. 청년은 원예를 전문적으로 가르치는 고등학교를 졸업하고 대저택의 정원사로 들어갔다. 가정형편이 어렵거나 성적이 부진해서 대학에 들어가지 않은 것이 아니었다. 꽃과 나무를 다듬으며 살고 싶은 꿈에는 딱 그만큼 배운 것만으로도 충분하다고 판단했기 때문이다. 그의 가족이나 친구 누구도 그를 업신여기지 않는다. 자신이 행복할 수 있는 일을 찾아 안착한 것을 오히려 부러워한다. 그는 마찬가지로 꽃과 나무를 사랑하는 예쁜 아내를 만나 또래의 다른 이들이 퇴직한 뒤에도 여전히 정원사로 일하며 행복하게 살고 있다.

치열한 경쟁의 삶을 살아온 우리 세대가 실패했다고 말하지는 않으려 한다. 우리에게는 치열한 경쟁이 꿈과 희망이 되었는지도 모른다. 너무도 가난했고 아무것도 가진 것이 없었기에 살아가는 것만으로 희망이 되었고, 조금이라도 더 잘살겠다는 것이 꿈이었으니 말이다. 그래서 우리는 실패하지 않은 것이다. 하지만 더욱 중요한 것은 여전히 실패하지 않아야 한다는 것이다.

우리의 아이들은 우리와는 다른 세상을 살고 있다. 그 다른 세상을 만든 것은 아버지와 우리들 세대이다. 그러나 이제 새로운 세상의 주인은 우리가 아니다. 만들기는 했어도 우리는 그것을 바탕으로 더 나아갈 세상을 알 수도 없다. 다만 우리는 치열한 경쟁에서도 '효' '우정' '애국'과 같은 소중한 덕목을 놓치지 않았다. 모두가 힘겨웠기에 경쟁하면서도 서로를 위로하며 위로받았기 때문이다. 우리의 아이들에게도 '효' '우정' '애국'의 덕목을 '아름다운 삶' '참된 행복'의 의미를 더하여 일깨워야 한다. 그것이 진정한 꿈과 희망의 가치이기에.

## 저마다의 꿈, 희망의 교실

모두가 하나를 추구하는 것은 꿈이 아니다. 저마다의 개성과 능력이 다르기 때문이다. 더구나 일류대학, 좋은 직장은 꿈이 아니라 과정과 수단이다. 꿈이 없는 과정과 수단에의 매몰은 행복을 상실한다. 살던 강남의 아파트를 팔면 아직 수억 원의 돈이 남아 있어 새로운 시작을 할 수 있음에도 '강남'과 '아파트'를 잃어버리는 두려움에 사랑하는 가족을 살해한 실직한 가장이 있었다. 일류대학, 좋은 직장이라는 과정과 수단에만 매달리느라 행복의 의미는 망각한 전형이다. 꿈이 없었던 까닭이다.

학교는 꿈과 희망의 교실이 되어야 한다. 초등학교, 중학교 교육에서의 중점은 아이들이 자신의 개성과 능력에 따라 저마다의 꿈을 찾도록 하는 것이어야 한다. 특정 과목에만 집중된 지식교육, 성적위주는 개성을 말살해 돋아나는 싹을 자르는 우매함이다. 학교 도서관의 빈약함은 척박한 땅에 거름을 주지 않는 게으름이다. 음악과 미술, 체육을 경시하는 교육은 꽃만 바라고 뿌리와 가지는 외면하는 어리석음이다. 얕은 뿌리, 부실한 가지에서 피어난 꽃은 화려하지도, 오래 가지도 않는 법이다.

꿈의 실마리를 잡은 아이들에게 가장 중요한 것은 고등학교 과정이다. 고등학교에서 꿈의 길을 열어 희망을 주지 못하면 꽃은 채 피기도 전에 시들고 말 것이다.

'세계화'와 '지구촌'은 단어가 아니라 현실이다. 이미 꿈은 더 넓은 다른 세상에 가 있는데 오직 수능 위주의 교육은 꿈을 꺾거나 지치게 만들 뿐이다. 차라리 국내 수능은 접고, 지향하는 학교 선택의 폭을 넓혀주는 발상의 전환도 필요하다.

굳이 특성화학교가 아니어도 가능할 일이다. 일반 고등학교에, 이를테면 국제관계나 해외진출에 관심이 많은 학생들을 대상으로 '미국반' '중국반' '러시아반' '일본반' 등을 만들어 각각 해당 나라의 언어, 역사, 사회, 문화, 정치, 경제 등의 수업비중을 높이는 것이다. 그 나라 지역고등학교와 자매결연하여 방학기간 동안 교환학생제도를 운영하면 더욱 성과가 클 것이다. 그렇게 3년 동안 체계적인 교육을 받은 아이들이 그들 나라에 유학을 간다면, 이미 언어에 자유롭고 역사와 문화에 익숙한 만큼 진정한 지역

전문가가 되지 않겠는가. 그들이 펼쳐갈 신세계! 생각만으로도 가슴 벅차다.

요리, 제과, 디자인 등 생활과 밀접한 직업이 주목받고 뜨는 세상이다. 그렇지만 지금의 교육은 실습보다는 이론 중심의 자격증 취득이 위주이다. 꿈이 고정되고 자격증에만 매달리면 흥미가 반감되니 격(格)도 낮아진다. 기능을 넘어서 예술이라는 자부심을 가질 수 있어야 새로운 창조가 가능하고 격도 높아진다. 창조와 예술은 모험, 도전, 다양성이 바탕이다. 어른이 되기 전 고등학교 교실에서 마음껏 모험을, 끼를 즐길 수 있게 해야 한다. 기능의 습득보다 제멋대로 엉뚱한 실험도 가능하게 하는 교실이 필요하다.

농업, 수산업, 공업 등은 기피 산업이 된 지 오래이다. 희망은 없고 땀만 흘린다는 인식 때문이다. 그러나 꿈을 품은 사람은 희망이 있었기에 마침내 빛을 발했다. 바닷물고기인 해마(海馬) 양식에 도전해 성공한 어떤 이는 이제 약재로 건조해 1킬로그램을 1,000만 원에 수출하는 대박을 터트리고 있다.

막연한 꿈을 구체화시킬 수 있는 다양한 기회부여와 상상의 공간 제공, 엉뚱 무모 황당한 모험이 가능한 교실, 그런 희망의 교실을 만들어야 한다.

# 다시 30년,
# 이제 아내가 주장이다

어쨌거나 이제까지 살아온 세상을 벗어나 다시 살아야 할 날들이 어림잡아 30년은 됩니다. 학교를 졸업한 뒤 사회에 발을 내딛고, 새로운 삶과 마주하게 된 지금까지의 시간만큼입니다. 결코 잉여의 시간이 아닌 다시 찾아온 시간으로, 활짝 열린 신세계의 문으로 벅차게 맞이해야하지 않을까요.

우리 세대가 자랄 때는 집안의 가장이 쉰다섯 살에서 예순 살 사이에 퇴직하고, 한 5년이나 10년쯤 그간 벌어둔 약간의 자산과 자식들의 '성의껏' 도움으로 그럭저럭 지내다가 세상을 버리는 경우면 '호상(好喪)'이라 했습니다. 바꾸어 말하면 고단하지만 열심히 살아온 세월 뒤에 큰 어려움 없이 인생의 마지막을 쉬다가 떠나는 것을 복이라 여기고, 흔히 볼 수 있는 모습이었던 것이지요. 그러나 이제는 쉰은커녕 마흔 살만 넘어서도 일부 소위 '철밥통' 직장을 제외하고는 대부분 일자리에 불안을 느낍니다.

그렇다고 '정리'든 '명예'든 일단 퇴직을 하고나면 눈높이를 낮춘다고 다른 일자리를 쉽게 구할 수 있는 것도 아니고요. 그러니 아직 건강한 몸에 수명도 늘어나 살아갈 날이 더 많을 것도 같으니 저절로 한숨이 나오지 않을 수 없게 된 겁니다. 더군다나 이른 실업에 처해 아직 학업도 끝내지 않은 자식까지 있게 되면 그야말로 눈앞이 캄캄하니 '오래 살아 불행'이라는 말까지 나오는 것입니다.

생명과 삶은 축복입니다. 그런데 '오래 살아서 불행'이라니! 그 모진 고생으로 우리 세대를 키워준 부모님이 들으신다면 무덤에서 벌떡 일어나고도 남을 소리 아닌가요. 그러나 인간은 생각하면서도 원초적 본성을 완전히 떨쳐내지 못한 존재이니 한번 오른 삶의 질에서 더 올라가지는 못해도 떨어진다고 생각하면 삶이 삶으로 여겨지지 않는 것도 아주 비난할 수만은 없는 노릇입니다.

어쨌거나 이제까지 살아온 세상을 벗어나 다시 살아야 할 날들이 어림잡아 30년은 됩니다. 학교를 졸업한 뒤 사회에 발을 내딛고, 새로운 삶과 마주하게 된 지금까지의 시간만큼입니다. 결코 잉여의 시간이 아닌 다시 찾아온 시간으로, 활짝 열린 신세계의 문으로 벅차게 맞이해야하지 않을까요.

# 직장생활 30년 남편,
# 더는 믿지 마라

처음 만나 사랑하던 그때, 청춘의 남자는 믿을 수 있었다. 믿었기에 부부라는 하나의 이름도 되었다. 하늘의 별을 따고 세상을 다 갖지는 않아도 반짝거리던 그 눈빛만큼 빛나고, 가슴 가득 품은 꿈만큼 부푼 인생이기를 희망했다. 그러나 세월이란 놈의 무게가 그토록 무거운 것이었는지, 어느새 반백 머리카락에 처진 어깨의 뒷모습은 마음을 짠하게 한다. 한세상 열심히 살아내면 늘그막에는 아등바등 걱정하지 않는 삶이 되리라 믿었는데, 가진 것으로 남은 삶을 살아가기에는 턱없이 부족하다. 그렇다고 믿어왔던 사람을 원망할 것도 없다. 생각해 보면 그의 반짝거림과 능력을 알아주지 않은 세상 탓이니.

이제 그가 다시 시작하려 한다. 남들이 알아주지 않은 그 반짝거림과 능력으로 자신의 세상을 펼쳐보려 한다. 그러나 아내들이여, 이제 그 무모한 도전을 그대가 말려야 한다.

한 재벌그룹 종합상사에서 30여 년을 일한 지인이 있다. 젊어서는 기획실에 발탁되어 총수의 통역과 수행도 했고, 외국에 직접 지사를 만들어 책임자로 일하며 엄청난 성과를 거두기도 했다. 이사(理事)라는 별을 달고, CEO가 되는 것도 눈앞이라 믿었다. 그러나 줄을 선 것이 아니라 믿고 따랐을 뿐인데 상사가 도태되자 그도 찬밥이 되었다. 억울하기도 하고 후배들 앞에 체면도 말이 아니게 되니 사표를 던졌다. 내가 키운 종합상사, 나도 그처럼 만들리라. 이 악물고 시작했지만 불과 몇 년 만에 모든 것을 잃고 말았다. 돌이켜 따져보니 자금력과 조직이라는 뒷받침이 있었기에 자신의 능력이 빛을 발했다는 것을 뒤늦게 깨우쳤다. 하지만 어쩌랴, 남은 것은 텅 빈손에 후회뿐인 것을.

남편, 믿지 마라! 이루지 못 할수록 한은 크고 가슴속은 이글거린다. 그 자신이 불덩어리인데 어찌 냉정할 수 있으랴. 무능하다는 뜻이 아니다. 30여 년을 그렇게 살아온 우직함으로는 약삭빠르고 현기증이 일도록 뒤바뀌는 세상을 따라잡기 어렵다는 뜻이다. 또한 잘 알지 않는가. 평생을 몸 바친 회사이니 전관예우를 기대한다 해도 그게 어디 한두 사람인가. 얼마 못 가 후배들마저 외면하기 일쑤이니 사람마저 잃어버리게 될 공산이 크다.

청춘에 시작해 머리가 하얗도록 일에만 매달려온 남편이다. 그런데도 퇴직금을 비롯해 남은 것을 들여다보면 결국은 남의 뒤치다꺼리나 해준 셈이었구나, 허망하다. 더구나 직장에서 나오고 나면 뭘 해야 하나 막막하기만 하다. 잘하는 것이라고는 평생 해온 그 일뿐인데 손을 놓게 되었으니. 그렇다고 잘 놀 줄이나 아는가. 거창한 자아개발은커녕 언제 제대로 생각하며 놀아보기라도 했어야지. 그러니 기껏 등산 아니면 낚시, 조기회 축구 정도이고, 앞날이 염려되니 술 한 잔 우아하게 못 마신다. 가엾어라 내 낭군,

내 반쪽……

아버지가 출세하라기에, 어머니가 돈 많이 벌라기에, 그게 삶의 전부인 줄 알고 살아왔지만 세상이 어디 뜻대로 되던가. 혹여 출세 좀 했고, 돈 좀 번들 마냥 행복하던가. 가슴 한구석으로는 무시로 찬바람이 드나드는 그 공허함. 바로 나의 삶이 없었기 때문에 아무리 채워도 절반은 빈 인생이 된 것이다.

## 아내가 준비하는
## 즐거운 두 번째 인생

자, 아내들이여, 이제 그대가 앞장서라! 무엇을 하고 싶었는지, 가장 마음에 들고 행복한 것이 무엇인지, 가장 잘 할 수 있고 해보고 싶었던 것은 무엇이었는지 생각하라. 남편의 회귀를 기다렸다가 또 그가 앞장서기를 기다리면 너무 늦다. 사내들, 반쯤은 허황하고 허당인데다 대개는 우직해서 시키는 일만 잘하지 곰살맞은 창조력은 떨어진다.

국내 굴지의 건설회사 부사장을 지낸 한 엔지니어 지인이 있다. 별로 부족할 것 없던 그의 아내, 나이 마흔이 넘어서며 자아를 찾겠다고 여기저기 기웃거렸다. 초급대학 도예과에 입학해 도자기도 구워보고, 전통음식 강좌에 나가 이것저것 배워보기도 하며.

어느 날 남편에게 '나 공기 좋은데 임야 천 평만 사줘' 하더란다. 까짓 공기 좋은 골짜기 임야 얼마나 한다고, 당장 천 평 더 얹어 사주고 작은 집도 지어줬다. 그 아내 산속에서 간장 된장 고추장 담는 일에 푹 빠지더니 몇 년 만에 2천 평 임야에 항아리가 가득 찼다. 처음에는 남편이 지인들에게 선물한다고 플라스틱 통에 조금씩 담아 돌렸는데 모두들 그 맛에 홀딱 빠져 팔라고 난리였다. 아내, 슬그머니 어디론가 사라지더니 크기를 달리한 예쁜 항아리를 빚어와 간장 된장 고추장을 담아 팔기 시작했다. 그녀의 이름을 바닥에 써넣은 숨 쉬는 예술 항아리까지 덩달아 평생 고객이 생긴 것이다.

처음부터 그렇게 일이 되리라 생각한 것도 아니었다. 이것저것 배우던 중 백화점에서 사먹던 된장 간장을 직접 담아보고 싶다는 생각이 들어 시작했는데 뜻밖에 그 맛에 자신이 빠져 즐기게 된 것이다. 어쨌거나 몇 년 전 은퇴한 그 남편, 이제 2천 평 공기 좋은 농장에서 아내의 머슴으로 놀며 늘어진 팔자가 되었다.


30년 살림살이의 힘은 여자의 자산이다. 직장에서 일을 하는 것도, 돈을 버는 것도 사실은 모두 살림을 잘 살기 위한 밑천인 셈 아닌가. 살림살이로 자식을 기르고 행복을 가꾸며 내일을 기약하기에 말이다.

살림에 충실한 아내일수록 갖고 싶은 소품이나 생활용품 중 아쉬웠던 부분이 많았을 것이다. 그 바람과 안목으로 기능을 익히

다가 보면 '내게 이런 솜씨가!' 하고 감탄할 어떤 것이 발견될 테다. 그럼 우선은 직접 만들어 사용해보는 거다. 주변에서부터 공감하고 갖고 싶어 하는 이가 생겨 작은 공방이라도 열어 상품으로 개발해나갈 수 있으면 그게 바로 창조이고, 디자인을 얹으면 세계적인 것의 시작이 되는 거다. 때마침 직장을 떠나 집으로 돌아온 남편, 힘든 일도 맡길 수 있지만 시장을 개척하는 데는 나름 노하우가 있는 이들 아닌가. 무엇보다 함께 할 수 있는 놀이가 되면 잉여 인생 아닌 진짜 즐거운 제2의 인생이 되지 않겠는가.

남편이든 아이들이든 누군가를 위해 맛있는 음식을 만들 때가 가장 행복하고 잘할 수 있다면 식당도 괜찮다. 치킨, 김밥, 피자집 같은 흔하디흔한 체인점은 절대 하지마라! 그렇다고 무슨 '가든' 이니 '회관'이니 하는 넓고 휘황한 외향도 좇지 마라. 섣불리 시작했다가는 언제 날려먹을지 모르는 위험천만의 골칫거리인데다 늘그막에 골병들기 십상이다. 먹어본 이들이 손꼽는 자신만의 메뉴 몇 가지로, 세상 어디에도 없는 특별한 전문식당이 제격이다.

'김&장'이라는 성(姓)을 딴 로펌도 있잖은가. '이&박 밥집'이든, '철수&영희 밥집'이든, 당당하게 이름 붙이고 자신 있는 몇 가지 종류로 시작하는 거다. 아내는 쉐프, 남편은 보조. 욕심 내지 말고 테이블은 서너 개, 허리 휘지 않고 즐겁게 일할 만큼 손님 받아 부족하지 않을 만큼만 버는 거다. 손님이 밥 달래도 '오늘 재료는 떨어졌어요' '이제 우리 부부의 시간이에요' 튕겨라. 튕기면 뭔가 있나보다 더 궁금해 찾아오고, 진짜 뭔가 다르다 여긴다. 일하는 시간보다 둘이서 노는 시간을 더 많이 가져라. 그러면 돈은 덜 벌어도 행복은 몇 배 더 커질 테니.

## 자식보다 아내가 좋다, 남편이 좋다

살다보니 남편, 아내보다 자식이 더 소중한 날이 있었다. 그렇지만 중학생만 되면 아빠 엄마보다는 제 친구들과 놀기를 더 좋아한다. 그런 자식들 꽁무니 붙잡으려 하니 아이는 아이대로, 부모는 부모대로 피곤하고 서운하다. 그래도 부모는 줄기차게 붙잡으려 하고, 자식은 티 안 내고 제 시간 가지려는 드러나지 않는 갈등 관계가 형성된다. 사랑은 하는데 갈등이라니! 시쳇말로 '헐'~, 그거다. 더 억울한 건 그러는 사이에 남편은 아내를, 아내는 남편을 잃어간다는 것이다.

자식, 아무리 소중하고 아까워도 아이가 제 사랑을 시작하면 놓아줘야 하는 것이 부모의 바른 선택이다. 거꾸로 생각해보면 알 수 있는 일 아닌가. 그 흔하다는 고부갈등도 제 사랑을 시작한 자식을 온전히 놓아주지 않는 것이 가장 큰 원인이었지 않은가. 부모에게는 부모세대의 사랑 방식이 있었듯이 자식에게는 또 그들대로의 사랑 방식이 있는 것이다. 내 아들을, 내 딸을 제대로 위해 주지 않는다고? 위함을 받는 것보다 상대를 위해 주며 더 행복을 느낄 수도 있다는 생각은 안 해보는가. 아니, 아직 서툰 아이들이라 잘 위해 주지 못하더라도 그들에게는 그들만의 행복 방법이 있는 법이기에 귀찮은 간섭만 되는 거다.

행복에 정해진 법칙과 답이란 없다. 사람마다 추구하는 바가 다르듯이, 부모 마음에는 덜 차도 자식이 하필 그 상대를 만난 것은 저희 둘의 행복 코드가 맞기 때문이다. 그런 행복 코드에 부모의 잣대를 들이대면 그때부터 자식의 행복은 금이 가게 된다. 저마다 자신이 사랑하던 때를 생각하면 너무도 확연한 일이다. 살아 보니 내 사랑의 선택이 잘못된 것이어서 섣부른 콩깍지 벗겨주려 간섭하는 거라고? 착각이거나 새빨간 거짓말이다.

어떤 사랑이나 처음에는 불꽃이지만 결국은 지켜나가는 것 아닌가. 처음 그 마음을 놓아버린 것은 누구인가. 다른 누군가가 흔들어 놓은 것일 수도 있고 생각하던 대로 이뤄지지 않는 현실에, 이루지 못하는 상대에 대한 실망 때문일 수도 있다. 그러나 결국 놓아버린 것은 자기 자신이다. 그렇게 남편을, 아내를, 사랑을 잃어버린 탓에 더욱 자식에게 매달리는 것이라면 조금 늦었더라도 다시 시작할 일이다. 함께 살아가야 할 날들이 30년이나 된다면 더구나!

우리보다 훨씬 앞서 나가 부러워하고, 고개를 끄덕이게 하는 나라 사람들의 삶을 들여다보면 늙은 부부의 사랑이 참으로 아름답다. 장을 보러 가거나 산책을 나설 때 걸음걸이 불편한 아내의 손목을 놓지 않는 남편. 다른 나라로 여행을 가서도 일행보다는 서로의 곁에서 잠시도 떨어지지 않는 부부. 여행이 힘에 부치면 종일 호텔 수영장 파라솔 아래에 누워 책을 읽으며 미소를 나누는 그네들을 보면 쪼글쪼글한 피부, 볼품없어진 몸매는 우리네와 다름없다. 그래도 그들은 늙어갈수록 즐기고 더 사랑한다.

그들이라고 긴 세월 살아오는 동안 내내 그랬기만 했을까. 서로에 실망하고 갈등하고 미워하고, 때로는 권태에 홧김에 한눈도 팔았을지 모른다. 그렇지만 제2의 인생을 살게 되고, 황혼이 가까워 뜨겁던 심장의 화기가 잦아들면, 욕망의 부질없음을 깨우치게 되면 '함께'였다는, 뜨겁게 사랑한 시절이 있었다는 것이 얼마나 소중한 것인지 느끼게 되는 것이다. 그게 부부다. 사랑의 순리이다. 나이가 들수록 자식보다 아내가, 남편이 좋아지는…….

## 준비하는 사회시스템이 필요하다

우리는 '가난은 나라님도 구제하지 못 한다'는 말을 들으며 살았다. '요람에서 무덤까지'라는 구호의 서양의 복지 제도와 비교하면 허탈하고 자괴감마저 든다. 그러나 먼저 알아두어야 할 것이 있다. '요람에서 무덤까지'는 공짜가 아니라는 본질 말이다. 누군가의 세금으로 요람에서 자랐으면 다른 누군가를 위해 요람을 만들어줘야 하고, 자신과 다른 누군가의 훗날을 함께 준비해야한다. 그럼 우리는? 지금 우리는?

부의 편중과 많이 가진 자들에 대한 징세에 문제가 있는 것은 사실이다. 그러나 섣불리 강제할 수 없는 까닭이 있다. 무엇보다 국가 경제의 안정과 지속적 성장을 고려하지 않을 수 없다는 것이다. 구차한 변명이라 말로는 비난할 수 있지만 마음속으로는 인정하지 않을 수 없는 노릇이다. 더구나 누구도 예측하지 못한 놀랍도록 늘어난 전체적 수명은 운신의 폭을 더욱 좁게 한다. 비단 우리만의 문제가 아니라 '요람에서 무덤까지'를 내세우던 서양 선진국도 이제는 그 수정을 고려하지 않을 수 없게 된 실정이다. 다른 길을 찾아야한다.

세월을 이겨내 이마에 늘어난 주름은 그저 연륜의 흔적이 아니라 자랑스러운 훈장이며 쌓아온 경험과 지혜의 증명이다. 그 경험과 지혜를 사장(死藏)하는 것은 나라나 사회뿐 아니라 개인으로서도 너무 아까운 손실이다. 그렇다고 지금껏 해오던 일을 이어서 하라는 뜻? 절대 아니다! 30여 년을 같거나 비슷한 일을 해왔으니 지겹기도 하거니와 매너리즘에 발목 잡혀 더 이상은 제자리걸음이 될 뿐이다. 아니, 최신무기로 무장하고 달려오는 후배들에게 덜미 잡혀 주저앉으면 다시 일어서지 못하게 될 공산이 훨씬 크다. 그래서 다른 길을 걸어온 사람과 손잡아야 한다. 가장 가까이에 있는 그 사람은 바로 아내다. 그런데 세상물정 모르는 아내와 뭘, 어떻게?

바로 국가가 나선 체계적인 시스템이 필요한 대목이다.

세상은 너무 넓고도 좁으며, 다양하면서도 단순하다. 너무 거대해 엄두가 안 나고 숨이 막힐 듯 막막하지만 꼼꼼히 들여다보면 아주 섬세한 작은 것들의 집합체이기도 하다. 매일 반복되는 무료한 일상이었지만 그 눈을 밝혀 무심히 여겼던 것들을 들여다보는 어느 순간 깜짝 놀라며 자신만의 또 다른 세상을 찾아낼 수 있을 것이다. 문제는 그것을 찾아내기까지 겪어야할 경험과 실험이다. 개인의 힘만으로는 아주 운이 좋지 않다면 결코 쉽게 찾아낼 수 없는 일이다.

형편이 나아지며 꽤 오래전부터 여러 강좌와 교육이 개설되어 이제는 가히 넘쳐난다 할 지경이다. 지방자치단체의 창업 강좌, 각급 학교의 교양강좌나 여성강좌, 백화점의 문화강좌 등등. 그런데 자세히 들여다보면 대부분 비슷한 분야와 커리큘럼이거나 감성이나 지적욕구를 충족하기 위한 것들이다. 비용 또한 무료에서 만만치 않은 금액까지 다양한데, 역시 지불한 비용만큼 값을 하니 또 다른 빈익빈 부익부의 현상을 보인다.

삶에서 감성과 지적욕구의 지속적 충족은 반드시 필요하다. 나이가 들수록 메말라가는 감성은 삶의 활기를 잃게 하고, 망각과 신지식에서의 소외는 다양한 인간관계를 저해한다, 심지어는 자식까지. 여유가 있거나, 다소 어려움이 있더라도 뒤늦게나마 반드시 꿈을 이루겠다고 미술, 음악, 무용 등 특정 분야에 집중하는 경우라면 국가의 손길이 조금 늦게 미쳐도 크게 문제가 되지는 않을 것이다. 그러나 실용이라면 복지의 대안으로 아주 시급하다.

현재 주로 시행되고 있는 실용분야의 강좌는 미용, 요리, 제빵, 커피 바리스타 등 우리 생활에서 흔히 접하는 것들이다. 익숙하니 선뜻 눈에는 들어온다. 그러나 흔한 만큼 경쟁이 치열하다는 사실은 어떻게 극복할 것인가. 단기적이고 자격증을 얻을 수 있으니 손쉬운 대안이 될 것 같지만 오히려 위험하고 무용지물이 될 수도 있다. 인문학에서 시작하고 병행해야 하는 까닭이다.

인문학이라고 해서 철학이나 종교와 같은 미리 겁먹게 만드는 거창한 것을 이르는 것이 아니다. 이를테면 음식의 역사, 가구의 역사, 살림의 역사와 같은 것들이다. 예를 들어보자. 인간은 불의 발견 후 어떻게 음식을 진화시켜 요리라는 이름으로 발전하게 되었는지를 상식적 수준에서 공부하다 보면, 사람들은 저마다의 생각과 감성, 재능(손재주나 기술)에 따라 자기만의 것을 고안해낼 수 있을 것이다. 그런 특화된 것들을 스스로 완성이라고 생각할 수 있도록 실험하는 과정을 거치면 지금까지와는 다른 새로운 것들이 다양하게 나올 수 있지 않을까. 그렇게 탄생된 새로운 음식은 바로 경쟁력을 가질 뿐 아니라 우리의 생활과 문화를 더욱 다양하게 만들어 전체적인 사회 경쟁력도 높일 수 있을 것이다.

어느 분야에서나 마찬가지이다. 가장 흔한 것 같아도 틈새는 있고 획기적 진보로 세상을 뒤집을 수 있는 것이 우리의 삶이고 생

활이다. 다만 기회의 제공과 기다림의 끈기에 소요되는 비용이
문제이다. 즐겁게 참여하는 기회와 저마다의 개성과 엉뚱한 발상
을 실험할 수 있는, 그렇게 길을 찾아갈 수 있는 제2의 인생을 위
한 사회적 시스템을 준비하는 정책이 필요하다.

# 노인복지,
## 일자리가 먼저다

어르신들의 그 일은 수입을 위한 노동의 차원을 넘어 공공적 봉사
이기도 할 것이다. 공공적 봉사에 예산의 지원은 합법적이며 반드시
따라야 할 일이다.

　의학의 발전은 인간의 수명을 놀랍도록 늘렸습니다. 1960년대
만 해도 쉰 살을 조금 넘던 평균수명이 이제는 여든 살에 가까워
졌고, 백세시대라는 말이 자연스럽게 받아들여지는 세상입니다.
축복이라 말하지 않을 수 없는 일이지요. 그렇지만 오직 수명이
늘어났다는 것만으로 축복이라 할 수는 없습니다. 더 늘어난 만
큼 삶의 질도 따라주지 않으면 오히려 불행이 될 수 있기 때문입
니다. 그래서 노인복지는 지금의 어르신뿐 아니라 우리 모두의
문제이기도 한 것입니다.

삼미그룹 부회장을 지낸 고 서상록 부회장은 퇴직 후 롯데호텔 레스토랑에서 웨이터로 일했습니다. 그의 변신에는 여러 시선과 해석이 있었지요. 자신의 화려한 전력을 의식하지 않은 신선한 도전이라는 긍정적 시선도 있었지만 지나친 파격이라는 다소 질시 섞인 해석이 더 많은 듯했습니다. 그러나 이제 와 생각하면 그의 행보는 새로운 해법의 제시였습니다.

## 이제는 끝난 환상이 된 '요람에서 무덤까지'

2015년 노인복지 관련 예산 규모는 8조8,224억 원으로 2014년 대비 2조 4천억 원 이상 늘어났다. 조금 더 자세히 들여다보면 기초연금지급 7조5,824억 원, 노인 일자리 운영 3,443억 원, 노인장기요양보험 운영 5,972억 원, 양로시설 운영 지원 320억 원, 노인 돌봄서비스 지자체 보조 1,313억 원, 노인단체 지원 410억 원, 치매관리 체계 구축 142억 원으로 대별된다. 전체 예산 중 86퍼센트 가까운 금액이 월 20만 원 가량 지급되는 기초연금 지급에 사용되는 것이다.

나이가 들어서도 상당수는 스스로 준비한 경제력으로 부족하나마 노후를 꾸려간다. 그러나 개인의 대비와는 상관없이 노인장기요양보험이나 양로시설, 노인단체, 치매관리체계 같은 부분은 국가적 차원에서 지속적으로 지원, 구축하고 개선해 나가야 한다. 그와 같은 부분은 개인의 준비로는 완전할 수 없을 뿐더러, 인간의 벗어날 수 없는 사회적 관계망이기 때문이며, 국가의 기본적 책무이기도 하다. 그런데 한정된 예산 중에 86퍼센트 가까운 금액이 기초연금 지급에 사용되는 현재의 구조로는 노후의 불안은 영원히 해소될 수 없는 블랙홀이다.

아주 절박한 절대빈곤층에게 월 20만 원의 기초연금은 생명수가 될 수도 있다. 그러나 간신히 갈증을 해소하는 데 그치는 액수이지 삶의 개선은 애당초 기대할 수 없는 금액이다. 아무리 예산을 늘려 일정액을 더 지급한다 해도 그 가능한 한계는 갈증 해소를 벗어날 수 없는 것이 냉정한 현실이고, 여차 경제사정이 악화되기라도 하면 그마저도 기대할 수 없게 될지도 모를 일이다. 그러나 생각을 바꾸면 아주 암담하기만 한 것은 아니다.

무리가 있지만 편의상 3개 그룹으로 나누어 생각해보자.

첫 번째 그룹은 일정한 자산과 개인연금 등의 수익이 있어 비교적 안정된 노후를 살아갈 수 있는 사람들이다. 그것이 본인의 노력에 기인한 대비이든 잘 자란 자식의 지원이든 상관없이 그런 이들에게 월 20만 원은 사실상 큰 의미는 없다. 두 번째는 20만 원이라도 있으면 보탬이 되겠지만 그보다는 일자리가 있어 더 많은 수익을 얻을 수 있기를 바라는 계층이다. 세 번째는 노동력 상실은 물론 돌봐줄 경제적 능력을 갖춘 자녀 등의 후원도 없어 그야말로 20만 원이 생명수가 되는 계층이다.

먼저 첫 번째 그룹의 경우를 살펴보자. 그들이 다른 지원 없이도 잘 살아갈 수 있다고 국가의 책무를 완전히 방기할 수는 없다. 그만한 대비를 갖추기까지는 여러 경제활동에 성실히 노력했으며, 그 과정은 곧 국가발전의 한 축이었을 뿐 아니라 납세 등으로 기여한 바가 컸을 것이기에 더욱 그렇다. 그런 이들에게 국가는 직접적 지원 대신 그들이 바라는 다양한 여가와 품위 있는 삶을 위한 간접적 지원으로 책무를 다해야 한다. 그것을 위한 예산이 장기요양보험, 양로시설 지원, 노인단체 지원, 치매관리 체계 구축 등일 것이다. 물론 그런 것들이 첫 번째 그룹의 노인들만을 위한 것은 아니다. 누구라도 일정 연령이 되고, 필요하고 원한다면 이용하고 지원받을 수 있는 일들이다. 특히 장기 또는 난치성 질환에 처했을 때 현대사회에서 자식의 돌봄은 오히려 부모에게도 고통의 가중이 되는 것이 분명한 현실 아닌가. 그렇지만 현재의 예산규모로는 절반의 충족도 기대할 수 없는 실정이다. 단순한 증액뿐 아니라 전체 복지예산에서의 비중을 고려해야할 대목이다.

두 번째 그룹은 노인복지 대상의 사실상 절대다수를 차지하는 계층이다. 조기퇴직, 퇴직 이후의 자영업 등으로 열심히 노력했지만 자신의 힘만으로는 도저히 일정 수준의 삶을 꾸려가기 어려운 그들은 국가발전의 허리에 해당하던 이들이다. 또한 앞으로도 그와 같은 허리의 역할로 국가발전의 주축이 되어갈 다수의 젊은 세대들이 국가정책의 추이를 주목하고 있기도 하다.

특별한 상해나 질환이 없는 한 대부분의 이들은 우두커니 앉아 국가가 주는 적은 액수의 기초연금을 받기보다는 일자리를 원한다. 20만 원, 혹은 예산이 늘어나 그보다 얼마간 많은 액수가 되더라도 자신의 힘으로 최저임금이나마 벌 수 있다면 말이다. 어쩌면 노동은 신성하다는 명제를 떠나 스스로의 노동으로 수입을 얻는다는 것은 자긍심을 높여 성취감과 함께 삶에 기쁨과 만족감을 배가할 것이다. 더불어 신체를 움직여줌으로써 노화를 방지하는 운동이 되기도 한다. 그렇다면 일자리와 기초연금 중 하나의 선택은 국가가 당당히 내놓을 수 있는 과제일 수 있는 것이다.

세 번째 그룹은 병들거나 쇠약함으로 일을 하고 싶어도 할 수 없는 취약계층이다. 더구나 자식의 형편이 어려워서, 또는 특별한 사정으로 도움을 받을 수 없는 경우라도 삶 그 자체가 슬픔이고 절망이 된다. 이런 이들에게는 무조건, 가능한 최선의 보살핌을 행하는 것이 국가의 기본적인 의무이다. 20만 원의 기초연금 금액을 높이더라도 최저임금에도 미치지 못하는 액수로는 결코 의무를 다했다고 할 수 없다. 그래서 돌봄서비스 등 다양한 대책을 실행하고는 있지만 아직은 제대로 된 복지의 시작이라고도 할 수 없는 정도이다.

정확한 현실 파악과 과감한 대책, 정직한 현실 공개와 선택의 제시로 최선의 길을 찾아야 한다. 예산 또한 그에 걸맞게 혁신적인 편성의 변화가 필요하다.

# 노인 일자리,
# 재해를 낳아서는 절대 안 된다!

　　앞에서 거론한 서상록 회장은 대기업 중역과 경영자로서 최고 서비스에 익숙한 분이었다. 서비스는 돈의 가치에 비례하는 것이 어쩔 수 없는 현실이고 장시간의 수혜로 몸에 배었거나, 특별한 교육으로 일찍부터 체화되지 않으면 어려운 분야이니 그림의 떡이 되기 십상이다. 그렇지만 조금만 눈높이를 낮추면 얼마든지 가능하다.

　우선 떠오르는 어르신 일자리로는 청년과 중년층이 많이 이용하는 호프집이나 가벼운 레스토랑이 있다. 머리가 하얀 할아버지 할머니가 단정한 유니폼을 차려입고, 자식이나 손주뻘의 손님들에게 깍듯이 인사하고, 주문 받고, 안주와 술을 가져다주는 모습을 생각하면 저절로 마음이 놓인다. 노·장·청이 함께 하는 모습이 아름답기도 하지만 무엇보다 할아버지, 할머니 같은 분들의 서비스를 받으면 저절로 감정을 절제해 실수나 일탈도 줄어들 수 있을 것 같아서이다. 무거운 호프 잔이 염려되면 할아버지와 손녀, 할머니와 손자로 짝을 지으면 되지 않겠는가. 그렇게 서로가 서로를 배려하는 일에서 깊어진 세대 간의 이해는 집안으로 이어질 수도 있을 테고. 법으로 강제할 수 있는 사안은 아니겠지만 정부가 나선 교육체계, 지방자치단체와 업주의 협의 및 지원, 사회적 여론 조성으로 충분히 확산시킬 수 있을 것이다.

다양한 사회활동으로 도시와 나라 전체가 24시간 불이 꺼지지 않는 세상이다. 그에 따라 편의점을 비롯한 여러 업종이 24시간 영업 체제를 구축하고 시급제의 아르바이트생을 고용하고 있다. 대부분 청년들을 고용하지만 그들보다는 노인에게 더 어울리는 일자리라는 생각이 든다. 나이가 들면 몸을 활발히 움직이기는 어렵지만 잠을 조절하기는 수월하다. 심야시간 이용 고객 중 다수를 차지하는 젊은이들에게 애정 깊은 위로와 조언도 나눠주지 않겠는가. 노동과 수입으로만 계산되는 일자리가 아니라 인간으로서 정과 경험까지 나눠줄 수 있다면 보람과 기쁨은 배가 될 것이다.

길거리나 지하철 안에서 폐지나 재활용품을 수거하러 다니는 어르신들을 자주 보게 된다. 이마에서 흘러내리는 땀방울과 힘에 부쳐하는 모습을 보면 송구한 마음 금할 수 없는데다 삶에 대한 강인한 의지에 고개를 숙이지 않을 수 없다. 감히 말하기 두렵지만 그 일이나마 생활의 방편이 된다면 숭고한 노동으로 받아들여야 하지 않겠는가. 다만 종일토록 수거한 폐지와 재활용품을 팔아도 불과 몇 천 원을 손에 쥐게 될 뿐이라는 사실은 안타까움을 넘어 죄스럽기까지 하다.

우리는 쓰레기와 함께 활용 가능한 자원의 낭비를 줄이기 위해 분리수거 등의 제도를 시행하고 있다. 그러나 도심 여기저기에는 여전히 많은 쓰레기들이 버려지고 그 중 대부분은 재활용 가능한 것들이다. 분리해 자원으로 재생산되도록 해야 할 뿐더러 청정 국토를 유지하기 위해서도 반드시 누군가는 수거해야 할 일이지만 공적인 손길은 여전히 부족하다. 어르신들의 재활용품 수거는 그틈을 메워주는 일이 되기도 한다. 그렇다면 어르신들의 그 일은 수입을 위한 노동의 차원을 넘어 공공적 봉사이기도 할 것이다.

공공적 봉사에 예산의 지원은 합법적이며 반드시 따라야 할 일이다. 다만 재활용자원의 시세가 들쭉날쭉한데다 경제적 원리가 적용되어 노동력을 가격이 따라주지 못하는 것이니 어르신이 수거한 자원에 대해서는 봉사의 값을 더한 보상으로 보람을 느끼게 한다면 우리의 죄스러움도 조금은 덜 수 있을 것 같다. 우려되는 것은 예산의 지원에 따라붙는 제도의 악용인데, 어르신이 하루에 수거할 수 있는 보편적 양을 조사하여 그 한도 내에서만 최저임금에 이를 수 있도록 보상하는 방법 등으로 차단할 수 있을 것이다.

그밖에도 다양한 일자리 창출로 생활의 활력을 유도해야 하겠지만 가장 중요한 것은 안전이다. 나이가 들면 기력도 기력이지만 위험에 대한 반응이 둔해지는 것이 자연스러운 이치이다. 일자리를 얻지 못한 장년의 이들이 건축 등 각종 산업현장에 경험 없이 뛰어들었다가 사고를 당하는 산업재해가 늘어나고 있는 것이 현실이다. 아니 될 일이다. 개인과 가족의 불행이기도 하지만 사회적 손실이기도 하고 국가의 도리가 아니다. 감당할 수 있는 일자리와 더불어 재활용품 수거 어르신에게는 안전띠라도 제공하는 세심함을 잃지 않는 정책이 함께 해야 할 것이다.

# 노년, 대화의 장이
# 마련되어야 한다

　　'인간은 사회적 동물'이라는 말은 곧 '관계의 망' 속에서 살아간다는 뜻이다. 먼저는 가족의 관계인데 '핵가족' '저출산' '도시집중' 등의 현상으로 가장 기초적인 망부터 해체되거나 소원해졌다. 그나마 농촌의 노인들은 비슷한 환경의 사람들과 소규모로나마 관계의 망을 형성할 수 있지만 도시의 노인들은 망 자체가 허물어져가고 있는 것이 현실이다. 도심 속에서 마주치는 사람은 많아도 각각의 환경과 그 환경에 따른 삶의 모습이 다르기에 저마다 '군중 속의 고독' 현상이 빚어지고 있는 것이다.

　사람에게 관계가 중요한 것은 제각각 가지고 있는 것과 없거나 부족한 것을 나누고 교환할 수 있기 때문이다. 현대사회에 갖춰진 다양한 생산 및 유통망, 많고 적음의 차이는 있으나 일정한 경제 여건은 삶을 유지하는 데 필요한 물품에 대해서는 농촌보다는 도심이 더욱 조밀하다. 특별히 개별적 관계망이 없어도 별로 불편하지 않다는 것이다. 그럼에도 도시의 노인 다수는 배고픈 허기보다 사람과의 관계의 허기에 더 고통을 느낀다. 관계망에서 얻을 수 있는 것이 물품만이 아니라 생각, 의견, 지식 등 다양하기 때문이다.

　말 나눌 상대가 없어 입을 떼지 않는 시간의 무료함을 흔히 '입 안에서 군내가 날 지경'이라고 한다. 맛이 변한 음식에서 나는 냄

새가 군내이니 말을 하지 못한다는 것은 입안이 상한다는 것과 같은 뜻이 되는 셈이다. 단순히 쓸쓸함과 허무함을 말하는 것이 아니라 어쩌면 실제 그리 되는 것인지도 모른다.

서울 종로3가 종묘 앞 공원에 가면 무더위나 추위 따위와 상관없이 날마다 수많은 노인들로 북적인다. 비바람이 몰아치거나 눈보라가 휘날리면 근처의 종로3가 지하철역사 안으로라도 모인다. 저마다 형편의 차이는 있을지라도 몸 누일 곳 없는 노숙자도 아닌 분들이다. 무슨 까닭으로? 집안이나 사회적으로 가까운 말상대가 없거나 들어주지 않아서다.

그곳에서 걸음을 멈추고 이야기를 들어본 적이 있다. 아주 양극이다. 한편은 극우익의 열혈우국지사, 또 한편은 '저처럼 극좌익이!' 하고 깜짝 놀랄 만큼 정부와 사회에 비판적인 투사. 그런가 하면 사회에는 아무런 관심도 없고 그저 아코디언을 켜며 노래 부르는, 자신이 알고 있는 역사 이야기를 특별히 관심 기울이는 이가 없어도 여기저기 눈길을 돌려가며 말하는, 남의 장기판, 바둑판에 끼여 끊임없이 훈수를 두며 눈총 받는……. 그러니 여기저기에서 수시로 고함이 터지고 난투극 일촉즉발에, 가끔은 실제 피를 보기도 한다. 완고함, 고집, 독선, 과격…… 그게 노인들 특성이라고 쉽게 말하고, 어쩔 수 없는 노릇이라 포기하며 누구도 더는 생각하려 들지 않는다. 하지만 당신이, 우리가 그 나이가 되어 같은 모습이 된다면?

완고함은 마음속에 벽을 쌓는다는 의미이다. 누구도 스스로 고립되기를 원하지는 않는다. 그럼에도 대부분 나이가 들수록 완고해지고 기어이는 고집과 독선도 모자라 괴팍스럽고 과격해지기까지 해 깨어지지 않는 철옹성 속에 스스로를 가둔다. 그리고 고통스러워하며 쓸쓸하게 남은 길을 걸어간다. 결코 그대로 방기할 일이 아니다.

먼저는 입안에서 군내가 나지 않도록 대화의 장을 만들어 드려야 한다. 고달픈 땀을 흘리고 돌아와도 기다리는 사람과 정겨운 대화 몇 마디면 피로가 풀어지고 행복이 느껴지지 않던가. 경로당 공간으로 만족할 분들도 있지만 저마다 살아온 길에 대한 긍지와 신념으로 인생과 추억을 반추하고 싶은 분들도 있다. 격한 토론이 아니라 스스로를 반추하며 세상의 변화와 흐름에 공감하며 긍정 에너지를 이끌어 낼 수 있는 대화의 장 말이다.

장소는 너무 크지 않아야 한다. 강당 같은 곳에서의 일방적 강연은 절대 안 된다. 신문, 방송, 특히 종편 채널이 생기면서 다양한 사회문제에 대한 일방향적 소통 아닌 소통은 넘치고도 넘친다.

그저 따스한 봄날에는 공원 벤치 주변이나 나무 그늘 아래에서, 비가 오거나 눈이 내리는 날에는 마을회관쯤이면 괜찮을 거다. 한 달에 두어 번쯤, 너무 잘 나지도 유명하지도 않은, 심성 반듯하고 세월의 무게를 존중할 줄 아는 강사가 세상 돌아가는 흐름을 알아듣기 쉬운 말로 조곤조곤 이야기 드리며 간간히 그분들의 의견을 들어주기도 하는 프로그램이면 어떨까.

그분들의 생각을 겸허히 들으면서 변화와 흐름의 인식을 돕고 이해를 구한다면 완고함의 벽을 서서히 허물어뜨리지 않겠는가. 그렇게 막히지 않은 시선으로 세상을 보게 되면 또래든 청년이든, 누구와도 쉽게 말문을 틀 수 있을 테니 입안에서 군내 나는 고독은 떨쳐낼 수 있을 거다. 너무 힘에 부치지 않는 일거리로 소일과 수익을 병행할 수 있는, 외롭지 않아 밝은 마음으로 누군가에게 슬며시 웃어줄 수 있는 만년이라면 아름다운 석양에 고개 끄덕일 수 있으리라.

# 청년, 아르바이트부터 내일을 품어야 한다

치열한 경쟁을 치러 시작하는 인턴이라는 일자리 중에는 기껏 복사를 하거나 정규직의 심부름에 불과한 일로 시간만 때우는 경우도 적지 않다. 생색내기를 위한 예산 낭비이기도 하지만 청년의 영혼을 좀먹는 일임을 깨우쳐야 한다.

아뿔싸! 가뜩이나 부족한 일자리를 어르신들과 나누거나 돌리자고 했으니 우리 청년들, 무지 뿔났겠습니다. 일단 시쳇말로 깨갱, 미안합니다. 그렇지만 처음부터 생각하지 못한 것은 아니었습니다. 기왕 시작했으니 돌 맞을 각오하고 한번 이야기해 보겠습니다.

우리 세대는 학비가 없거나 생활이 곤궁하면 으레껏 소위 '노가다판'이라는 건축공사 현장을 찾았습니다. 그때는 무엇보다 아르바이트를 할 만한 일자리 자체부터 드물었죠. 그렇지만 벽돌을 지고, '공구리 치는(콘크리트 타설하는)' 노동에 겁먹지는 않았습니다. 힘은 들었죠. 그렇지만 다리가 후들거리도록 일한 내 땀값을 제대로 받고나면 함께 한 친구와 막걸리 잔을 나누어도 당당하고, 해냈다는 뿌듯함이 컸습니다. 친구가 없으면 '십장'이라 불리던 반장쯤 되는 분이나 다른 형님뻘, 혹은 삼촌뻘 되는 분들이 돼지비계에 막걸리를 사주며 기특하다고 등을 두르려주기도 했지요. 뭉클하기도 했지만 비로소 어른이 된 것 같았고, 뭐든 할 수 있다는 각오도 새로웠습니다.

한번은 그런 공사판에서 운 좋게 설비공사 팀에 붙게 됐습니다. 주물로 된 각종 배관 파이프를 어깨로 져 나르고, 연결하는 기능공을 보조하는 일이었죠. 만날 등짐만 지다가 조금 편한 일을 하게 되니 날아갈 것 같기도 했습니다만 더욱 좋았던 것은 며칠 만에 건축에 조금이나마 눈을 뜨게 되었다는 것이었습니다. 뭐, 별것 아닌 설계도를 보는 방법 정도였지요. 그렇지만 콘크리트 벽을 그냥 세우는 것이 아니라 설계에 의해 전기, 수도, 난방, 화장실 배관 등등을 미리 준비한다는 걸 직접 체험해보는 것은 새로운 눈을 뜨는 일이었습니다. 그 뒤로 건축 일을 하지는 않았지만 제 삶의 모든 일을 시작하기 전에 가상의 설계도를 그려 실수와 실패의 확률을 낮출 수 있었다는 것이지요.

## 부딪쳐야 깨진다,
## 깨져야 속이 보인다

청년이여, 그대는 그대를 얼마나 아는가? 그대 마음속에 무엇을 품고 있는지 어렴풋이나마 아는가? 태어나 철이 든 뒤, 아직도 기억으로 간직하고 있는 그날부터 지금까지 그대가 마음속에 간직한 그것이 진정 그대의 것이기는 한가?

모든 사람의 손가락은 그 지문이 다르다. 한날한시에 한 엄마의 배를 빌려 세상에 나온, 부모조차 선뜻 구별하기 쉽지 않은 쌍둥이라도 전부 지문은 다르다. 그것은 신께서 모든 사람에게 저마다의 개성을 부여해 생명을 주셨다는 의미이기도 하다. 또한 열 손가락 어느 하나 소중하지 않은 것이 없듯이 저마다 타고난 그 개성은 제각각의 값어치가 있는 법이고 없어서는 안 되는 것들이다.

사람의 생존에 가장 중요한 것이 밥이라고 해서 모든 먹거리가 오직 밥뿐이라면 우리는 금세 영양불균형으로 목숨을 잃게 될 것이다. 그래서 쌀이 중요한 만큼 채소도 소중하고 육류도 필요한 것이 아닌가. 마찬가지, 저마다 타고난 개성 또한 제각각의 소임과 값어치가 있게 마련이다.

'키가 작으면 루저'라는 말이 한동안 회자되며 공분을 샀다. 그 말도 안 되는 소리에 분노하는 것이 당연하면서도 돌아서서는

'현실은 그래'라며 중얼거린 사람도 있었을 것이다. 그래서 오늘도 대한민국은 성형천국이 되고 있다. 형편만 되면, 심지어는 빚을 내서라도 갈고 찢고 꿰매어 예쁘게 만든다. 그래서 뭐? 신의 손을 가진 의사가 있어 누군가를 가수 이효리 씨와 똑같이 만들었다고 가정하자. 그럼 그가 가수가 되고 그만한 인기를 누릴 수 있을까? 오히려 이효리 아닌 이효리로 그야말로 루저의 생을 살게 되기 십상이다. 그럼에도 대부분은 넋을 잃고 그 획일화를 좇고 있다.

시작은 그 빌어먹을 '사농공상(士農工商)'의 질서였다. 그래서 지금껏 부모들은 물론이고 청년들 자신까지 '펜대 굴리고' '화이트 칼라 와이셔츠'에 '말(言)과 글'로 먹고살아야 한다는 사고방식에서 벗어나지 못하고 있다. 반드시 나쁘다고 말할 수는 없다. 기왕이면 힘 안 쓰고 편안한 게 좋으니까. 그렇지만 일단 그게 쉬운 일인가. 당장 말과 글만으로는 직장 구하기조차 쉽지 않은 것이 눈앞의 현실 아닌가. 왜? 수요에 비해 공급이 넘치고도 넘쳐나기 때문이다. 다행히 남들보다 조금 더 뛰어나 그 계단을 통과하면 모든 것이 괜찮아질까?

십여 년 청춘을 모두 바치거나 비싼 학비를 로스쿨에 갖다 바쳐 얻은 변호사 자격증. 과거에는 판사 검사가 못 되어 다른 공무원으로 지원하더라도 최소한 '사무관' 직급이나 경찰에서는 무궁화 3개의 경정 계급장을 달았다. 그렇지만 지금은 무궁화 하나의 경찰 경위로 채용되기도 수월치가 않고, 기업에서는 대리로 채용하기도 한다. 그게 자존심 상한다고 무작정 변호사 개업이라도 했다가는 사건 수임은커녕 빚만 늘어나기 십상이고, 브로커 사무장 고용했다가 수사대상이 되기도 한다.

열쇠 3개는 기본이라던 의사 자격증은 또 어떤가. 잘 나가는 대학병원은 언감생심이고 월급 제대로 받을 종합병원 취업도 쉽지 않은 것이 현실이다. 결국 자격증만 믿고 덜렁 개업했다가 환자는커녕 신용카드 연체로 문을 닫는 경우도 없지 않다.

물론 세상이 온통 그처럼 회색빛이라는 뜻이 아니다. 누가 뭐래도 아직은 노력하면 노력한 만큼 성과를 얻고 빛을 발할 수도 있는 '꽤 괜찮은' 세상이다. 문제는 골대가 없는 방향을 향해 무작정 내달리는 허송세월, 헛발질이라는 거다. 저마다 타고난 개성과 역량이 다른데, 저마다의 골문이 다른데 왜 남의 뒤만 좇느냐는 것이다.

'사농공상'의 질서는 이미 박살났다. 첫 번째 증거는 '사'의 수명이 아주 짧아졌다는 분명한 사실이다. 회사에서 '펜대 굴리는' 일은 아주 특별한 경우가 아니면 쉰 살을 넘기지 못한다. 눈앞이 어지러울 정도인 광속의 변화를 책상 앞에서 따라잡기는 거의 불가능하기 때문이다. 두 번째 증거는 기업뿐 아니라 공무원, 정치권에까지 '농공상'의 바람이 폭풍처럼 휘몰아치고 있다는 사실이다. 이론과 실물과 경험과 기술이 요소요소에 필요하고 변화를 창조할 수 있다는 것을 깨우쳤기 때문이다. 생각건대 이제 바야흐로 세상이 제 정신을 차린 것이다. 밥에만 매달리던 세상이 채

소와 육류와 양념을 돌아보고, 그 순위에 선후가 없다는 것을 마침내 알아차렸다는 뜻이다.

정말 미안하다, 한 사람의 아버지로서. 나도 그렇게 자랐기에 자식과 청년들에게 그렇게 가르친 것도 같았다. 우리가 걸었던 그대로 자식에게도 외길을 가리켰으니 죄는 우리에게 있다. 다시 한 번 미안하다. 그대들에게 제각각의 개성과 역량과 흥을 찾을 기회를 주지 못했으니. 뒤늦게나마 진정으로 권하건대 이제라도 먼저 그대 자신을 제대로 찾아보라.

깨어지면 다시 일어설 수 있는 그것이 가장 큰 특권이다. 오직 청년만이 누릴 수 있는 그 특권으로 부딪쳐서 깨져라. 그럼 진짜 속을 볼 수 있을 거다. 그것이 저마다를 찾는 유일한 길이다.

편의점 좁은 계산대에 서서 바코드를 찍고 잔돈을 거슬러주는 일로 청춘을 소비해서는 얻는 것보다 잃는 것이 더 많다. 청춘의 값어치는 시급 몇 천 원이 아니라 미래를 찾는 모험의 백지수표여야 하지 않겠는가. 호프집, 햄버거집 유니폼 안으로 흘리는 땀보다는 꿈을 찾아 뙤약볕 아래로 나서 이마에 흘리는 땀방울이 천 배는 더 빛나고 푸르지 않겠는가.

무엇보다 중요한 것은 '이봐, 해봤어!' 하던 고(故) 정주영 회장의 정신이다. 그 패러디인 고 이주일 씨의 '일단 한번 해 보시라니까요'가 더 쉽고 재미있는가? 아무튼 자, 이제 그 파란 희망으로 나서보자!

# 좋아야만
# 할 수 있다

　　　　　사람마다 좋아하는 것은 참 많이도 다르다. 그 다른, 내가 좋아하는 것이 시작이다.

　어릴 적부터 무작정 자동차가 좋은 사람도 있다. 좋은데 무슨 분명한 이유가 있겠는가, 그저 좋은 거지. 그러나 아직 한 번도 자동차의 실체와 제대로 가까워져본 적은 없었다. 왜? 그놈의 성적이라는 바리케이드가 가로막고 있었으니까. 자, 이제 성적은 잠시 미뤄두고 아르바이트에 나서야 할 시간이라면, 기왕 나서는 김에 좋아하던 자동차의 실체와 부딪치러 가는 거다. 반드시 뭘 얻어야겠다는 각오도 버려라. 그저 좋아하니 한번 부딪쳐보자는 생각. 그럼 뭐, 대충 세차장도 괜찮겠다. 기껏 자동차 닦아주는 일이지만 가끔은 밑바닥도 들여다볼 수 있을 테고, 어쨌거나 다양한 자동차를 좀 더 가까이 들여다볼 수 있을 거다.

　시간이 지날수록 흥미는 식어가고 힘만 든다면 때려치우고 다른 걸 찾는 거다. 혹시 힘이 들어도 점점 더 좋아지면 계속하는 거다. 어느 날 문득, 꼭 이걸 할 거야! 가슴에 번갯불이 꽂히면 미치는 거다. 세차에서 정비로, 사랑으로……. 정비사 출신의 카 레이서! 멋있겠다. 어쩌면 자동차 관련으로 전공을 바꿔 제대로 사랑하며 미치게 될지도 모를 일이다. 그러면 자동차 회사 응시서류의 자기소개서부터 다를 거다. 질문 한 마디에 미친, 생생, 참신,

엉뚱한 상상의 답이 줄줄이 이어진다면 면접관의 두 눈이 휘둥그레지지 않겠는가.

비행기가 좋았다. 그러나 뭘 알아야지, 막연한 꿈일 뿐이었다. 그렇다면 이제 무작정 공항으로 달려가는 거다. 화물을 나르건 청소를 하건 뭐든 부딪치는 거다. 비행기에는 조종사만 있는 것이 아니라 관련된 수많은 종류의 일도 있다는 것을 경험으로 깨우치는 거다. 얼마간 시간이 지나면 자신의 소질과 능력이면 어떤 일을 감당할 수 있을지, 평생 일해도 지겹지 않고 행복할 수 있겠다는 판단이 설 것이다. 그게 파란 미래의 시작이다.

바다나 배가 좋으면 조선소를 찾든 어선을 찾든 일단 나서보는 거다. 우두커니 앉아서 머리만 굴리면 공상에 그치지만 찾아서 부딪치고 땀을 흘리면 꿈이 되는 거다. 아하, 이렇구나! 첫 경험에 탄성을 터트리면 청춘의 가슴이 머리를 후려친다. 요렇게 바꾸면 더 나을 것 같은데, 저걸 왜 미련하게 저렇게만 할까……. 점점 쌓이면 힘들기만 한 것이 아니라 돈이 되는구나, 할 만한 일이구나, 더 잘 할 수 있겠구나……. 마침내 대박이겠다! 두 눈이 밝아지면 얼른 희망으로 주워 가슴속에 품는 거다.

하다못해 레스토랑을 꿈꾸는 청춘이라면 홀을 누비기보다 주방 정복에 먼저 나서야 할 일이다. 분위기나 인테리어는 수시로 바뀌고 다른 전문가의 도움을 얻을 수도 있지만 변하지 않는 식당의 기본은 맛이기에 말이다. 괜히 남의 체인점이나 하다가 평생 '을'로 살지 않으려면 기본은 직접 익혀야 한다. 젊은데 뭐가

겁나는가. 불판도 닦고, 청소도 하고, 양파 까며 눈물도 흘려보고, 칼질, 불질에 땀 흘리다가 보면 눈이 떠지고 혀도 제대로 살아날 거다. 그래야 성질 고약한 주방장 비위 맞추려 애쓰지 않아도 되고 1호점, 2호점, 3호점 늘려갈 수도 있는 거다. 혹시 아나, 체인점 내달라고 돈 싸들고 온 사람들로 문전성시를 이루는 날이 오게 될지.

어른들의 오류로 잠들어 있는 진짜 그대를, 청년이여, 스스로 깨워라! 신이 특별히 그대에게만 내려주신 귀한 재능을 기어이 찾아내라. 즐겁지 않으면 행복할 수 없다. 행복하지 않으면 지속할 수 없다. 지속되지 않으면 반짝거리는 빛은 영원히 오지 않는다. 청춘의 땀, 두려워하지 않는 도전이 첫걸음이다. 해본 뒤에야 '아니면 말고!'를 당당히 던질 수 있다. 미련 없이 내던져야 다시 찾아 나설 수 있다. 청춘만의 특권이다, 누려라 부디!

## 청년이 살아야
## 나라가 산다

자, 이제 청년은 신발 끈을 조였다. 제 길 찾기의 도전에 나선 그들에게 제각각의 라인을 그어주는 것은 어른과 정부의 몫이다.

청년실업이 정부의 중요 화두가 된 것은 오래지만 여전히 회복의 기미는 보이지 않고 있다. 세계적인 경기 침체의 영향과 그에 따른 기업 사정이 주된 원인일 것이다. 그렇지만 언제나의 길만 생각해서는 활로를 찾기 어렵다. 발상의 전환, 다양하고 과감한 시도가 필요하다. 설령 임시방편으로 보일지라도 시도해보는 것이 중요하다. 인간이 위대한 것은 창조하는 능력 때문이다. 인간, 특히 틀에 얽매이지 않은 청년의 가능성은 무궁무진하다. 하찮아 보이는 임시방편의 길이라도 그들이 들어서면 또 다른 창조로 세상을 바꿀 수 있다. 그런 기회의 제공은 청년뿐 아니라 기업의 활로가 될 수도 있는 일이다.

먼저는 정부가 쉽게 나설 수 있는 공기업의 기회제공이다. 공항, 항만, 전력, 철도 등 각종 공기업에는 땀 흘리며 체험할 수 있는 여러 일자리가 있다. 그 중 기술적 숙련이 필요치 않는 일자리 중에 일부를 청년 아르바이트로 내놓는 거다. 일정한 체계만 갖추면 조(組)를 이룬 청년들이 시간을 나누어 비는 틈 없이 필요한 노동력을 충당할 수 있다. 치열한 경쟁을 치러 시작하는 인턴이라는 일자리 중에는 기껏 복사를 하거나 기성 직원들의 심부름에 불과한 일로 시간만 때우는 경우도 적지 않다. 생색내기를 위한 예산 낭비이기도 하지만 청년의 영혼을 좀먹는 일임을 깨우쳐야 한다. 무엇을 하든, 일의 흐름을 알고 자신의 적성과 가능성을 찾아낼 수 있고, 아이디어를 낼 수 있는 기회가 되어야 한다. 그래야 땀의 소중함과 더불어 보람을 느끼고 희망을 찾을 수 있기에.

일정 규모 이상의 중견기업도 동참하게 해야 한다. 그들 기업의 일자리 중 땀 흘리는 노동의 현장 일부를 제공하는 것은 그리 어려운 일도 아니거니와 청년의 반짝이고 엉뚱한 상상이 기업의 새로운 활로를 찾는 기회가 될 수 있다는 사실을 인식시켜야 한다. 그런 일정기간 안정되고, 좀 더 나은 수입이 보장되는 상태에서의 다양한 일자리 체험은 청년의 꿈과 직업세계에 대한 획기적 변화를 불러일으킬 것이다.

일정 규모가 되지 않아 경험 없는 청년들에게 선뜻 기회를 제공할 수 없는 업종에는 적당한 인센티브를 제공하는 것도 고려할 일이다. 많지 않은 액수의 융자지원, 시설개선지원, 상품개발지원 등은 업주는 물론 청년의 꿈에도 도움이 될 것이다.

지방자치단체가 나선 청년 아르바이트 네트워크의 구성은 시급히 고려할 일이다. 청년 구직난의 한편에는 젊은 청년의 힘이 필요한 구인난도 심각하다. 특히 농어촌과 연결하는 지속적인 아르바이트 네트워크는 익숙하지 않은 손길에 대한 우려를 해소할 수 있을 뿐 아니라 청년들의 막연한 기피 현상 해소에도 도움이 될 것이다. 농수산업에 대한 막연한 기피는 제대로 알지 못한 무지가 우선적 원인의 하나이다. 농수산업은 인간의 삶에 가장 기본적인 산업이면서도 노동 강도와 수익성의 불안으로 젊은 층의 외면을 받아 온 것이 사실이다. 그러나 21세기 들어 농수산업은 신성장산업으로 새롭게 주목받고 있다. 과학적 신기술, 정보 네트워크와의 융합 가능성 때문이다. 정부도 그 가능성을 인정해 여러 정책을 마련하고 있지만 몇몇 기업 위주로는 확산의 폭이 한정될 수밖에 없다. 많은 청년들이 직접적인 체험 속에 제각각의 시선으로 아이디어를 발굴할 때 무한한 성장을 기대할 수 있을 것이다.

고된 경험 끝에 눈을 뜨고 실마리를 잡기는 했지만 막상 시작하려면 두렵고 망설여지는 것이 청년의 한계이다. 유인책이 필요하다, 성공으로의 유인 말이다. 일정 기간, 일정 산업 혹은 일자리에서 경력을 쌓은 청년에게 도약을 위한 실전교육지원체제가 그것이다. 단순한 기능 숙달에 그치는 것이 아니라 제각각의 아이디어에 대한 초보적인 실험도 가능한 교육지원체제 말이다. '일정 기간, 일정 경력'의 조건을 갖춘 대상자에게는 교육기간동안 최저생계비에 해당하는 급여까지 제공할 수 있으면 그 성공 가능성은 더욱 높아질 것이다.

청년이 살아야 나라가 산다. 나라의 의무이자 성장의 동력이다.

# 곳간에 구멍이 없어야
# 나눔의 햇살이 제대로 퍼진다

사람을 잘 뽑고, 한번 뽑은 사람은 믿고 쓰는 원칙은 공무원 사회에서도 다를 바 없는 일이다. 신뢰받는 공무원은 소신도 강해진다. 그런 바른 소신으로 예산의 누수와 그릇된 사용을 바로잡아야 바른 복지의 길이 열린다.

　우리는 예로부터 집안의 곳간은 안주인이 관장했지요. 그래서 한 집안이 잘 되려면 현부(賢婦)가 들어와야 한다고 했고요. 맞습니다. 밖에서 아무리 벌어들여도 집안의 곳간에 구멍이 나 있으면 결코 부(富)를 일굴 수 없는 법입니다. 그렇다고 무조건 구멍만 틀어막아서 될 일도 아닙니다. 쌓아두기만 하면 썩어서 버리게 될 테니 그 전에 고루 나누기도 해야지요. 핏줄이나 집안에서 부리는 사람뿐 아니라 이웃도 고루 살아가야 또 벌어들일 수 있는 일이고요. 그런 나눔을 요즘은 복지라고 합니다.

복지, 참 말도 많고 탈도 많습니다. 그 좋은 일에 왜 이리 시끄러운 다툼이 일까요?

공짜 싫어하는 사람은 세상에 없을 겁니다. 그러니 다수의 마음을 사고 싶은 사람은 공짜의 추파를 던지고 싶어 안달이 납니다. 문제는 아무리 큰 부를 쌓은 사람이라도 모든 이를 만족시킬 수는 없다는 것입니다. '가난은 나라님도 구제하지 못 한다'는 말의 실상은 그것이지요. 그래도 '사방 백리 안에 굶어죽는 사람이 없게 하라'는 경주 최 부자 댁의 가훈은 오늘날 복지의 기준이 되어야합니다. 우선은 곳간을 관리하는 사람이 구멍 난 곳이 있어 새거나, 썩는 재물이 있지는 않은지 꼼꼼히 살펴 재정을 튼튼히 하는 일이 중요하겠지요. 그 다음은 주인을 대신하는 집사나 마름이 필요한 곳에 필요한 만큼 제대로 나눠주는 일입니다.

거리에서 동냥을 얻는 걸인은 경찰의 단속과 보호 대상이었습니다. 오랫동안 그 업무를 담당한 경찰관이 '한번 동냥에 길들여지면 어지간해서는 그만두려 하지 않는다'고 하더군요. 누구나 처음에는 창피해 쭈뼛거리지만 그 단계만 넘어서면 세상에서 가장 편한 직업으로 여긴다는군요. 아무런 노동 없이 날이 더우면 그늘 아래에서, 추우면 뭔가를 뒤집어쓰고 가만히 앉아 있기만 하면 저절로 수입이 생기니까요. 그래서 여차 나눔이 잘못되면 자생력과 발전의 싹을 자르는 일이 되기도 합니다. 잘 들어온 현 부처럼 나눔에도 원칙과 지혜가 필요한 까닭입니다.

'물고기를 주기보다 잡는 법을 알려주라'는 격언이 있지요. 제가 진정한 복지는 물고기 잡는 법을 알려줘 기회의 균등을 만드는 것이라 생각하는 뿌리입니다. 물론 당장 배가 고프면 잡는 법을 익히는 동안 요기는 시켜야지요. 형편이 된다면 잡는 법을 익힌 이에게 낚싯대나 어망 몇 개를 지원해주면 더할 나위 없을 테고요. 나눔의 지혜만 있다면 지금 우리 형편에서 그 정도는 할 수 있을 겁니다.

## 복지, 시스템이어야 한다

어지간한 외벌이 가장의 수입만으로는 평생토록 작은 아파트 한 채 마련할 수 없는 것이 냉정한 우리의 현실이다. 그보다도 더 급한 것은 내 자식 남에게 뒤지지 않을 만큼은 가르쳐야 하는 일이다. 부모보다 더 잘난 자식, 누구에게도 버젓한 자식이야말로 아비와 어미가 되는 그 순간부터 최대의 목표가 되니 말이다. 그러나 공교육만으로는 불안한데다 다른 집 자식들은 사교육을 받는다니 등골이 휘어도 따라갈 수밖에 없는 노릇이다. 한 푼이 아쉬운 엄마가 시장으로, 마트로, 공장으로 일자리를 찾아 나서지 않을 수 없는 까닭이다.

여성도 인간이다. 꿈을 꾸고, 능력을 인정받고, 사회에서의 한 역할을 당당하게 맡고 싶다. 그러나 결혼하고 아이를 낳으면 문제가 달라진다. 인간 존재로서의 자신이냐, 엄마로서의 여성이냐의 선택에 직면하게 된다. 자아의 실현이자 존재의 확인은 인간으로서의 당연한 권리임에도 아이를 떼놓고 나서면 죄책감마저들게 된다.

정부가 나섰다. 보육지원이다. 그런데 그게 또 불안을 가중시킨다. 일부 보육교사들이지만 아이에 대한 폭행이 여기저기서 불거지고, 지원금을 횡령하기 위한 엉망인 급식 등은 엄마의 피를 끓게까지 했다. CCTV 설치가 대안으로 나왔지만 보육교사에 대한인권침해라는 시비 역시 피할 수 없는 부분이다. 진퇴양난. 결혼을 미루고, 기어이는 아이 낳기를 포기하는 현상까지 생기는 까닭이다.

처음부터 잘못된 대책이었다. 보편적 지원은 어디서나 욕심의함정을 유발하기 마련인데 간과한 것이다. 핵심은 명료하다. 자식은 엄마의 눈길 안에 있는 것이 가장 바람직하다는 사실이다. 엄마들이 일하는 직장 단위의 보육시설지원을 기본으로 삼았어야 했다. 엄마의 일터에 아이가 있어 틈틈이 들여다볼 수 있으면엄마도 불안하지 않고 아이의 정서도 안정된다. 엄마와 함께 하는 보육은 교사도 수월하다. 엄마가 지켜보고 있기도 하지만 함께 일하는 동료인데 먹거리 하나에도 더더욱 신경 쓰게 되는 것도 자연스런 이치이다.

중소규모의 단위라서 일일이 보육시설 마련이 어려우면 지역단위별로 만드는 방법을 강구해야 한다. 잠시 틈이 날 때 걸어가

들여다보거나, 아이와 같이 점심을 먹을 수만 있으면 엄마는 마음이 놓인다.

일하는 엄마만 지원하고 전업주부인 엄마는 차별하느냐는 볼멘 불만이 불거질 수도 있다. 틀린 말도 아니다. 그렇지만 전업주부인 엄마가 무작정 종일 보육을 원하는 것은 아닐 테다. 취미나 배움을 위한 외출, 아이를 동반할 수 없는 만남 등등 필요 최소한 시간 동안의 지원이면 동의의 고개를 끄덕이지 않겠는가. 당장은 아파트 단지별, 동별 주민센터 등을 활용하여 필요할 때 아이를 맡기거나 평상시에 아이와 함께 나와 놀이를 할 수 있는 시스템을 갖추면 가능할 일이다. 옆에 이웃의 할아버지 할머니가 수시로 드나드는 경로당이 있는 것도 마음 든든한 부분이 될 것이다.

예산의 한계를 모르지 않는다. 그러나 복지는 시스템을 기본으로 해야 한다. 우선순위를 정해 형편을 설명하고 양해를 구하며 체계적인 시스템을 갖춰나가면 훗날에는 예산의 여유도 얻을 수 있을 것이다. 보편적 지원은 밑 빠진 독에 물 붓기가 되거나 무한적의 예산 투입이 되기 십상이라는 사실을 명심해야 한다.


## 겸허하고 섬세하지 않으면 복지가 패악이 된다

우리 사회의 선별적, 보편적 복지논쟁의 실체는

터무니없는 이념논리, 정치논리의 소산물이다. 상식적인 마음으로 들여다보면 너무도 간단한 이치이다. 연민과 측은지심에서 비롯되는 나눔, 보살핌을 위한 양보가 복지의 시작이고 기본 아닌가.

한참 개발이 시작되던 70년대 학교에는 꽁보리밥에 반찬이라고는 달랑 된장 하나뿐인 도시락조차 싸오지 못하는 학생들이 적지 않았다. 그래도 우리는 점심시간이면 나뭇가지를 분질러 만든 급조 젓가락을 들고 서로의 도시락을 넘나들며 배를 채웠다. 누구도 부끄러워하지 않았고 자기 것을 빼앗긴다는 생각도 하지 않았다. 그렇게 스스럼없이 자라 친구가 된 사이는 수십 년 세월이 흐르고 처지가 뒤바뀌어도 여전히 친구이고 핏줄처럼 서로를 생각한다. 그게 사람이고 인생 아닌가.

어려워 급식비를 못 내는 학생이 있으면 형편이 넉넉한 쪽이 조금 양보하는 것은 기본적인 사람의 도리이다. 그걸 불공평하다며 나도 똑같이 돈을 낼 수 없다는 소리는…… 너무 슬프다. 무엇보다 그런 본질적 인간의 심성을 자신의 정치적, 혹은 진영논리에 따라 마구 헤집는 이들에게 분노를 금할 수 없다. 더럽게(무섭게가 아닌) 치열한 경쟁의 시대이니 족집게 예상문제집은 혼자 감춰볼 수 있다 해도 최소한 밥그릇 나누는 정은 지켜줘야 사람이 사는 세상으로 지속되지 않겠는가 말이다.

일본의 작가 구리 료헤이 원작의 《우동 한 그릇》을 읽어보았는가. 갑자기 기억을 더듬는 수고를 덜어주기 위해 간략하게 줄거리를 소개한다.

어느 섣달 그믐날, 삿포로의 우동집 〈북해정〉 주인은 밤 10시가
되어 손님이 뜸해지자 영업을 마칠 준비를 한다. 그때 낡은 코트
차림의 여자가 두 아이를 데리고 들어와 조심스럽게 1인분만 시
켜도 되는지 묻는다. 형편을 알아차린 여주인이 주방의 남편에게
'우동 1인분이요!' 외친다. 홀을 내다본 남편도 사정을 알아채고
즉시 우동 반 덩어리를 더 넣어 내준다. 세 모자는 맛있게 나눠먹
고 1인분 값 150엔을 내고 감사하다는 인사를 하고 나간다.

다시 해가 바뀌어 그믐날이 되어, 또 그 낡은 코트의 여자가 두
아이와 들어와 1인분만 시켜도 되는지 묻는다. 여주인은 흔쾌히
대답하고 주방으로 가 공짜로 3인분을 만들어주자고 하지만 남편
은 고개를 젓는다. 그렇게 하면 도리어 부담스러워 다시는 우리
집에 오지 못할 거라며 지난해와 같이 반 덩어리를 더 넣은 우동
을 내준다. 맛있게 나눠먹고 감사의 인사를 한 여자는 1인분 값을
내고 아이들을 데리고 나간다.

그 이듬해에는 1인분 값이 200엔으로 올랐지만 주인은 그믐날
그 시간, 150엔의 가격표를 부쳐놓고 언제나 그 세 모자가 앉던
자리를 비워둔 채 기다린다. 그렇게 몇 해가 지난 뒤에는 2인분을
시키고…….

어느 해부터는 그들 세 모자가 그믐날이 되어도 찾아오지 않았
지만 주인은 여전히 그 자리를 비워두고 기다린다. 한참의 세월

이 흐르는 동안 〈북해정〉은 실내를 다시 꾸미면서도 그 자리는 그대로 보존하고, 그믐날 밤 10시에는 반드시 비워 뒀다.

마침내 어느 해 밤, 10시가 되어도 손님이 꽉 찬 〈북해정〉에 잘 차려입은 세 모자가 들어섰다. 변한 모습에 미처 알아보지 못한 여주인은 빈 그 자리를 두고도 자리가 없어서 죄송하다고 말한다. 장성한 두 아들을 동반한 여자는 조심스럽게 더듬더듬 '3인분인데 괜찮은지요?' 하고 묻는다. 여주인은 비로소 그들을 알아보고 화들짝 반겨 맞으며 남편을 찾았다. 여자는 자신들은 14년 전 섣달 그믐날 밤 셋이서 1인분의 우동을 주문한 사람들이라며, 그때 한 그릇의 우동에 용기를 얻어 열심히 살아 자식들을 의사와 은행원으로 잘 키울 수 있었다고 말한다. 다른 도시로 이사를 가 오랫동안 오지 못했지만, 올해는 꼭 3인분의 우동을 시키려고 자신들 인생에서 가장 사치스러운 여행을 온 것임을 밝혔다. (《우동 한 그릇》은 일본뿐 아니라 세계를 감동시키며 지금도 변함없이 읽히고 있다)

이게 사람이다! 이게 인생이다! 이게 나눔이다! 이게 복지의 근본이다!

책이 출간된 뒤 어느 날, 일본의 한 국회의원이 본회의 단상에 올라 《우동 한 그릇》을 펴서 찬찬히 읽기 시작했다. 느닷없는 행동에 처음에는 의아했지만 책 내용에 귀를 기울이면서 모든 의원들이 감동의 눈물을 흘리며 끝까지 경청했다.

이게 정치다! 이게 정치인이다! 이게 정치인의 바른 정신이다! 무엇이 진정한 나눔이고 보살핌인지 깨우치는 자세이다!

뻔히 아는 사정에도 무책임한 억지 주장으로 현혹시켜 사람의 심성마저 망가트리는 짓은 정치사기이다. 생색내며 퍼주는 것을 복지로 포장해서는 사람의 의지를 가로막고 나라의 미래를 망친다. 무엇보다 청년의 정신을 흐리게 해 스스로 자신의 미래를 열어가려는 희망을 꺾는 가장 크나큰 범죄이다.

무릇 나눔과 복지는 겸허하고 섬세해야 한다. 나눔과 복지라는 이름으로 받는 사람의 마음을 다치게 하고, 주면서는 유세하고, 기어이는 준 만큼 내게도 내놓으라는 패악에 이르면 사람의 세상에서 정과 고마움은 사라지고 미움과 갈등만 남게 될 것이기에 말이다.


## 법과 규정보다
## 소신과 재량이 필요하다


곳간에 처음 침입하는 도둑은 쥐새끼다. 아주 작은 구멍을 내고 조심스럽게 드나들며 곡식을 축내다가 점점 간이 커지면 아예 곳간 안에 집을 짓고 뱃가죽을 두드린다. 그런 쥐새끼에게 아무런 탈이 없는 것을 본 개구쟁이 손자는 구멍을 조금 더 넓혀 손으로 곡식을 빼내 엿을 바꿔 먹고는 그 단맛에 취해 점점 잦아진다. 그런 아이의 행동을 지켜보던 한 어른이 그릇을 이용해 곡식을 퍼내다가 점점 큰 그릇으로 바꿔 간다. 그 다음에는 열쇠를 만질 수 있는 사람이 문을 열고 대놓고 도둑질을 해 간다. 살림이 거덜나는 것은 시간문제이다.

바깥에서 들어온 도둑보다 집안의 도둑이 더 무서운 것은 개인의 곳간뿐 아니라 나라살림도 마찬가지이다. 이른바 부정, 비리이다.

나라살림의 부정과 비리는 아마 국가라는 제도가 시작되면서부터였을 것이니 그야말로 유사이래(有史以來)이다. 역사의 고비마다 부정비리척결의 칼날이 서릿발을 세웠지만 여전히 근절될 기미는 안 보인다. 그렇다고 모든 나라의 관리가 그런 것은 아니다. 싱가포르나 북유럽의 몇몇 나라처럼 부정비리가 거의 근절된 나라도 있고, 부패한 가운데도 청렴을 지켜 귀감이 되는 관리도 있으니 말이다. 결국은 사람, 즉 인사의 문제이다. 바른 사람을 찾아내는 인사권자의 눈썰미와 사정기관의 의지, 부정에 유혹당하지 않을 수 있는 대우가 포함되는 문제이니 더는 말하지 않으련다.

당면하고 시급한 것은 기왕 쓰는 예산의 바른 사용이다. 어쩌면 도둑질보다 더 무서운 것은 갈 곳에 가지 않고 엉뚱한 곳으로 흘러들어 예산은 퍼붓는데 갈증은 멈추지 않는 것인지도 모른다.

냉골의 단칸방에서 가족 누구의 도움도 받지 못 해 굶기를 밥 먹듯 하는 병든 노인이 있는데, 번듯한 자식이 있어 보호대상자가 아니라는 규정 때문에 안타깝지만 담당자는 외면해야 하는 일도 있다. 당장 아무런 일자리를 구할 수 없는 처지의 혼자인 엄마와 자녀가 양식이 떨어져 며칠을 굶는데도, 노동 능력이 있고 자녀가 장성하고 등등의 규정을 이유로 도움의 손길을 내주지 않아 동반자살을 하는 일도 있다. 이게 무슨 복지인가.

반면에 일주일에 몇 차례 골프를 나가고 부인은 백화점을 순례하는 퇴직 관료 부부는 자녀의 피부양인이 되어 건강보험료 한 푼을 안 내는 경우도 있다. 정부의 도움 없이도 충분히 살만한 형편인데 이런저런 규정에 의해 무조건 지급되는 예산은 상상을 초월하는 것으로 추정된다. 수급자의 욕심이라 탓할 수만도 없다. 거저 주는 돈을 '나는 살 만하니 필요 없소' 하고 돌려줄 사람은 요즘 세상에서는 거의 성인으로 봐야하지 않겠는가. 아니 돌려줘도 받아서 국고로 넣을 규정이 없어 사양해야 할 판이다. 빌어먹을 규정!

그렇다고 온전히 규정의 탓만으로 돌릴 수도 없는 노릇이다. 법과 규정은 제정되는 순간부터 한계를 포함한다. 변화무쌍한 세상사를 모두 그러안을 수 있는 법이란 애초에 불가능한, 그야말로 법이기에. 해법은 사람이다. 직접 대면하여 실정을 듣고 발로 찾아가 두 눈으로 확인한 공무원의 보고서 말이다.

부정과 비리의 염려 때문에, 혹여 잘못된 조사인가 하는 우려 때문에, 엄연한 규정을 위반한 행위에 대한 엄격한 처벌 때문에 규정의 뒤로 숨는 비겁함은 나라의 근간을 흔드는 일이다. 복잡한 규정을 간소화 하고, 공무원을 신뢰하고 재량권을 인정하여,

눈물 젖은 마음과 겸허한 섬세함으로 우리 세상의 그늘과 어둠에 따스한 빛을 골고루 비춰들게 해야 한다.

사소한 착오나 악의적 고의에 공무원이 속을 수도 있는 일이다. 그게 무서워 공무원의 손을 묶으면 국민이, 사람이 목숨을 잃는다. 반듯한 마음에서 비롯된 실수에는 너그러운 관용도 필요하다. 단호해야 할 것은 고의적 비리와 귀찮아서거나 책임을 회피하려는 직무유기이다. 절반이 썩어도 다른 절반은 온전하기 마련이다. 사람을 잘 뽑고, 한번 뽑은 사람은 일단 믿는 사람쓰기의 원칙은 공무원 사회에서도 다를 바 없는 일이다. 신뢰받는 공무원은 소신도 강해진다. 그런 바른 소신으로 소중한 예산의 엉뚱한 누수와 그릇된 사용을 바로잡아야 옳은 복지의 길이 열린다.

# 2장
# 기적의 나라 대한민국,
# 다시 시작이다!

# 폐허 위의 산업화,
# 그 기적의 영도자

엄격한 법치주의로 내부를 튼튼히 하는 한편 세계적 석학과 지성,
자본의 발길을 유인하는 활짝 열린 대문이 멈추지 않는 싱가포르
발전의 보이지 않는 원천임을 깨우치고 받아들여야 할 일이다.

지난 3월에 리콴유(李光耀) 전 싱가포르 수상께서 영면에 드셨습니다. 모두 아는 바와 같이 그분은 고 박정희 전 대통령, 고 덩샤오핑(鄧小平) 전 중국 중앙군사위원회 주석과 함께 현대 아시아의 가장 위대한 지도자로 평가받은 분입니다.

1979년 10월 16일, 그러니까 박정희 대통령께서 서거하시기 열흘 전 리콴유 수상께서 한국을 방문했습니다. 당시는 우리나라, 싱가포르, 홍콩, 대만을 '아시아의 4룡(龍)'이라 이르며 세계가 그 눈부신 발전에 주목하던 때였습니다. 특히 박정희 대통령은 식민

지배와 6·25전쟁을 겪은 후 세계 최빈국 중 하나였던 대한민국을 개발도상의 산업국가로, 리콴유 수상은 작은 어촌에 불과하던 도시국가 싱가포르를 아시아의 허브국가로 만들어가고 있었으니 그 탁월한 판단력과 지도력을 서로가 주시하고 존경했습니다. 경쟁자이자 친구였던 셈이지요. 그런 리콴유 수상에게 박정희 대통령은 자랑스러운 포항제철을 보여주고 싶었습니다. 하지만 리콴유 수상은 경주의 문화유산만 보겠다고 고집했습니다.

문화유산은 세상 누구라도 하루아침에 후다닥 만들어낼 수 없는 역사의 산물이지요. 그러니 당대의 경쟁자라도 마음 편히 둘러보고 감동의 고개를 끄덕일 수 있지만 예측, 결단, 의지, 자금, 기술, 인력 등 당대의 총합적 지도력이 결집되는 세계적 규모의 포항제철은 다른 경우이기 때문이었습니다. 결국 박정희 대통령은 포항공항을 이용해 경주로 향하며 그 동선(動線)을 포항제철을 지나도록 하여 자연스럽게 볼 수 있도록 했습니다. 그러나 리콴유 수상은 포항공항에서 내려 경주로 향하는 승용차 안에서 포항제철 쪽으로는 단 한 번도 고개를 돌리지 않았다고 전해집니다. 그 당당하고 위대한 지도자도 포항제철의 기적에는 선선히 고개 숙이고 싶지 않았던 모양입니다.

대한민국과 싱가포르는 모두 현대사에 기적을 써낸 나라입니다. 박정희와 리콴유라는 위대한 지도자가 있었기에 가능했습니다. 그리고 우리에게는 포항제철이라는 또 하나의 기적도 있습니다. 박태준이라는 탁월한 지도자가 있었기 때문이지요. 참으로 자랑스럽습니다.

## 덩샤오핑, 리콴유의
## 정신과 이념

　　　　　1840년대 이전까지 중국, 당시 청(淸)나라는 세계 GDP(국내총생산)의 30퍼센트 이상을 차지하는 그야말로 슈퍼파워의 제1위국, 중화(中華:세상의 중심)를 부인할 수 없게 한 나라였다. 그러나 1840년에 발발한 아편전쟁을 고비로 내리막을 달리기 시작하여 마오쩌둥(毛澤東)이 통치하던 1970년대에는 인민의 먹고사는 문제가 절박한 처지에까지 이르렀다. 그런 중국을 불과 40여 년 만에 다시 G2의 대국으로 끌어올린 발화점은 1978년 덩샤오핑의 '중국 특색이 있는 사회주의 건설'을 표방한 개혁개방이었다. '중국 특색이 있는 사회주의 건설'은 얼핏 '한국적 민주주의'를 떠올리게도 하지만 실제 덩샤오핑은 박정희의 경제개발정책을 중국 경제발전의 모델로 삼았다.

　그렇지만 박정희에게도, 다른 2인의 지도자에게도 '위대한'에 반하는 공통의 '꼬리표'가 하나 따른다. 다름 아닌 '독재' '강압'이라는 '민주'에 대치되는 부분이다. 딱히 부인하기도 어렵다. 덩샤오핑에게는 1989년 '톈안먼(天安門) 진압'의 핏자국이 여전하고, 상가포르는 '태형'으로 대표되는 엄격한 법치주의가 지금도 실행되고 있고, 박정희에게는 '유신'의 그림자가 존재하니 말이다. 그렇지만 시선을 돌려보자.

마오쩌둥은 중화인민공화국의 주역이기는 하지만 '대약진운동'과 '문화대혁명'이라는 돌이킬 수 없는 과오가 존재한다. 터무니없는 농공증산정책인 '대약진운동'은 많게는 3천만 명의 인민을 굶주림으로 죽게 했다. 자신의 과오를 덮고 권력을 잃지 않기 위해 일으킨 '문화대혁명'은 1960년대 중반에서 1970년대까지 10여 년간 중국의 역사와 문화, 정신을 송두리째 말살하며 자식이 부모를 고발하고, 제자가 스승을 조리돌림 하여 죽음으로까지 내몰았다. 우리의 관념으로는 과거의 부정을 넘어 그야말로 부관참시를 하고서도 용서하지 않으려 할 과오였다. 그러나 마오쩌둥이 죽고 문화대혁명이 끝난 뒤 정권을 장악한 덩샤오핑은 '마오쩌둥의 과(過)는 3이요, 공(功)은 7이다'라고 정리했다. 오늘날에도 중국의 중심 톈안먼 광장 한 가운데에 마오쩌둥의 동상이 서 있고, 톈안먼에는 그의 대형 초상화가 버젓이 내걸릴 수 있게 된 바탕이다.

덩샤오핑의 궁량을 말하려는 것이 아니다. 당시 8억이 넘는 인민의 눈길을 과거가 아닌 미래로 돌린 놀라운 혜안과 위대한 선택을 주목하자는 것이다.

역사에 만일은 없다지만 그때 덩샤오핑이 마오쩌둥을 비판함으로써 권력의 발판으로 삼으려 했다면 중국의 역사는 어찌 되었을까? 결코 오늘의 G2는 없었을 것이라 감히 단언할 수 있다.

지도자의 혜안과 선택, 결단과 의지가 국민과 국가, 역사에 미치는 영향이 어떤 것인지 이보다 더 선명하게 보여주는 사례가 있을까.

언젠가 싱가포르에 출장 갔다가 호텔방에 배달된 조간신문 1면에 벤츠 교통사고로 한 사람이 죽었다는 기사가 대문짝만하게 실린 것을 보았다. 교통사고가 1면 톱기사가 될 리는 만무일 테니 죽은 사람이 유명인인가 보다 생각했다. 그런데 그날 만난 현지인에게 지나가는 말처럼 물었더니 생각과 다른 대답이 돌아왔다. 그 기사가 1면을 장식한 연유는 죽은 이가 유명해서도, 사고차량이 벤츠여서도 아니었다. 싱가포르에서는 엄격한 법집행으로 교통사고로 사람이 사망하는 경우가 거의 없기에 당연히 1면 기사거리라는 것이었다.

싱가포르의 법치는 엄격함을 넘어 가혹하다 할 정도이다. 무단횡단 벌금이 적발 횟수에 따라서 우리 돈 200만 원 가까이 부과되기도 하고, 공공장소에서의 흡연이나 껌을 씹어도 80만 원 전후의 벌금이 부과된다. 익히 아는 사실이지만 특히 태형(笞刑)은 민주국가에서는 있을 수 없는 인권침해라는 국제적인 비난까지 사고 있다.

태형은 그 집행방법만 들어도 오금이 저릴 정도이다. 발가벗긴 죄인을 형틀에 묶어 엉덩이를 때리는 것인데 허리에는 두꺼운 가죽벨트를 채운다. 태형과정에서 발생할지 모르는 장 파열을 방지하기 위해서란다. 얼마나 강한 매질이기에 장 파열을 염려할까. 등나무로 만든 길이 1.2미터, 두께 3센티미터의 태장(笞杖)을 집행관이 서너 발자국을 달려와 그 힘을 실은 채 가격하는데 1대만 맞아도 기절하기 다반사이고, 서너 대면 대부분 엉덩이 살이 다 헤어져 집행이 중단된다. 그래도 선고받은 태형을 다 못 채우면 헤진 엉덩이를 치료한 뒤 다시 때려 횟수를 채우니 그 공포를 짐작할 수 있을 것이다. 누가 감히 법을 가벼이 여길 수 있겠는가.

엄격한 법집행의 근간은 공직자의 청렴이다. 싱가포르의 청렴은 리콴유 자신에서부터 시작됐다. 청렴에 대한 그의 자세는 기념관으로 번잡스러워질까봐 사후(死後)에 살던 사저까지 헐어버리게 한 유언으로 이미 모두가 알게 된 바이다. 물론 채찍만이 아니라 공직자의 안정적인 삶이 보장되도록 기업 연봉을 초월하는 급여라는 당근도 썼다. 장관급에는 기업의 CEO에 준하는 대우도 망설이지 않았다. 그러나 그의 자녀들은 총리직을 비롯한 여러 주요 공직을 물려받기도 하고, 재임 중이다. 특히 총리의 직은 능력은 물론이고 자신의 뜻을 거스르지 않는 신뢰의 필요성 때문이었을 것이다.

어쨌거나 우리에게 그런 일이 있었다면 선선히 받아들일 국민은 거의 없을 것이다. 설령 그 자녀에게 탁월한 능력이 있어 나라 형편을 금세 바꾸어놓는다 할지라도 대물림의 부정이라는 원초적 시비는 끊이지 않았을 것이고, 기어이는 나라마저 결딴내려 들지 않았을까 싶다.

싱가포르국립대학교(NUS)는 세계적인 명문으로 국내외의 수많은 우수 인재들을 불러 모아 국가의 인재로, 친 싱가포르 세력으로 키우기도 하지만 그 안에 리콴유의 이름을 딴 리콴유공공정책대학원이 있어 더욱 다양한 활동을 펼치고 있다. 박정희대학원은커녕 태어난 고향 언저리에 그의 이름을 붙인 컨벤션센터 하나 건립하는 것조차 정치적 시비와 논란 속에 요원한 우리와는 실로 대비되는 부분이다.

막연히 그를 추모하고 연(緣)을 내세워 무작정 추모하려는 뜻이 아니다. 리콴유대학원은 그가 생존해 있던 2004년에 문을 열었다. 위대한 지도자의 이름을 받은 만큼 리콴유대학원이 주관하는 여러 연구 활동에는 전 세계의 유수한 석학은 물론이고 수많은 전·현직 정치인도 앞다투어 참여한다. 어울릴 수 있는 벗이 있고, 서로의 생각을 털어놓으며 위대한 지도자와 함께 새로운 세상을 구상할 수 있으니 그동안 그들이 내어놓은 경륜과 지혜가 얼마였을까. 그것은 비단 학생과 학교의 발전뿐 아니라 싱가포르의 발전에도 한 축이 되었을 것이다.

예일대학교 법학 교수이자《타이거 마더 교육법》으로 우리에게도 잘 알려진 에이미 추아(Amy Chua)는 자신의 세계적 명저《제국의 미래》에서 '관용의 개방이 제국의 미래이다'라고 갈파한 바 있다. 인류 역사에서의 모든 제국은 관용의 마음과 열린 개방에서 시작되었고, 구분하여 배척하는 마음으로 문을 닫으며 몰락했다는 것이다. 엄격한 법치주의로 내부를 튼튼히 하는 한편 세계적 석학과 지성, 자본의 발길을 유인하는 활짝 열린 대문이 멈추지 않는 싱가포르 발전의 보이지 않는 원천임을 깨우치고 받아들여야 할 일이다.

## 박정희 정신의 산물, 그의 통치철학

고 박정희 대통령의 치적에 대한 새삼스러운 언급은 차라리 중언부언이 될 것이다. 5천여 년 긴 세월 동안 이 땅을 짓눌러온 끈질긴 가난의 질곡을 기어이 끊어내고 풍요의 씨앗을 유산으로 물려준 그 하나만 기억하는 것으로도 추모하기에 충분하다. 다만 우리가 쉽사리 말하는 근대화의 기적은 물질의 그것에 그치는 것이 아니라 정신의 기적이 먼저이며 더욱 소중하다는 것을 이제는 새겨야 할 것이다.

과오는 있었다. 그것이 절박한 목표의 달성을 위한 어쩔 수 없는 선택이었다고 해도 그로 인해 눈물짓고 피 흘린 이가 있었으면 명백한 과오이다. 그 길만이 역사 발전의 오로지라 확신하였고, 눈부신 성과가 있었다 할지라도 다른 길도 돌아보라는 충심의 권고를 묵살하고 박해하였다면 그 또한 책임에서 자유로울 수 없는 일이다. 그러나 과오와 책임만으로 그의 애끓는 정성과 이루어놓은 모든 성과를 부정하고 비난하는 것 또한 비겁하고 치졸

하다 아니할 수 없다.

그날 1979년 10월 26일 이후, 권력을 가진 정치나 여론을 주도하던 세력 거의 대부분은 서로가 뒤질세라 앞장서 박정희를 난도질하거나 그에 침묵했다. 우둔하거나 철없는 이들은 아직은 역사라 이를 수도 없는 바로 며칠 전의 일들을 제대로 돌아 보지조차 않은 채 고개를 주억거리거나 느닷없이 분노했다. 어쩌다가 이성으로 직시하여 공과를 구분하여, 공은 잇고 과는 거울로 삼자고 나서는 이라도 있으면 한패의 거짓이거나 억지의 변명이라 매도하고 공격해 다시 입을 열지 못하게 했다.

아비 된 자가 자신의 아버지를 무작정 비난하면서 자식의 존경을 기대한다면 어리석음이다. 비난에 길들여지며 자란 자식은 긍정과 이해의 마음보다는 부정과 의심의 마음이 더 클 터이니 아비의 진심보다는 실수와 흠을 먼저 찾으려 들 것이기에 말이다. 또한 그런 부정과 의심의 마음은 원망과 독선을 키워 자식의 인생 역시 황폐해지기 십상이다. 그런 의심과 비난, 원망과 독선의 집안은 이웃들 역시 경계하고 마음속으로 조롱할 것이 분명하다. 무조건 덮고 거짓으로 포장해 미화하자는 뜻이 아니다. 집안의 일은 집안에서 조용히 살펴 받아들여 이어갈 것은 이어가고, 오류가 있었거나 잘못된 일은 반성하고 개선해가는 것이 옳은 도리가 아니겠는가.

박정희에 대한 비난은 근대화에 대한 비난이 되었고, 덩달아 근대화의 시대를 살아온 아버지들 역시 의심의 눈초리를 피하기 어려웠다. 새삼스레 돌이켜 살펴보니 아버지의 오류 역시 하나둘이 아니었다. 가정에 소홀했고 독선적인데다 폭력의 과거도 떠올랐다. 한번 흠을 찾기 시작하자 이것도 흠이었고 저것도 흠이 되었다. 분노가 들끓는데 때마침 지난 역사를 통째로 들어내려는 전면적 과거부정의 움직임마저 일었다. 아버지들이 가정에서마저 설 자리를 잃어버린 첫 번째 까닭이었다.

분노가 넘실거리는 사회, 증오와 투쟁이 정상이 되어버린 사회, 한 발짝도 앞으로 나아갈 수 없도록 스스로 과거와 발 묶었던 사회……. 그렇게 우리가 멈춰 있거나 퇴보하는 동안에 밖에서 먼저 박정희와 그의 시대의 기적을 조명하고 연구하기 시작했다. 새마을운동의 정신을 배우고 따라하고, 박정희와 덩샤오핑과 리콴유를 묶거나 비교하여 '유교자본주의' 등의 통치 혹은 철학이론으로 연구하면서 말이다.

민족중흥과 인류공영, 창조의 힘으로 개척, 능률과 실질의 숭상, 상부상조의 협동정신, 자유와 권리 및 그에 따른 의무와 책임, 조국통일 완수, 신념과 긍지를 지닌 국민. 1968년 대통령의 지시로 제정해 국회 통과를 거쳐 선포한 〈국민교육헌장〉에 들어 있는 주요 정신이자 박정희의 정신이다.

박정희 정신의 뿌리는 무한한 민족애에서 비롯된 중흥의 열망이었다. 기아와 질병, 가난과 전란, 수탈과 침략의 굴레에서 영원토록 민족을 구원해 내기 위한 깊은 열망은 먼저 냉철한 시선으로 민족의 현실을 살폈다. 가진 것이라고는 사람뿐, 변변한 자원 하나 없는 나라에서 중흥은 실로 요원했다. 그러나 결코 포기할 수 없는 열망이었기에 무에서 유를 만들어내는 창조와 어떤 난관도 헤쳐 나가는 개척의 정신이 유일한 길임을 깨우쳤고, 그 대표적 결실이 포항제철이다.

아무리 가난했어도 대한민국은 반만년에 가까운 역사를 지켜 계승한 세계적으로 보기 드문 위대한 나라이다. 자부심이 없을 리 없고 물려받은 전통이 화려하지 않을 수 없다. 그러나 그 자랑스러움과 빛남은 때로 완고함이 되어 변화의 장애가 되었다. 세상은 변했지만 여전히 머리와 가슴속에 남아있는 사농공상의 의식과 형식의 틀을 벗어나지 못하는 망설임. 박정희는 그 변화를 위해 능률과 실질의 숭상을 제창했다. 상공업의 장려, 새마을정신의 역설과 그 운동의 실천이었다. 더하여 전통의 상부상조를 협동정신으로 승화시키니 마침내 근대화의 기적이 세계를 놀라게 할 수 있었다.

그러나 우리는 여전히 자유와 권리에의 목청은 높이면서도 그에 따르는 의무와 책임에는 소극적이다. 조국통일의 완수는 우리의 마지막 할 일이자 마침내 선진강국으로 도약하는 유일한 길이지만 그 의무와 책임의 소홀로 여전히 안개 속이다. 우리가 진정 신념과 긍지 높은 국민, 국가가 되기 위해서는 박정희 정신에 대한 냉정하고 진심어린 연구로 그 시대에 걸맞은 정치철학, 국민정신을 도출하는 것임을 명심해야 할 일이다.

# 박정희의
# 브랜드 가치

　　　　　리콴유 수상의 죽음을 맞아 미국의 경제 전문지 포브스는 그와 박정희를 '닮은꼴의 지도자'로 소개했다.

첫 번째는 두 사람 다 '완강한 민족주의자였다' 두 번째는 '외관상 민주주의를 믿지 않았다' 세 번째는 '정치적 논란의 여지는 있지만, 두 지도자 모두 경제적 성공 모범 사례를 만들어 역사에 자리매김했다'는 것이었다.

모두 부인할 수 없는 평가이지만 두 번째에 굳이 '외관상'이라는 전제를 단 것은 의미심장하다. 포브스는 정적 탄압, 언론자유 제한, 비상통치권 발동 등 반민주적인 통치 행태를 소개하는 데 그쳤지만 그 이면에는 국가발전이라는 지상목표를 위한 불가피성을 일부 인정한다는 의미를 내포한 것으로 볼 수 있기 때문이다.

다시 한 번 말하지만 과오를 무조건 부인하자는 것이 아니다. 그러나 모든 역사발전에 실패는 말할 것도 없지만 과오 없는 성공 역시 없었다. 그것은 저마다 그 시대에 따르는 한계나 불가피성이 있었기 때문일 것이다. 박정희 통치철학의 체계적인 연구가 필요한 대목이다. 또한 그와 같은 체계적인 연구가 있어야 시대의 한계나 불가피성을 초월하거나 과오를 최소화할 수 있는 정치이론을 도출할 수 있을 것이니 진정 역사를 거울로 삼을 수 있는 방법이다.

그를 위해, 무엇보다 우리의 지속적인 발전을 위해서도 박정희의 브랜드화는 절실하다. 박정희에 대한 긍정은 개발도상국에 그치는 것이 아니라 세계 유수의 선진국, 특히 G2로 성장한 중국에서는 매우 긍정적이고 우호적이다. 박정희를 전면에 내세우는 것은 그들을 친한파로 유인하는 지름길이 될 수 있다.

박정희컨벤션센터를 세워 정치이론, 통치철학, 국제관계, 경제개발, 지속가능한 발전, 국경을 뛰어넘는 과학기술협력, 세계시민정신운동, 세계평화를 위한 군축 등 인류의 미래를 위한 공통의 과제를 연구하고 상시적인 토론의 장으로 만들어야 한다. 공과의 명암을 떠나 박정희의 이름은 리콴유에 버금가는 권위와 관심으로 세계적인 석학과 저명 지도자들의 발길을 유인할 수 있을 것이다. 그들을 서울뿐 아니라 우리의 보석 같은 역사유적, 자연환경, 문화, 교육, 청년기업 등 다양한 현장으로 이끌어 뿌리깊은 저력과 활기찬 노력을 보여줌으로써 마음으로부터의 친구가 된다면 우리의 한계를 넘어설 수 있지 않겠는가.

일반적인 평가의 순위 경쟁을 초월한 박정희대학원의 설립도 필요하다. 세계 각국의 우수한 미래 인재를 유치하기 위해서라면 어떤 투자도 아끼지 말아야 한다. 그들이 박정희의 이름 아래 모여 공부하고, 컨벤션센터를 찾은 석학 및 지도자들과 함께 역사의 명암을 거울로 삼고, 더 나은 인류의 미래를 연구하여 대한민국과 세계 곳곳에서 다방면에서 리더와 중추가 되는 날, 우리는 저절로 세계의 중심이 될 것이다. 앞서 알아두어야 할 것은 리콴유대학원이 넉넉한 장학금 등으로 세계적 인재를 끌어들여 위상을 높이는 데는 홍콩 재벌 리카싱(李嘉誠)의 6,500만 달러 기부가 큰 역할을 했다는 사실이다.

# 변화의 흐름을 이끌어
# 새로운 기적을

소유와 경영의 분리는 최선의 이상이다. 그러나 소유와 경영의 분리만을 위해 역량의 결집을 흩뜨려서는 안 된다. 순환출자와 같은 편법의 소유는 탈피해야 하지만 변화를 주도하는 경영자의 탁월한 안목과 의지는 지켜줘야 한다.

서방의 언론은 한국의 재벌을 우리 발음 그대로 'JAEBUL'로 표기하기도 합니다. 그들로서는 선뜻 받아들이기 어려운 한국만의 독특한 경제구조라는 의미겠지요. 당연히 부정적인 의미가 클 테고요.

인정하지 않을 수 없습니다. 권력의 특혜를 받은 특정 소수 기업들이 한 나라 경제의 중추가 된다는 것은 정상적인 자본주의 체제에서는 있을 수 없는 일이니까요. 그렇지만 유럽이나 미국의 세계적 대기업들도 자세히 들여다보면 일정부분 정권과의 유착은 있었습니다. 물론 그 정도의 유착을 우리 재벌의 특혜와 온전히 비교할 수는 없겠지만 말입니다. 그래서인지 세계적인 명문 영국 런던정경대(LSE)의 한 교수가 이렇게 말하는 것을 들은 적이 있습니다. '규모의 자본이 형성되지 않은 국가의 경제발전에 권력이 개입한 규모의 자본형성은 불가피한 면이 있다'

오해는 마십시오. 그것으로 재벌에게 면죄부를 주자는 이야기도 아니고, 그 교수의 불가피한 면은 우리 재벌의 특혜와는 경우가 다르니까요.

어쨌거나 유럽의 산업혁명 역시 규모의 자본이 원동력 중의 하나가 되었고, 이후 유럽 제국(諸國)은 저마다 자본의 집중과 확충으로 성장을 이루었습니다. 그것에는 왕실자본은 물론이고 여러 자본의 이합과 집산이 있었고, 그에 따라 또는 그를 위해서 권력의 개입 등도 당연히 따랐고요. 그러나 20세기 중반을 넘어서며 상황이 달라졌습니다. 지식의 보편화, 인권과 평등에 대한 자각, 언론의 감시 등으로 정경유착, 권력에 의한 특혜 등은 점점 설자리를 잃어갔으며 비난과 타도의 대상이 되었습니다. 그렇다고 다시 우리가 재벌이라 부른 것과 같은 규모의 대기업이나 대자본이 형성되지 않은 것은 아닙니다. '마이크로소프트' '애플' '알리바바' 등이 그것이지요.

세상의 흐름이 바뀌었습니다. 그런 흐름을 따르고 선도하지 않은 채 기득권만을 지키려 연연한다면 그 수명은 오래지 않으리라 단언합니다. 우리의 새로운 기적, 바로 변화의 흐름을 이끄는 것입니다.

## 특혜와
## 재벌 탄생

　　　　　　대한민국 근대화는 분명 기적이었다. 6·25전쟁 전후 세대의 처절한 가난은 전쟁의 특별한 후과였다 해도, 우리 역사 어디에도 오늘과 같은 풍요로움의 기록은 찾아볼 수 없다. 아니, 우리 역사의 많은 부분은 가난과 재해의 기록이 차지하고 극심한 기아(飢餓)나 집단 아사(餓死)의 기록도 적지 않다. 우리들 아버지 세대가 이룬 근대화의 성과는 그야말로 5천년 가난의 질곡을 끊어낸 위대한 기적이라 말하지 않을 수 없다. 그러나 오늘 우리는 그 기적의 근대화를 온전히 긍정하지만은 않는다. 바로 특혜로 성장한 재벌기업 때문이다.

　모든 경제의 첫 번째 바탕은 자본이다. 그래서 자본의 제한을 받는다. 자본의 규모에 따라 할 수 있는 일과 할 수 없는 일이 나뉠 수밖에 없다는 것이다. 1945년 해방을 맞은 우리에게는 36년간 이어진 전쟁국가 일본의 수탈로 놋그릇 하나 제대로 남아나지 않은 가난뿐이었다. 제대로 경제를 일굴 만한 자본이 있을 리 없었다. 더하여 건국 과정의 정치적 혼란에 뒤이은, 북한군의 기습으로 벌어진 전쟁은 물경 3년이나 이어졌다. 밀고 밀리는 참혹한 전쟁으로 국토마저 산산조각 난 폐허의 대한민국. 세계 최빈국의 하나였고, 그런 대한민국의 정상화와 번영을 예측하는 이는 그 누구도 없었다. 아니, 상상하는 이조차 없었다. 재건과 번영을 도모할 자본은커녕 당장 호구를 해결하기에도 급급했으니 당연한 노릇이었다.

마침내 1962년, 제1차 경제개발5개년계획을 실행하며 조국 근대화에 나선 박정희정부는 규모의 경제를 실현하기 위한 자본의 집중을 고민하지 않을 수 없었다. 특혜와 재벌 탄생의 배경인 것이다.

오늘의 시각에서만 보면 특혜와 그를 바탕으로 한 재벌의 탄생은 분명 부당한 일이었다. 그러나 산업이랄 것도 없는 열악한 경제상황에서 산업화를 성공하기 위해서는 자본의 집중이 불가피한 면도 있었다는 사실은 인식하고 고려해야 한다. 가장 대표적인 사례가 삼성, 현대 등일 것이다.

오늘날 가장 비판의 대상이 되고 있는 특혜와 재벌 문제에 대해 감히 이해의 측면을 말하는 것은 당시의 불가피성을 이유로 옹호하고 묻어버리자는 뜻이 아니다. 다만 과거에 집착한 지나친 부정의 지속은 우리의 뿌리를 흔들어 내일로 나아가는 행진의 뒷덜미를 잡는 것이기에 일정부분 시대의 사정을 고려하자는 것이다. 또한 변화의 흐름에 걸맞은 반성과 개선으로 다시 한 번 우리의 기적을 만들어내는 방안을 모색하자는 것이다.

# 재벌의
# 몇 가지 행태

특혜를 바탕으로 재벌이 된 기업들에는 여러 행태가 있다.

첫 번째는 특혜를 누려 재벌로 성장했지만 시대의 흐름에 앞선 변화로 지속적 성장을 유지하여 국가경제발전에 이바지함은 물론, 세계적인 선도 기업으로 국가 이미지 제고에도 크게 기여하는 기업이다. 이를테면 삼성 LG 등의 반도체 핸드폰 등 IT 관련 산업, 현대중공업 현대기아자동차 SK의 자원개발 산업, 그 밖에 항공 조선 등 기간산업 분야에서 괄목할 성장을 이룬 기업군을 들 수 있을 것이다.

그러나 이들 기업에는 국가경제에 기여한 긍정적 측면과 동시에 비난의 대상이 되는 부정적 이면도 함께 존재한다. 대표적인 것이 문어발식 확장이다. 물론 기업의 특성상 사업의 다각화를 무작정 비난할 수는 없다. 하지만 국가 근대화 과정에서 사적 특혜를 누려 그를 기반으로 자본의 규모를 키우고 비약적 사세확장을 이룬 기업이라면 후발업체의 성장을 지원하고 자신들은 신산업을 개척하여 시대의 흐름을 이끌어가는 것이 수혜에 대한 마땅한 도리라 할 것이다. 또한 관련 중소기업의 기술향상과 성장지원 역시 기꺼이 실행해야 할 의무이다. 그러나 현실은 특별한 수혜의 과실을 사적 기득권으로 인식, 신생기업이나 후발기업을 견제하고 무너뜨려 독점이라는 또 다른 특혜를 향수한다. 더구나 자신의 성장에 있어 가장 중요한 동반자였던 협력업체의 영역에 마저 발을 뻗어 몰락시키는 문어발식 확장이나 갑의 지위를 이용한 착취에 이르러서는 그들의 긍정적 기여마저 불식케 한다.

두 번째는 소비재 생산과 유통 등의 사업으로 재벌이 된 기업군이다. 물론 근대화 초기 열악한 여건에서 식품, 음료, 식자재 등의 대량생산과 다양화는 국민 건강과 삶의 질 향상에 적지 않은 공헌을 한 것이 사실이다. 또한 호텔, 관광, 위락, 문화 등의 산업이 대한민국의 질적 성장과 국제화에 일정부분 이바지한 바 역시 인정할 수 있다. 그러나 그 또한 금융, 허가 등 특별한 혜택을 기반으로 한 것이니 사회적, 도덕적 의무에서 자유로울 수 없다. 그러면 현실은 어떠할까?

백화점, 마트, 홈쇼핑 등 소비재 유통망을 분할 장악한 몇몇 재벌기업의 행태는 생산자와 소비자 모두에게 안하무인격이다. 독점 수입 또는 구매한 제품은 소비자를 봉으로 여기며 상식을 초월하는 폭리를 취한다. 여북했으면 '해외직구'로 대응하고 '호갱(호구와 고객의 합성어)'이라는 자조적 신조어가 유행할까. 그래도 모르쇠 일관이다.

대체재가 있는 상품의 경우에는 생산자가 호구다. 대량구매를 무기로 농민과 어민, 중소기업의 고혈을 쥐어짜 자신들의 배만 불린다. 자신들이 투자한 영화는 관객이 들 때까지 개봉관을 늘리지만 그렇지 않거나 경쟁이 될 작품은 개봉관 규제 장난으로 기어이 간판을 내리게 한다. 말은 문화산업이라면서 예술은커녕 문화의 근본조차 없는 무시되는 뒷골목이다.

그들 중 어느 재벌기업은 직원들 연봉에 아주 인색하다. 대신 하청업체 등 관련기업을 상대로 한 비리에는 보이지 않게 너그럽다. 내 돈 주기 싫으니 알아서 뜯어먹으라는 이야기에 다름 아니다. 심지어는 회장의 숙원사업이라는 '절대가치'에 복종하여 대한민국 안보의 중핵인 수도권 군용비행장 활주로까지 변경하며 기어이 초고층 빌딩 건축을 강행한다. 수많은 반대를 물리친 그 발군의 능력 뒤에는 얼마나 엄청난 의혹이 숨어 있을까!

더욱 기가 막힌 것은 재벌기업의 지배구조이다. 골목길 안까지 촘촘히 진입해 전통시장은 물론 서민의 이웃이었던 구멍가게까지 기어이 약탈한 그 대단한 재벌의 주인으로 행세하고 있는 이들의 지분은 전체 주식의 10퍼센트에도 미치지 못하는 것이 대부분이다. 그럼에도 지주회사와 순환출자 같은 기막힌 편법을 동원하여 '숙원사업' 같은 절대 권력을 휘두른다. 게다가 능력 검증은 커녕 애초 깜냥이 아닌 자식에게 절대 권력을 대물림하려드니 덩치의 미래마저 불안하기 일쑤이다.

위와는 다른 특수한 경우도 있다. 특혜가 아닌 독점적 지위에서 끊임없는 기술개발과 혁신으로 세계적 기업으로 성장함은 물론 국가기간산업의 한 축을 굳건히 담당하여 경제와 산업의 지속적 발전에 원동력이 되는 기업이다. 대표적인 예가 통칭하는 포항제철, 오늘의 포스코다.

포스코는 애초부터 개인이나 사적 집단에 대한 특혜가 아니었다. 철(鐵)은 일찍부터 인류 문명의 기반이자 19세기 이후 산업화를 위한 필수불가결한 요소였지만 당시 우리의 조강 능력은 미약하기 그지없었고, 개인의 능력으로 규모의 제철산업을 일으키는 것도 불가능했다. 우리뿐 아니라 일부 선진국을 제외한 다수의 나라들도 마찬가지 사정이었기에 대부분 수입에 의존했다. 그런 막다른 상황에서 박정희 대통령은 세계적 규모의 제철산업을 꿈꿨다.

독점은 필연이었다. 역사 이래 국가는 소금, 철 등 특정 분야를 독점해 국고를 채우고 국민을 통제했지만 포항제철의 경우는 그런 독점과는 발상자체가 달랐다. 나라의 산업을 일으키고 국민의 생활을 풍족하게 하기 위한, 실현불가능에의 도전이었다.

다행히 포항제철소는 세계가 놀란 성공을 거두었고, 철강재뿐 아니라 중국을 비롯한 여러 나라에 제철기술까지 수출하는 세계적인 기업이 되었다. 더불어 포스코는 2000년 민영화를 결정해 국민기업으로 전환되어 세계인의 주목과 사랑을 받고 있으니 자본집중의 가장 성공적인 사례라 할 것이다.

# 재벌, 변화에 앞서는 개혁으로
# 다시 태어나야 한다

재벌개혁이 사회적 화두가 된 것은 이미 오래된 일이고 당연한 과제이다. 개혁은 '새롭게 뜯어 고침'이 본래의 뜻이다. 즉 잘못되거나 변화에 따르지 못하는 것을 바르고 새롭게 고치는 것, 그로써 앞으로 나아가는 것을 말한다. 그런데 개혁의 본질을 파괴와 해체로 오도하는 이들이 있다.

사적 특혜는 본질적으로 잘못된 것이기는 하지만 시대의 불가피성이라는 것도 전혀 배제할 수는 없으니 변화된 흐름에 맞게 바로 고치는 것이 개혁의 주가 되어야 한다. 무작정 부당했다고, 밉다고, 혹은 배가 아프다고 부숴버리려고만 해서는 반발에 직면할 수밖에 없고, 결국 마찰을 빚어 개혁의 본질이 오도되기 십상이다. 역기능이 있으면 순기능도 있는 법이니 역기능은 수정하고 순기능은 더욱 살려야 우리 모두와 나라가 온전히 나아갈 수 있다. 결코 파괴와 해체가 개혁이 될 수는 없다는 것이다.

냉정하게 현실을 들여다보면 어쨌거나 재벌의 자본은 세상의 흐름과 변화에 대응하고 앞서나갈 수 있는 기반이며 무기이기도 하다. 그러니 그들에게 동기를 부여하고 새로운 길로 유인하는 것을 개혁의 본질로 삼아야 할 일이다. 재벌 또한 변화에 앞서는 개혁으로 다시 태어나는 것만이 유일한 살 길이고 지난 과거의 특혜에 대한 보답임을 각성해야 할 일이다.

대한민국의 자원은 사람의 머리와 기술뿐이다. 대한민국 근대화의 기적은 사람의 머리로 시대에 적응하고 앞서가는 기술을 개발해 이룬 기적이다. 그러나 이제 세상의 흐름은 바뀌었고 그 속도마저 가히 광속(光速)이라 할 만하다. 지금 우리의 산업과 기술만으로는 금세 후퇴하고 나락으로 떨어질 수도 있다는 뜻이다.

생명공학, 에너지공학, 컴퓨터산업, 우주공학 등이 미래사회를 주도할 신산업임은 모두가 알고 있는 사실이다. 그러나 그들 산업에는 어마어마한 투자가 필요하고 성공 역시 낙관할 수 없다. 그런 투자와 리스크를 포항제철과 같이 다시 국가가 주도하기는 불가능하다. 결국 대자본에 기대할 수밖에 없는 일이니 재벌개혁의 본질로 삼는 것이 옳은 방안일 것이다.

비난을 면할 수는 없지만 소위 재벌이라 불리는 대기업은 사적기업이며 이제는 주주구성으로 보면 사실상 다국적기업이기도 하다. 국가의 권력으로 무작정 투자하게 하거나 성과를 재촉할 수 있는 일이 아니다. 선택과 투자, 연구와 개발에 도전할 수 있는 장기적 안목의 정책과 지원방책을 마련해야 하는 이유이다. 성공하면 독점적 이익의 대박도 법과 제도로 일정기간 보장해줘야 한다. 실패에 대한 보상도 일정부분 보장해주는 것도 고려해야 한다.

그래도 사기업은 선뜻 나서려 하지 않을 것이다. 정부와 정치가 필요한 대목이다. 정부와 정치인이 그들을 설득하고 독려해야 한다. 공적인 네트워크로 자리를 만들어 허심탄회하게 듣고 설득하고 지원을 약속해야 한다.

그러나 현재의 문어발식 선단경영으로 집중투자의 효율을 높이는 것은 불가능하다. 재벌기업의 특화를 유도하고, 산재하는 문어발의 정리로 자본과 역량을 결집하게 하는 법과 제도의 강화가 시급하다.

소유와 경영의 분리는 최선의 이상이다. 그러나 소유와 경영의 분리만을 위해 역량의 결집을 흩뜨려서는 안 된다. 순환출자와 같은 편법의 소유는 탈피해야 하지만 변화를 주도하는 경영자의 탁월한 안목과 의지는 지켜줘야 한다. '땅콩회항'으로 민낯을 드러낸 깜냥 아닌 경영상속을 차단할 수 있는 근본적인 제도의 마련도 필요하다.

과자와 음료수로, 하청업체의 눈물로 재벌운운은 언어도단이다. 중소기업의 할 일과 대기업이 할 일을 명확하게 나눠야 한다. 이미 중소기업으로 시작해 세계로 뻗어나가 성공하고 있는 다수의 식음료업체 등이 그 증거이다. 성공한 그들의 영역을 자본의 힘으로 흔들려는 재벌에는 단호한 법의 잣대를 엄격히 적용해야 한다. 장악한 유통의 힘으로 서민시장과 문화를 억압하는 재벌이라면 해체하는 것도 주저하지 말아야 한다.

다만 정상화를 위한 법과 정책의 압박, 새로운 길에의 두려움이 해외로의 이전이나 도피로 이어져서는 안 된다. 기업은 이익추구가 본질이니 생산성 향상이나 더 넓은 시장 개척을 위한 해외로의 진출은 막을 수 없는 일이다. 그러나 신산업을 위한 연구개발이나 첨단기술의 생산은 반드시 국내에서 진행되어야 한다. 정치권의 지혜가 요구되는 대목이다.

포스코의 사례를 생각하면 각종 공적기금의 과감한 투자와 협력도 신중히 생각해볼 일이다. 고 박태준 포스코 회장과 같은 탁월한 지도자와 비전, 그런 이에게 전권을 주고 지원을 아끼지 않도록 조율하는 정부, 방만과 일탈을 적절하게 제어할 수 있는 감독권한의 삼위일체가 갖춰진다면 '새로운 기적'도 아주 불가능하지는 않으리라 믿는다.

# 창조는
# 변화의 선도다

구조조정은 사람을 자르는 것이 아니라 선도 산업으로의 확장을 위한 인력 재배치가 먼저 고려되어야 옳은 일이다.

'경쟁하지 말고 독점하라' 새로운 인터넷 결제 시스템을 개발해 큰 성공을 거둔 페이팔(PayPal: Finance와 Technology의 합성어인 Fin Tech의 일종)의 창업 멤버 중 한 사람이자, 《제로 투 원(Zero to One)》의 저자이기도 한 피터 틸(Peter Thiel)의 말입니다. 그는 한국 방문에서 '경쟁은 루저들의 몫'이라고도 말했습니다. 결국 창조하여 독점하라는, 독점할 수 있는 것을 창조해 변화를 선도하라는 말이기도 합니다.

살아오면서 아주 위대한 창조인을 가까이에서 보고, 모실 수 있는 행운을 누렸습니다. 바로 고 박태준 포스코 회장입니다.

아시는 바와 같이 박태준 회장은 36살에 육군 소장으로 예편하기까지 6·25전쟁의 한복판을 누비며 충무무공훈장, 화랑무공훈장 등을 수여받은 전형적인 군인이었습니다. 해방 전 일본 와세다(早稻田)대학 기계공학부에서 수학한 바가 있다고는 하지만, 예편 4년 뒤인 1968년 포항제철 사장으로 취임해 불과 5년 만인 1973년, 조강능력 100만 톤이 넘는 설비를 준공시켜 명실상부한 제철입국의 기틀을 닦았으니 실로 기적이라 아니할 수 없습니다. 포스코 정문에는 '자원(資源)은 유한(有限), 창의(創意)는 무한(無限)' 이라는 슬로건이 걸려있습니다. 1968년 포항제철 건립 시 박태준 회장에 의해 세워진 것입니다. 저는 그런 박태준 회장의 기적을 창조라고 봅니다.

조물주의 천지창조 이후 세상의 모든 창조는 변화였습니다. 무(無)에서 유(有)의 창조는 오직 조물주의 그것뿐이었고, 이후의 창조는 모두 있는 것을 바탕으로 한 변화라 할 수 있다는 것입니다.

포항제철은 일본의 기술이 바탕이었습니다. 그러나 어느 나라, 어떤 기업이든 자신의 기술 전부를 온전히 남에게 전수해줄 리는 없습니다. 불과 5년여 만에 그와 같은 결실을 이루는 데는 온갖 노력이 있었을 것입니다. 결코 모방이나 인수가 아닌 작은 하나를 기초로 한 새로운 변화의 창조였다고 보는 것이 옳습니다. 창조에 대한 개념을 바로 세워 '창조'의 막연함을 두려워하지 말자는 뜻입니다.

 남의 뒤를 그저 따라서 가는 경쟁은 정말 루저의 몫인지도 모릅니다. 루저까지는 아니어도 후발주자임은 분명하니 호흡이 가빠질 수밖에 없고, 그로써 주변을 돌아보지 못하게 되는 것도 당연지사이니 언제나 좇기에만 바쁩니다. 앞서 가는 독점이 성공의 핵인 것은 분명한 듯합니다. 그렇지만 창조는 변화라는 핵심을 간파하면 누구나 할 수 있는 것이 창조이기도 합니다. 두려워하거나 망설이지 말고 용기를 내 성큼 도전의 발을 내딛어야 합니다.

## 창조의 경영혁신

        모든 기업인은 위대하다. 그들이 창출해낸 일자리가 가정을 꾸리고 사회를 유지하는 근간이 되기 때문이다. 그러나 보다 더 위대한 것은 끊이지 않는 창조의 정신이다. 동기는 이윤이라 해도 그들이 개선하고 만들어내는 창조의 산품들은 삶의 질을 높이며 인류의 문명을 진보하게 하는 원동력이었기 때문이다. 그래서 변화를 선도하는 창조의 기업은 살아남고, 그렇지 못한 기업은 도태되는데 이제는 그 속도 또한 점점 빨라진다.

 기업은 그야말로 두발 자전거 위의 행로이다. 페달을 밟지 않으면 곧바로 멈춰서거나 쓰러지기 때문이다. 또한 페달을 밟으면서 어디로 나아갈지 핸들의 방향을 수시로 선택해야 하고, 그 선택을 우리는 경영혁신이라 이른다.

기업의 위기는 세계적 경기 흐름의 영향도 있지만 성장의 멈춤과 선택의 실패가 근본 원인이다. 대부분 기업은 전문성을 쌓아 어느 정도 안정단계에 이르면 먼저 덩치를 키우는 데로 눈길을 돌린다. 페달을 밟을 근력을 키우는 행위인 셈이니 옳고 그름으로 논할 바는 아니다. 그러나 그러한 때의 선택이 기업의 운명을 좌우한다는 사실을 자각해 신중에 신중을 더해야 할 일이니 한번 살펴보자.

우리의 어지간한 대기업은 거의 건설사를 계열사로 두고 있다. 당초의 계기는 자신들의 사옥이나 공장 건설에서 발생하는 수익을 놓치지 않으려는 생각 때문이다. 그러나 일단 계열사로 두게 되면 사업을 지속해야 하기에 오래지 않아 부동산개발에까지 나서게 되는 경우가 흔하다. 게다가 건설업은 덩치가 크니 애초 자신들의 능력과는 다른 일에 더 전념하게 되어 본말이 전도되는 격이 되기 일쑤이다. 미국이나 유럽의 선진 대기업에서는 흔치 않은 일이다.

기업의 인수합병으로 덩치를 키우는 경우도 있다. 자신들의 기술력으로 감당할 수 있는 합병이면 크게 문제될 것이 없지만 눈앞의 이익에만 집착해 아무런 전문성도 갖추지 않은 채 뛰어드는 경우도 적지 않다. 그렇게 경험이나 전문성 없이 뛰어든 사업에서는 장기적 안목의 예측과 대비가 어려워 흐름에 변화가 생기면 대책 마련이 어려워 전체가 혼란에 빠지는 경우가 빈번하다.

기업의 경영혁신은 창조의 그것이어야 한다. 무작정 새로운 창조가 아니라 변화의 창조에서 혁신을 도모하는 것을 더 먼저 생각해야 한다. 혁신의 본래 뜻도 '낡은 것을 고쳐 새롭게 하는' 것이다. 그 뜻을 넓혀 생각하면 고쳐 새롭게 하는 것뿐 아니라 파생의 창조도 혁신이 될 수 있다. 다만 문제는 파생에 대한 그릇된 오해이다. 철이 자동차의 기본 요소라 하여 제강회사가 자동차생산에 나서는 것은 파생의 창조가 될 수 없음과 같은 것이다.

우리는 방만한 경영으로 위기에 빠져 성실하게 일하던 근로자가 하루아침에 일자리를 잃는 것은 물론 국가경제에도 먹구름을 드리우는 사례를 여러 차례 본 바 있다. 그런데 방만한 경영에는 문어발이라 비난을 사는 마구잡이식 기업 늘리기에 그 원인이 있는 경우가 많았다. 그럼에도 시장경제의 자유, 기업 자율성의 원리에 의해 그 반복을 지켜볼 수밖에 없었다.

시장경제의 자유, 기업의 자기결정권은 분명 존중되어야 한다. 그러나 언제 불거질지 모르는 위험을 지켜보고 방치하는 것은 국가가 할 일이 아니다. 그렇다고 법에 없는 권력을 행사해서도 안 되는 일이다.

대한민국 헌법 제119조 제1항은 '대한민국의 경제 질서는 개인과 기업의 경제상의 자유와 창의를 존중함을 기본으로 한다'고 자유의 원칙을 밝혔지만, 제2항에는 '국가는 균형 있는 국민경제의 성장 및 안정과 적정한 소득의 분배를 유지하고, 시장의 지배와 경제력의 남용을 방지하며, 경제주체 간의 조화를 통한 경제의 민주화를 위하여 경제에 관한 규제와 조정을 할 수 있다'고 규정하고 있다.

'시장의 지배와 경제력의 남용 방지' '경제주체 간의 조화를 통한 경제의 민주화'는 창조의 경영혁신을 법으로 일정부분 규제하고 지원할 수 있다고 해석할 수 있을 것이다. 한계를 넘은 남용이 아닌 적정한 규제와 조정이라면 말이다.

한편 기업의 한계에 대한 인정과 배려도 고려해야 할 일이다. 기업은 변화무상한 시장의 변화를 대응하는 피로감으로 현실에 대한 성찰과 미래 예측에 완전할 수 없는 한계가 있다. 국가에는 외교, 과학, 산업, 기획 등 다양한 전문부서가 존재한다. 그들 부서가 제각각 세계 경제의 동향, 신산업의 태동 예측, 신기술의 가능성 등을 종합적으로 수집하고 분석하여 관련 기업에 제공하고, 발전적 기획안을 제시해 그들을 유인하는 배려가 그것이다.

자율이라는 명분의 방관이 아닌 국가의 역량이 결집된 조정과 유인, 창조적 혁신의 밑불이 되어야 한다.

# 사람이
# 자산이다

흔히 'IMF사태'라 말하는 1997년의 외환위기 이후 기업의 경영혁신이라는 소리를 흔하게 듣는다. 기업이 시대의 변화에 따라 경영혁신에 나서는 것은 당연한 일이고, 세상 흐름이 워낙 빠르니 잦아지는 것도 어쩔 수 없는 노릇이다. 그런데 경영혁신에는 거의 해고라는 단어가 꼬리표처럼 따라 붙는다. 인력의 구조조정, 기구개편에 의한 일자리 축소. 호봉 높은 인력을 정리하면 지출을 줄일 수는 있겠지만 아무리 생각해도 혁신이 아니라 임시방편의 축소에 불과하지 않나싶다.

진정한 혁신은 더 나은 발전을 위한 변화의 시도여야 하지 않겠는가. 그것을 위해서는 무엇보다 사람이 자산일 것이다. 발전도 창조도 모두 사람의 일이기 때문이다. 구조조정은 사람을 자르는 것이 아니라 선도 산업으로의 확장을 위한 인력 재배치가 먼저 고려되어야 옳은 일이다.

장년의 이마에 드리운 주름살은 그저 늙어감의 흔적이 아니라 살아온 세월과 인생의 훈장이다. 성공보다는 실패, 달콤함보다는 쓴맛의 경험들이 더 녹아든 그 훈장은 세월에 곰삭아 기어이는 어떠한 변화에도 허둥거리지 않고 대처할 수 있는 준비가 되어있다는 증거이기도 하다. 그래서 조직은 빛바랜 그 훈장을 황혼이라 여기지 말고 귀하게 써야한다. 역동 찬 신진의 활력만으로 변화에 대응하려함은 우매함이 될 수도 있다. 축적된 경험이 더해져야 비로소 활력도 제 걸음을 내디딜 수 있을 것이기 때문이다.

우리는 한동안 사람을 내보내는 데 너무 익숙해졌다. 비단 구조조정뿐 아니라 기계화를 비롯한 여러 원인이 어쩔 수 없는 상황을 만들기도 했다. 그렇지만 특히 기계화에 밀려난 기술 분야 인력의 사장(死藏)은 너무도 안타까운 손실이다.

창조는 아이디어에서 비롯되기는 하지만 그것을 뒷받침해줄 기술적 역량도 반드시 따라야 한다. 특히 시행착오가 수반되는 초기단계에서는 축적된 기술력의 경험에서 새로운 변화를 더하고 막힌 활로를 찾을 수도 있는 것이다.

사람은 모두가 인재(人才)다. 저마다 다른 소질과 재능, 시야(視野)와 경험을 어떻게 조합하고 배치하여 동인(動因)을 부여하느냐에 따라 빛과 그늘로 갈라질 뿐이다. 무모한 상상과 침착한 경험, 도발적 아이디어와 신중한 경륜, 엉뚱한 생각과 실험으로 이끌어줄 기술력의 조합으로 그들이 도전할 마당을 펼쳐주는 것이 필요하다.

정책은, 인력의 재배치로 도전에 나서는 기업에는 지원을 아끼지 않는 것이어야 한다. 실패의 두려움에 망설이는 기업은 도전에 나서도록 유인해야 한다. 사람을 내보내는 것으로 안주하려는 기업에는 작은 지원도 없어야 한다. 아이디어와 경험이, 활력과 경륜이 합쳐진 최소한의 실험의 마당을 정부가 직접 펼쳐주는 것도 고려할 일이다. 기초적인 실험에서 보인 가능성의 판단과 기업과의 연결에 고리가 되는 정부의 역할도 절실하다.

# 상생과 발전의 미래를 위한
## 양보와 타협

기업인은 자본을 최고의 가치로 여기고, 노동자는 자신의 노동력을 우선으로 삼는다. 타협이 쉽지 않은 갈등의 시작점이다. 생산성 저하, 취업난 등 오늘 우리가 겪고 있는 어려움의 근본도 그 갈등에서 비롯되는 것이다. 그렇지만 서로가 양보하고 타협해야 상생하고 더 나은 내일로 나아갈 수 있음 또한 모두가 알고 있는 바이다.

시장의 무대가 세계로 넓어지며 기업의 경쟁은 날이 갈수록 치열해지고 있다. 향상된 기술력, 새로운 디자인의 제품을 내놓아도 금세 더 새로운 신제품의 도전에 직면해 점점 생존 주기가 짧아진다. 나라마다 강화되는 자국 산업에 대한 보호정책, 환율변동 등 돌출적이고 다양한 변수는 수시로 기업의 생존마저 위협한다. 투자를 망설이게 하고, 보다 낮은 생산비용을 찾아 다른 나라로 떠나는 까닭이며, 그로 인해 일자리는 더더욱 줄어든다.

자본의 본질은 보다 큰 이윤의 추구이다. 그 본질에 대한 기본적인 동의와 보장이 없으면 자본은 노동력과 결합하여 생산에 나서고 시장을 열려고 하지 않는다. 시장이 없으면 개인은 물론 국가의 운영조차 불가능하다. 자본의 특성을 이해하고 받아들일 수밖에 없는 대목이다. 그러나 자본 역시 시장이 없으면 더 이상의 증가를 꾀할 수 없으니 타협의 접점이 되는 것이다.

자본주의의 극성기라 할 수 있는 지난 20세기 동안 자본과 노동의 대결은 치열했다. 자본의 탐욕이 주된 원인이라 할 수 있지만 노동력의 반발 또한 극렬해 파국으로 치닫기 일쑤였다. 그 대결은 지금도 크게 달라지지 않았지만 21세기의 환경은 또 다르다. 이미 20세기에 시작된 일이지만 이제는 컴퓨터의 마우스 클릭 한 번으로 소비자가 직접 다른 나라의 물건을 구입할 수 있는, 그야말로 국경 없는 시장의 시대이다. 한 번 사용하고 버리는 패스트 패션의 상품이 있는가 하면, 생명주기가 불과 몇 주에 그치는 경우도 있으니 대박과 쪽박의 양극에서 투자를 두려워하고 망설이는 자본이 늘어나는 것은 어쩔 수 없는 현실이다. 극단으로 치달아서는 모두의 공멸이 우려되는 상황이 아닐 수 없다. 상생과 발전의 미래를 위한 양보와 타협이 더욱 절실함을 모두가 인식해야 한다.

2014년 청색 LED를 개발하고 상용화한 업적으로 노벨 물리학상 공동수상자 중의 한 명으로 선정된 나카무라 슈지(中村修二)의 사례는 기업과 노동자 양측 모두에 시사하는 바가 크다. 그는 지방대학인 일본 도쿠시마현의 도쿠시마대학교에서 학사와 석사 과정 공부를 하고 그곳의 니치아(日亜)화학에 입사했다. 전 직원 200여 명에 개발직은 5명에 불과한 형광등을 주로 제작하는 작은 회사였다. 그는 그곳에서 20여 년간 일하며 300여 건의 특허를 출원했지만 시장에서 성공한 제품은 없었다. 그야말로 천덕꾸러기 신세. 그런데도 연구를 위해 미국에서 1년간 유학하고 싶다는 그의 요청을 사장이 받아줬다. 1년 뒤 미국에서 돌아온 그는 청색 LED 개발에 매진했고 5년 만에 5억여 엔의 연구비로 마침내 성공했다.

기업은 자본만이 자산이 아니라 사람이 더 소중한 자산임을 깨우치게 하는 사례이다. 설령 시대의 흐름에 뒤처져 더 이상 필요하지 않게 되었다 할지라도 오늘의 성장에 대한 그들의 노고를 외면해서는 안 된다. 그렇다고 지난날의 노고만으로 무조건적인 희생을 하라는 뜻이 아니다. 사람의 가능성은 무한하다. 더구나 절박한 처지에서의 희망은 불가능도 가능하게 할 수 있다. 그들은 해고와 실업이 상시적인 일이 되는 현실에 깊은 불안감을 갖고 있다. 해고보다는 그들에게 경험을 살려 개선과 창조에 도전할 수 있는 기회와 여건을 마련해준다면 노벨상까지는 아니어도 시장성 있는 상품 정도는 개발할 수도 있지 않겠는가.

나카무라가 개발한 청색 LED는 특허를 출원한 니치아화학에 1조 엔 이상의 매출을 올리는 세계적 기업을 선사했다. 그러나 회사는 나카무라에게 단돈 2만 엔의 보상금과 과장으로의 승진을 보답으로 내놓았을 뿐이다. 나카무라는 200억 엔의 보상금 지불을 요청하는 소송을 냈지만, 원고의 청구를 전부 수용한 1심과 달리 2심은 8억5천만 엔의 조정으로 합의를 이끌어냈다. 그는 '일본의 시스템에 실망하고, 일본의 사법은 썩었다'고 분노하고 미국으로 떠나 캘리포니아대학 교수로 재직하던 중 노벨상을 수상하는 영예를 안았다. 우리의 시스템과 사법은 어떤지 더불어 생각해볼 일이다.

'내 연구의 동력은 분노였고, 그 분노의 대상은 학벌, 조직, 사회 시스템이었다. 그러나 나는 그 분노의 동력을 개발로 돌렸다' 노벨상을 수상한 이후 나카무라가 털어놓은 소회이다. 해고와 실업의 위기에 불안한 노동자라면 한번 깊이 되새겨보아야 하지 않겠는가.

불안하다고, 부당하다고, 시스템이 잘못되었다고 불평과 불만만 늘어놓거나, 스스로 개척하기를 포기하고 갈등에 기대려 한다면 무엇보다 자식 앞에 부끄럽지 않겠는가. 자식이 아니더라도, 먼저 가장 소중한 자신의 존재에 대해서도 결코 바람직한 일이 아닐 것이다. 지금껏 저마다 하고 있는 자신의 일, 또는 진정 자신이 원하던 일에서 활로를 찾고 발전을 모색하지 않은 것이 혹시 용기를 내지 않은 때문은 아닌지 진지하게 돌아볼 일이다.

반드시 크고 대단한 일이 아니어도 상관없다. 별것 아니라 여기는 작은 것에도 그게 삶에 조금 더 나은 것이라면 사람들은 감동한다. 기계화, 자동화로 손댈 것이 없다고 여기지만 쌓인 경험의 눈으로 들여다보면 개선의 여지가 있고 또 다른 발전의 계기가 될 수 있지 않겠는가.

용기가 생겼다면 먼저 대타협을 제안해볼 수도 있을 것이다. 개발과 연구에 대한 지원과 자신의 현재를 조금 덜어내는 방식의.

언젠가는 일자리는 물론 정년도 지금보다 훨씬 더 줄어들지 모를 일이다. 미래를 생각한다면 이쯤에서 일정 연령에 달하면 연봉을 줄이는 대신 고용기간을 늘려 공생의 도전에 나서보는 방안도 모색해보는 것은 어떨까. 나카무라는 25년 이상을 근무하고도 청색 LED 개발을 완성하고서야 과장으로 진급했다지 않은가.

# 창조의 원천,
# 젊음의 아이디어

'미쳐야 미친다'지 않는가. 대학을 가서 배운 뒤 시작하고 싶은 사람은 대학을 가는 거다. 일단 시작해보고 필요하면 그때 대학에 들어가서 더 배우면 된다는 사람은 고등학교만 졸업하면 까짓 시작부터 해보는 거다. 어느 쪽이든 미치도록 매진할 수 있으면 그게 바로 진짜 공부이고 성공의 지름길이다.

소위 SKY라 불리는 대학의 교수, 국책연구기관의 책임자, 고위 외교관 같은 사람들과 술자리를 가진 적이 있습니다. 눈치를 보자니 그들이나 자녀들 모두 SKY 출신이거나 재학 중인 것 같았습니다. 그런데 자녀들의 현재에 대해서는 일절 입에 올리지 않는 것입니다. 눈치 없는 제가 물었죠. 그랬더니 한 사람이 멋쩍은 웃음을 지으며 그러더군요. '요즘은 아이들이 어디 입학했다, 어디 취직했다 하는 이야기는 하지 않는 게 예의잖습니까, 허허'

저는 그만큼 취업이 어려운 모양이구나, 정도로 생각하고 말았습니다. 그런데 나중에 이런저런 들리는 말을 종합해보니 자녀들이 아버지의 삶을 본보기로 삼은 걸 후회하는 경우도 있고, 어떻게 취업을 했다가도 적응하지 못해 그만 두는 경우도 있는 모양이더군요. 취업에 내리 실패해 부모와 얼굴 마주하기를 피하는 경우도 있고요.

요즘은 SKY가 아니라 서울에 있는 대학만 들어가도 서울대라는 자조 섞인 농도 있습니다. 정말 그럴까요? 앞에서도 말씀드렸지만 '사농공상'의 시대는 이미 끝났는데, 꿈이 있는 청년들은 그 길이 아니라고 의심하는데도 여전히 일단 대학은, 그것도 반드시 서울로 가야한다고 부모와 선생님이 무작정 등을 떠밉니다.

좋죠. 자식이 번듯한 대학에 들어가면 일단 부모의 체면이 살고, 아무래도 명문대학을 졸업하면 취업능력도 그만큼 높아지는 것이고, 무엇보다 좋은 동창관계가 형성될 테니까요. 그런데 문제는 숫자의 한계이지요. 한정된 정원에 몰려드는 수는 많으니 우격다짐만으로 될 일은 결코 아닙니다. 타고난, 잘할 수 있는 능력을 외면한 오직 한 방향의 노력이 빚는 헛발질의 비극이기도 하지요. 그리고 취업이라는 거, 결국은 월급쟁이의 길 아닌가요. 거기서 조기퇴직이나 이직(移職)의 고민 없이 끝까지 살아남으려면 어쩌면 대학 입학보다 몇 배 더 힘든 길을 걸어야할지도 모릅니다, 평생.

우리 솔직하게 마음을 열어 봅시다. 안정되게 먹고 사는 게 우선입니까, 인생의 끝장을 보는 게 목표입니까? 이제 그 이야기를 한번 진지하게 해보지요.

참, 동창관계! 들은 이야기가 있습니다. 경북 어느 중소도시의 하급 공무원 딸이 공부를 아주 잘했습니다. 외교관의 꿈을 꿨고요. 최고 대학에 들어가 외교학과까지는 무난히 진입했습니다. 그런데 동기들이 끼워주지를 않더랍니다. 뭐 구체적으로 말하지는 않겠지만 '끼리끼리'에 밀린 거죠. 결국 그 여학생, '외교관이 되어도 앞날이 보이지 않겠구나' 판단해서 출판사에 들어갔습니다. 지레 겁먹자는 뜻이 아니라 '관계'도 자신이 주도할 수 있어야 한다는 뜻입니다. 반면 고향의 어릴 적 친구는 다르죠. 저마다의 길을 걸으면서도 우정을 이어가면 '연(緣) 문화'의 부정적 면이 아니라 진심의 위로와 원군이 된다는 걸 어른들이 더 잘 알지 않습니까.

## 제대로 된 공부라야 창조의 아이디어가 나온다

공부, 왜 하나? 사전에서 말하는 '학문이나 기술 등을 배우고 익힘'은 무엇인가를 잘할 수 있도록 갈고 닦는다는 뜻이다. 그러면 '무엇을 잘하도록'이 먼저 문제이다. '무엇을' 모르는 막무가내의 공부는 글자를 익히고 구구단을 외는 정도면 족하다. 그것이면 책을 읽을 수 있고 셈을 할 수 있으니 자신의 길을 스스로 찾아내기에 충분하기 때문이다. '무엇을' 찾아도 또 '제대로'의 길을 잡지 못하면 역시 헛공부가 되기 십상이다.

한 사례를 보자. 언어습득에 탁월한 능력을 찾아내 서너 개 나라의 말을 매우 잘하게 된 청년이 있다. 사람들이 그 실력이면 외교관이 될 수 있겠다고 하니 그 길을 갔다. 하지만 말은 잘하는데 외교적 협상이나 활동에는 큰 흥미도 없고 별다른 실적도 없어 그저 월급쟁이가 되었을 뿐이다. 남들이 보기에는 외교관으로 폼 나는 인생인 것 같은데 본인으로서는 위는 물론 아랫사람 눈치까지 보게 되니 그저 지겨울 뿐이다. 뒤늦게 그는 자신이 여행가의 꿈을 품고 있었음을 알게 되었는데, 먹고사는 게 어려울 것 같아 스스로 감췄음을 깨달아 용기 없음을 한탄했다.

맞다, 먹고사는 게 문제이기는 하다. 더구나 남들 눈에 폼 나는 인생이 되기를 바라는 헛된 과시욕은 자신도 마찬가지였으니 부모의 강요만 탓할 일도 아니다. 결국은 스스로의 깨달음과 용기의 문제인 것이다.

대박을 꿈꾸는가? 대박까지는 아니어도 안정되고 날마다 즐거울 수 있으면 족하겠다고? 사실은 거꾸로다. 날마다 재미있으면 대박 날 확률도 높아진다. 재미있고 신나면 아이디어가 저절로 반짝거릴 테니까 말이다. 먹고사는 거? 처음에는 어떨지 몰라도 신나면 언젠가는 대박도 터트릴 텐데 무슨 걱정인가. 그러니 시간과의 싸움이라면 먼저 시작하는 이가 유리하지 않겠는가.

예를 들어보자. 캐릭터가 각광받고 돈이 되는 세상이다. 캐릭터 하나로 대박을 터트리는 사례가 허다하다. 그렇지만 일상적 교육에 길들여진 사람에게서는 나올 수 없는 상상의 산물이다. 오랫동안 그 일에 전념한 집중이 아니면 아무리 뛰어난 잠재성을 가졌다 해도 끄집어내지 못한다. 어쩌면 지금 우리의 교육이 그 반짝거리는 영혼들의 길목을 가로막는 걸림돌이 되고 있는지도 모른다. 미술 교육은 오직 미대 입학을 위한 준비로만 존재한다. 자신의 꿈과 상상을 표현하고 싶은 모든 인간의 원초적 욕망을 틀어막고 있는 것이다. 그러니 장구한 역사와 문화유산이라는 엄청난 자원을 품고서도 '해리포터'와 '디즈니랜드'의 여러 캐릭터에 그저 열광만 하는 거다. 미술뿐 아니라 대부분의 교육도 다르지 않다.

흔히 말하는 스토리텔링, 이야기. 속된 말로 하자면 구라고 뻥이다. 그런데 뻥은 아무나 치나. 시험에 나올 수 있으니 밑줄 쫙 긋는 게 아니라, 방바닥에 배 깔고 빈둥거리며 이 책 저 책 읽다가 제 구미에 맞으면 깔깔대고 뒹굴며 더 나아간 상상의 단련으로 이어가야 그럴 듯한 뻥도 칠 수 있다. 그런 뻥에 감동이 더해지도록 다듬으면 그게 바로 멋진 스토리텔링이다. 그 스토리텔링에 거창하고 목에 힘들어간 예술로서의 미술 말고, 제 생각대로 점과 선을 잇고 그어갈 수 있는 그림실력이 더하면 또 캐릭터가 되는 거다. 여러 가지 할 것도 없다. 잘할 수 있는 것 하나만 잘하면 된다. 상상을 현실로 만들어줄 또 다른 전문가가 기다리고 있을 테니 말이다.

많이들 들어보고 체험하지 않는가. 그깟(?) 디자인, 조금 다르다고 아주 불편한 것도 아닌데, 그 조금 다른 디자인에 필이 꽂히면 열광하게 되지 않던가. 그야말로 대박! 의자 다리 모양, 테이블 면의 작은 변화, 각종 손잡이들의 모양 하나…… 정말 별것도 아닌, 누구나 할 수 있음이 분명한, 그걸 누구는 하고 누구는 못하는 것이다. 정말 억울하지 않은가.

'미쳐야 미친다'지 않는가. 대학을 가서 배운 뒤 시작하고 싶은 사람은 대학을 가는 거다. 일단 시작해보고 필요하면 그때 대학에 들어가서 더 배우면 된다는 사람은 고등학교만 졸업하면 까짓 시작부터 해보는 거다. 어느 쪽이든 미치도록 매진할 수 있으면 그게 바로 진짜 공부이고 성공의 지름길이다. 책장 속에서 배우기도 하지만, 만지고 다듬고, 깨트리고 다시 붙이는 체험의 과정이 때론 더 생생하고 확실한 공부가 되기도 한다는 사실만은 분명한 진실이니까.

자유, 도전, 용기. 그 젊음의 특권을 버리고서야 어찌 대박을 꿈꾸겠나. 아니, 대박보다 미칠 수 있어야 사는 맛이 나 후회하지 않고 행복할 수 있지 않겠는가!

# 창업지원과 육성,
# 기업이 먼저 앞장서라

　　　　　신문, 방송, 잡지…… 여기저기서 창업이 유행가처럼 흔하다. 청년도 창업, 중년도 창업, 장년도 창업. 일자리 만들기가 어려우니 창업으로 유인하는가, 의심마저 든다. 그러나 설령 유인이라 해도 창업은 취업의 대안이 아니라 인간의 본래적 욕망이기도 하다.

　누구나 다른 이의 부림을 받기보다는 주체적인 삶을 원한다. 다만 이제까지는 그 주체적 삶을 위한 창업에 선뜻 나설 수 있는 구조적 여건이 부실해 감히 엄두를 내기 어려웠다. 그래서 직장을 구하지 못하거나 남의 밑에 있기 싫은 사람은 식당, 세탁소, 소매점 등의 한정된 업종으로 생활의 방편을 삼는 데 그치는 경우가 많았다. 그러나 이제는 바야흐로 창업이 시대의 대세이다. 아직 완벽하지는 않아도 창업에 대한 사회적, 구조적 여건이 얼마만큼은 마련되어 있기도 하다. 그런데도 창업이라면서 커피숍, 전문점, 편의점 등의 체인망으로 걸어 들어가는 것은 진정한 창업이 아니라 또 다른 종속이 될 뿐이라는 것을 왜 생각하지 못하는지 안타깝다.

　창업의 기본은 아이디어와 기술이 되어야 한다. 청년의 아이디어, 장년의 기술. 그 융합이면 더욱 바람직하고 미래도 밝을 것이다.

세계 경제를 흔들고 있는 중국의 창업 열기는 이미 잘 알려진 바이다. 그에는 명문 칭화(清華)대학교, 베이징(北京)대학교 등이 교수와 학생들을 지원해 일으킨 창업열풍이 도화선 격이었다.

포항에는 세계적인 포항공과대학교를 비롯하여 포항제철공업고등학교, 경북과학고등학교 등의 과학과 기술인재를 양성하는 학교들이 있다. 또한 포스코에서 장기 근속해 기술적 숙련도가 높은 장인급의 인재들도 다수이다. 첨단기술을 연구하는 대학의 교수와 재학생의 아이디어, 포스코의 기술 인재, 고등학교의 미래 인재들이 모여 제각각의 꿈에 도전한다면 최고의 벤처가 되지 않겠는가.

철은 현대 산업의 근간이다. 철과 유관되거나 파생되는 산품과 기술의 가능성은 그야말로 무한하다. 포스코에서는 얼마 전 염수(鹽水)에서 추출하는 2차 전지 핵심연료인 리튬을 기존의 자연 증발 방식에서 직접 추출 방식으로 바꾼 획기적인 신기술을 개발하기도 했다. 그와 같은 포스코의 자체적인 연구 개발에 병행하여 사외 벤처기업을 육성 지원하는 것이 절실하다.

필요가 개발의 원천이기는 하다. 그러나 눈에 보이는 필요를 뛰어넘은, 상상에서 비롯된 결실로 세상을 선도해야만 우리의 위치를 굳건히 하고 더욱 나아갈 수 있다. 황당하게 여겨질 수도 있는 자유의 상상력, 배척하지 않고 경청하여 상상을 가능하게 할 아이디어, 아이디어를 실현하기 위한 집념과 뒷받침, 실험을 주도할 숙련된 장인과 발상을 뒤바꿀 수 있는 젊은 기능 인재……. 포

스코가 앞장서 할 수 있는 일이며, 국민기업으로서의 의무이기도
할 것이다.

다행히 LG를 비롯한 몇몇 대기업들이 이미 창업 아이디어 제공
및 지원을 약속하고 나선 바 있다. 더욱 많은 기업들이 그에 동참
하여 각자의 전문분야를 기반으로 한, 더 나은 상품 개발과 선도
기술 개발에 나서야 할 일이다. 비단 대기업만이 아니다. 중소기
업 또한 생존과 도약을 위해서는 선도 기술 개발에 나서야 하며,
그 가장 지름길은 젊은 아이디어와 숙련된 기술의 결합인 협력의
벤처기업 육성임을 각성해야 한다.


악습, 이제는 정말 버려야 한다. 일본 니치아(啞)화학 나카무라
슈지의 예에서 보듯 기업의 잘못된 탐욕은 인재를 잃는다. 우리
의 경우는 더 말할 것도 없음을 너무도 잘 알 것이다. 어쩌면 우리
의 인재들이 더 빛나는 상상력과 아이디어를 도출해내지 못하는
것은 그 믿을 수 없음으로 인한 의욕상실과 자포자기 때문인지도
모른다. 투자에 대한 수익의 독점은 기업의 당연한 논리가 될 수
있다. 그러나 그 독점도 정당한 한도를 넘어서는 분명 탐욕이다.
탐욕 때문에 인재와 기회를 잃는 것과 정당한 나눔으로 더 큰 이
익을 얻는 것 중 어느 쪽이 더 이익인지도 불을 보듯 환한 일이 아
닌가.

가능성에 비해 투자가 너무 많은 경우도 있을 것이다. 그럴 때
중단하면 인재와 기회 모두를 잃게 될 뿐이다. 가능성만 분명하

다면 그때는 개발자를 설득해 합병할 수 있을 것이며 이미 많은 투자금을 사용한 쪽도 기꺼이 동의해 최선을 다해야할 것이다.

특별한 아이디어 없는 개별 창업자도 자신만의 특성을 개발해야 살아남고 발전할 수 있음을 잊지 말아야 한다. 자신의 능력만으로 되지 않으면 젊은 피를 수혈해 그들에게 장을 펼쳐주기를 망설이지 말아야 한다. 성과를 재촉하지도 말아야 한다. 백지 위에 화려한 꽃을 그려내려면 긴 시간이 필요하다. 게으름이 아니라 큰 날갯짓을 위한 호흡 가다듬기일지도 모르지 않은가.

## 성공으로 이끌어가는 인큐베이터 시스템

개인의 경제활동이 자유롭고 번성한 민족과 나라의 흥성은 역사가 증명한다. 오늘날 세계 금융과 경제의 보이지 않는 손이 되고 있는 유대민족이 그렇고, 청명상하도(淸明上河圖)로 그려진 중국의 송(宋)나라가 그러했다. 비단 송나라만이 아니라 이후 중국은 일부 국가독점 품목을 제외하고는 개인의 경제활동이 자유로워 국가 흥성이 지속되는 기반이 되었다. 고대 중원의 작은 소읍국가 하(夏)나라에서 시작해 오늘의 저 거대한 대륙을 영토로 아우르게 된 밑바탕에는 그 힘도 크게 한몫했을 것이다. 또한 오늘날 세계 거의 모든 나라에 '차이나타운'이라는 자신들만의 시장을 형성하고 있는 화교(華僑)의 끈질긴 정신도 그에서 비롯되었을 것이다.

모든 개인의 경제활동, 즉 창업은 실패의 위험을 동반한다. 그래서 창업에는 커다란 용기와 서로 간의 끈끈한 연결망이 필요하다. 그런데 자본의 힘이 더욱 강력해지고, 개인의 이력이 '신용'이라는 이름으로 조밀하게 관리되는 현대에는, 과거와 달리 한번 실패하면 재기의 문을 여는 데 여러 제한이 중첩되어 오히려 섣불리 용기를 낼 수 없게 만드는 면도 있다. 그래서 일종의 보험이라 할 수 있는 사회적, 국가적 지원 및 보장체계가 더불어 필요하다.

지금 이스라엘에는 대략 국민 2000명당 1개꼴로 벤처기업이 번창해 국가경제의 근간과 활력이 되고 있다. 이에는 '요즈마펀드'로 대표되는 다양한 지원제도가 뒷받침이 되었다. '요즈마'는 히브리어로 창의, 독창, 창업 등의 뜻을 가졌는데 바로 그 의미대로 벤처 및 스타트업(신생 벤처) 기업을 지원하는 펀드이다. 정부와 민간이 각각 4:6의 비율로 리스크를 부담하는 대신 수익이 발생하면 민간이 정부의 지분을 인수할 수 있는 방식이다. 이 펀드는 1993년 1억 달러 규모로 시작해 2013년 기준 40억 달러로 그 규모가 늘어났다. 보다 중요한 것은 '스타트업 기업 중 1%만 성공해도 그 가치를 존중하며, 창업에서 실패하더라도 실패의 가치도 인정해 재창업을 지원한다'는 기본정신이다.

중국의 '창업 인큐베이터'도 잘 알려져 있는 바다. 기술과 아이디어를 가지고 있는 창업지원자들에게 입주시설을 제공하고, 다양한 교육체제로 지원하여 성공적인 창업으로 이끄는 제도이다. 이에는 가능성 있는 창업자에게 초기 투자 및 멘토링, 행정 및 법률자문, 외부투자자와의 연결 등 다양한 지원체제를 말하는 엑셀러레이터 제도도 병행된다.

아이디어와 일정 수준의 기술을 가지고 있는 우리 창업지원자 대부분은 투자자금뿐 아니라 관리와 기술판매 또는 상품개발, 시장개척 등 중요한 여러 분야에서 취약성을 내포하고 있다. 아이디어와 기술이 창업성공의 기초이기는 하지만 관리와 운영이 부실해서는 결코 성공을 기대하기 어렵다. 그래서 투자와 더불어 그에 대한 지원책이 병행되어야 한다.

설핏 독점적 창업이라 하면 폐쇄적 독점을 생각하기 쉽다. 그러나 동종 및 유사업종이 한데 뭉쳐 있으면 서로 간의 경쟁 및 협력이 시너지 효과를 불러 오히려 성공 가능성을 높여주고 서로 간의 합병으로 규모를 키워갈 수도 있게 한다. 그래서 먼저는 지역별로 특정 벤처 인큐베이터 단지를 만드는 것이 필요하다. 신섬유 및 디자인 개발에 관련된 섬유산업이나 전자산업 관련 벤처 인큐베이터는 대구, 철이나 태양광 등과 관련한 인큐베이터는 포항, 조선 및 자동차 기술 관련은 울산 등과 같은 방식이다.

또한 각 벤처 인큐베이터 단지에서는 저렴한 임대료로 공간을 제공하는 것은 물론, 공동으로 이용할 수 있는 실험 공간 및 시설, 적정 수준에 오를 때까지의 관리, 기술 인력 연결, 상품개발 및 시장개척을 위한 기업과의 연계 등 성공을 위한 지원체계를 구축해 지속적으로 유지하는 것이 필요하다.

우리 정부도 관련된 다양한 정책을 마련해 시행하고는 있다. 그러나 이스라엘이나 중국, 미국의 실리콘밸리 등과 비교하면 자율성의 활력은 현저히 떨어진다. 타율적 구조와 운영의 경직성 탓이다.

창의와 창조는 자유와 자율성의 보장에서 비롯된다. 관료적 개입을 최소화하여 운영이 아닌 지원이라는 자세를 견지해야 한다. 전문가로 인정받는, '권위'로 판단하고 단정짓지 않는, 새로움에 고개를 끄덕이고, 불가능을 가능성으로 수용할 수 있는, 열린 마음의 리더가 이끌어가는 체제로 바꾸어야 한다. 기업의 동참이 필요한 대목이다.

정부와 기업이 공동으로 출자하는 벤처펀드를 더 크게 조성해야 한다. 막연한 기부나 출연의 강요는 일회성에 그칠 뿐이다. 실패와 기업의 탐욕 방지는 정부가 책임지고, 운영은 기업이 적극 나서는 펀드 조성으로 창업지원자들의 용기를 부추겨야 한다. 공업적 기술만이 아니라 농수산, 음식, 관광, 문화 등 전방위적 스타트업의 활력을 조성하는 정부와 기업의 노력이 절실하다.

# 해양국가의 완성으로 대륙으로 나아가야 할 한반도

중국뿐 아니라 유럽시장이라고 다를 바 없다. '청정' '건강' 이미지에 그들의 음식문화와 식습관을 고려한다면 가공수산식품은 삼면이 바다인 우리에게 제3의 길을 열어줄 것이 분명하다.

2천여 년 전, 이 땅 한반도 동남쪽에 나라를 세운 이들이 그 이름을 '신라'라 했습니다. 신라는 땅은 아주 작았지만 천년을 이은 제국(帝國)입니다. 땅이 넓은 것만이 제국이 아니라 유래가 드문 천년왕국도 제국이라 할 수 있으니까요. 저도 그 제국 신라의 후손입니다.

한반도 서남쪽에 백제라는 나라도 있었습니다. 땅의 크기는 신라와 비슷했지만 2천여 년 전 그때 일본과 중국으로 진출해 많은 흔적을 남겼습니다.

두 나라는 모두 해양강국이었습니다. 특히 신라에는 수만리 떨어진 이란 등 서역의 사람과 배가 드나든 흔적이 산재합니다. 심지어는 로마의 문물이 유물로 발견되기도 합니다.

통일신라의 뒤를 이은 고려도 초기에는 해양강국이었습니다, 그러나 해양력이 약화된 뒤부터 고려의 힘은 급격히 위축되었고, 더는 신라와 백제의 해양력을 복원하지 못한 채 작은 나라로 머물고 말았습니다.

신라, 백제와 함께 북쪽 땅에서 거대한 대륙국가로 자리했던 고구려는 통일전쟁의 와중에 내분까지 겹쳐 역사를 이어가지 못했고, 발해가 그 뒤를 이었지만 짧은 역사로 그쳤습니다.

세계사에서 제국을 이룬 모든 나라는 해양강국이었습니다. 고대 로마를 비롯하여 페르시아, 포르투갈, 스페인, 네덜란드, 태양이 지지 않는 나라라 했던 영국, 현대의 미국에 이르기까지 말입니다. 일본도 한때 해양력을 키워 큰 분탕질을 일으키기도 했지요. 해양력이 국가에 미치는 영향이 어느 정도인지 더 말할 필요가 없는 증거들입니다.

반도는 대륙국가보다 해양력을 키우기에 훨씬 유리한 조건입니다. 더구나 우리는 분단 이후 대륙으로의 연결선이 끊어져 사실상 섬에 가까웠습니다. 그로 인해 조선업과 해운업에서 괄목할 성장을 이루었고 이제는 세계 최고라는 명성을 듣습니다.

이제 우리 대한민국은 섬을 넘어 반도를 회복하고 대륙을 거쳐 더 넓은 세계시장으로 나아가야 합니다. 물론 섬을 벗어나는 길은 통일을 이루는 길입니다. 그사이 우리는 해양력을 키우는 데 더욱 매진해야 합니다. 통일을 이루는 데도 강력한 해양력은 필수적입니다.

미국, 일본, 러시아는 물론 중국까지 해양력 강화에 국력을 다하고 있습니다. 통일 이후 한민족의 생존과 발전은 해양력에 달려있습니다.

## 산업과 인문이 함께 하는 해양강국

중국의 굴기가 세계 항만시장을 요동치게 하고 있다. 컨테이너 처리량 기준 세계항만 순위 10위권에는 1위 상하이항을 필두로 중국의 항만이 6개를 차지한다. 그밖에는 싱가포르 2위, 홍콩 5위, 대만의 카오슝(高雄)항이 10위이다. 2003년부터 5위 자리를 유지해오던 우리나라 부산항은 닝보(寧波) 저우산(舟山)항이 4위로 오르며 6위로 추락했다. 물론 근본적으로는 물동량의 문제이고 세계적인 경기침체도 한 원인이 되었다.

세계의 공장이자 시장인 중국은 기본적인 자체 물량이 많기에 경기침체 영향도 덜 받는다. 반면 부산항은 환적물량 비율이 이미 40퍼센트를 넘어선 상황이니 경기침체는 직격탄이 된다. 그렇다고 국내 수출입 물동량이 획기적으로 늘어날 가능성도 별반 없다. 여기서 여차 잘못 생각하면 항만 증설이 불필요한 과잉 투자로 여겨질 수도 있지만 결코 아니다!

EU(유럽연합) 가맹 28개국이 세계 시장에서 차지하는 비중은 30 퍼센트를 넘어선다. 거기에 러시아와 EU 비가맹 일부 유럽 국가 까지 포함하면 사실상 세계 최대 규모의 시장인 셈이다. 그런 유럽시장으로 향하는 현재의 항로는 부산을 기점으로 네덜란드 로테르담항까지 2만2천 킬로미터에 달한다. 굳이 로테르담항을 도착항으로 한 것은 그곳에서 유럽 물동량의 60퍼센트 이상이 처리되고 있기 때문이다. 그런데 동남아를 거치는 기존 항로가 아니라 러시아 북쪽을 돌아가는 북극항로를 이용할 경우 1만5천 킬로미터로 무려 7천 킬로미터의 운송거리가 줄어든다.

현재 해양수산부는 북극권 국가와의 협력으로 북극항로 이용을 적극 추진하고 있고 조만간 성과가 있을 것으로 예측된다. 그때 우리나라 항만은 북극항로를 이용하려는 중국, 일본을 비롯한 아시아 각국의 허브항으로서 각광받게 될 것이다. 물론 오래지 않아 침체된 경기도 나아질 것이고.

컨테이너선을 비롯한 대형선박을 유인하기 위해서는 무엇보다 수심이 깊어야 하니 서해보다는 동해가 적격이다. 그런데 지금 동해안에는 부산항을 제외하고 미래비전을 내다볼 만한 규모의 항구는 없다. 다행히 지난 2009년 준공된 컨테이너부두 4선석, 2012년 준공한 일반부두 2선석을 포함하여 총 16선석 규모의 포항 영일만항 사업이 진행되고 있어 전망을 밝게 해주고 있다.

항만이 갖춰져 있다고 저절로 물동량이 유치되는 것은 아니다. 관련 기업의 적극적 활동과 그를 지원할 수 있는 발 빠른 정책도 뒷받침되어야 할 일이다. 그런데 오직 산업항의 기능만으로 영일만항의 미래를 기대해서는 안 될 일이다. 부가가치가 높고, 경기의 영향을 덜 받으며, 배후산업도 함께 성장할 수 있는 해양산업을 염두에 두어야 한다는 뜻이니 바로 크루즈항의 병행과 같은 일이다.

아는 바와 같이 크루즈선은 유람과 관광을 주목적으로 하는 최고급의 휴양시설이며 부의 상징이기도 하다. 돈과 시간의 여유가 없으면 엄두 낼 수 없는 럭셔리 관광에 나서는 이들이니만큼 지적 수준과 보는 안목, 놀이의 행태는 물론 구매역량도 남다르다. 그래서 크루즈 기항지로 가장 각광 받는 곳은 우선 전통의 역사 유적과 가깝고 쾌적한 환경을 갖춘 곳이다.

경주와 울산, 울릉도를 벨트로 묶는 포항 영일만항은 크루즈 기항지로서 최적지가 될 수 있다. 영국 BBC를 비롯한 세계적 명성의 방송사들이 보도한, 선사시대 인류의 고래잡이를 증명하는 울산 반구대 암각화는 크루즈선을 탈 만한 인사들이라면 반드시 보고 싶어 할 관광자원이다. 경주의 신라 유적과 유물 역시 천년을 이은 제국에 초점을 맞추면 로마에 버금가는 관광자원이다. 신라의 것, 우리 것만 주장할 것이 아니라 그 당시 세계와 교류한 증거인 황금보검과 같은 유물, 쿠쉬나메 같은 이야기로 동서양이 어울린 공연까지 더한다면 그리스에도 뒤지지 않을 것이다.

자연환경은 또 얼마나 쾌적한가. 가장 청정한 바다, 돌고래와 함께하는 해양관광…… 별빛 찬란한 밤에 크루즈 선실에 앉고 누워 환호하며 즐길 수 있는 야간 볼거리까지 갖춘다면 다시 찾고 싶은 관광지 1순위가 되는 것도 충분히 가능한 일이다.

지난 5월 포항시는 러시아 극동지역 최대 도시 블라디보스토크와 우호도시 협약을 체결했다. 블라디보스토크는 시베리아 횡단철도의 출발지이자 극동지역에서 러시아 전통문화를 접할 수 있고, 태평양과 오호츠크해 사이에 끼어있는 특별한 자연경관의 캄차카 반도로 향하는 길목이기도 하다. 시베리아 시장으로 향하는 물류뿐 아니라 크루즈 등 고급 국제 페리 항로개설로 이어가야 할 것이다.

명실상부한 해양강국, 산업뿐 아니라 인문과 사람, 국제협력이 함께 해야 가능한 일이다.


## 21세기 인류 먹거리의 보고, 바다

지난해 우크라이나 사태로 서방의 경제제재를 받은 러시아가 가장 먼저 꺼내든 무기는 밀 수출 제한이었다. 세계 4위의 밀 수출국가 러시아의 그 같은 조치는 순식간에 세계 밀 가격을 13퍼센트나 폭등시키는 결과를 초래했다. 2010년에는 극심한 가뭄으로 수확량이 급감하자 아예 수출 금지조치를 취해 그해 가격이 무려 47퍼센트나 올랐던 일도 있다. 바야흐로 식량전쟁이 란 말을 실감할 수 있게 하는 일들이었다.

그와 같이 인류의 기본적 먹거리인 곡물은 기후 변화의 영향을 많이 받는데다, 특정국가나 '카킬' 같은 메이저 곡물회사의 횡포에 따라서는 언젠가 핵보다 더한 무기가 되어 인류를 위협하게 될지도 모르는 일이 되었다. 또 다른 먹거리인 축산물 역시 비슷한 영향을 받기도 하지만, 특히 최근에는 과잉섭취로 인한 비만이나 구제역, 변형 조류독감(AI) 등 치명적이거나 다양한 질병원(疾病源)으로 인류의 안전을 위협하고 있다. 21세기 인류 최고의 먹거리로 수산물이 뜨고 있는 이유이다.

삼면이 바다인 우리나라는 반구대 암각화가 증명하듯 이미 선사시대에 고래잡이를 했을 정도로 바다에 익숙하다. 지금도 남해를 필두로 동서해에서 다양한 양식업이 이뤄지고 있고, 많은 원양어선은 세계를 누비며 우리의 식탁을 풍성하게 해주고 있다. 식품가공업 부분은 대표적인 참치캔을 예로 살펴보면, 1982년에 시작한 국내시장의 규모만 어느새 4천억 원을 훌쩍 넘어섰을 정도이다. 오늘을 넘어 미래, 국내를 넘어 세계시장을 생각하면 그 가능성은 바다보다 더 크고 무궁무진하다 할 수 있다.

유럽의 슈퍼마켓을 가면 참으로 다양한 수산가공식품이 진열대를 차지하고 있다. 참치, 연어를 비롯하여 고등어, 정어리, 바다가재, 새우, 게, 고동 등 어패류, 그 밖에 이름 모르는 많은 어류에

심지어는 민물달팽이까지 말이다.

풍부한 해산물의 드넓은 어장을 가까운 거리에 두고 있는 우리에게 수산물은 신선함이 첫 번째 상징이다. 비단 수산물뿐 아니라 산천의 나물이나 채소류도 맑은 물이 지천으로 흐르고 있어 날것 그대로의 생식이나 살짝 데치는 정도가 요리의 주를 이룬다. 한여름 무더위나 계절적 특성으로 인한 장기보관을 위해 일부 염장이나 발효, 건조 등을 병행하기는 했지만 완전가공의 필요성은 크게 느끼지 못한 채 오랫동안 살아온 것이 현실이다.

반면 유럽의 경우는 석회질이 다량 함유된 물 사정, 바다와 원거리인 일부 내륙국가의 번성, 음식문화의 차이 등으로 일부 채소류를 제외하고 날것 그대로 섭취하는 경우는 거의 없었다. 특히 우리에게는 아주 흔한 일상의 먹거리인 생선회의 경우, 유럽에서는 해안 국가는 물론 섬나라인 영국에서까지 현대에 들어서 일본문화의 영향으로 번지기 시작했을 정도이다. 그만큼 가공수산식품에 익숙하고 그 시장 규모도 엄청나다는 것이다.

한반도와 가장 가까운, 단일시장으로는 세계1위인 중국 역시 수천 년간의 교류에도 불구하고 먹거리 부분에서는 우리와 완연히 다르다. 무엇보다 황허(黃河)와 장강(長江)을 두 축으로 한 물이 고대로부터 전국적으로 탁하기 때문이었는데 요즘도 날먹거리에 대해서는 인식자체가 없는 지역도 있고, 산업화로 인해 더욱 가중된 오염은 앞으로도 나아질 가능성이 없어 보인다. 그렇지만 소득증가와 여행자유화로 다양한 선진문화를 체험한 중국인들의 신선, 건강식품에 대한 욕구는 점점 폭발적으로 증가하는 실정이다.

중국의 부자들이 고급식당에서 전채(前菜:애피타이저)로 즐겨먹는 음식은 전복이나 해삼요리이다. 시진핑 정부 출범 이후 사치의 대명사로 강력한 단속의 대상이 되고 있는 '샥스핀(철갑상어지느러미)'이나 '연와(燕窩:바다제비집)' 수프와 더불어 전래의 자양강장식으로 인식되기 때문이다. 그런데 바닷가에서 수천 리 떨어진 황실까지 공급하는 과정에서 건조기술이 개발되었고, 다시 불려서 요리하는 과정에서 날것보다 뛰어난 식감을 찾게 되어 이제는 건조된 상품이 날것보다 몇 배 더 비싼 값으로 거래되고 있다.

제철 생산량에 따라 극심한 가격변동을 겪으며 생산자나 소비자 중 한쪽은 반드시 불만을 살 수밖에 없는 것이 현재의 우리 수산업 구조이다. 발상의 전환이 필요하다. 더구나 우리의 맑은 바다에서 생산해 건조하고 가공한 식재료의 '청정' 이미지라면 중국 최고급의 시장을 여는 데 특별한 프리미엄 하나를 더 받고 시작하는 것이나 마찬가지이다. 중국뿐 아니라 유럽시장이라고 다를 바 없다. '청정' '건강' 이미지에 그들의 음식문화와 식습관을 고려한다면 가공수산식품은 삼면이 바다인 우리에게 제3의 길을 열어줄 것이 분명하다.

기존의 기업이 도전을 두려워해 망설이거나 현실에 안주하려 든다면, 공기업이 앞장서거나 대학의 관련학과와 연계한 창업유도에 나서는 정책도 필요하다. '해양'이나 '수산'이라는 이름을 내세웠던 대학 대부분이 그 이름을 버렸다. 다시 그 이름을 찾아 운항, 식품개발, 요리 산업, 시장개척이 유기적으로 연결될 수 있는 교육시스템을 갖춰야 한다. 비전이 밝은 시스템이라면 인재가 모여들지 않을 리 없다. 등대의 불을 켜서 길을 밝혀줘야지 그저 별빛만 바라보게 하는 것은 정책이 아니다. 미래 먹거리 밭을 삼면에 가지고 있는 우리가 거친 파도와 뙤약볕의 땀방울이 두려워 이름마저 지우려든다면 신체의 절반을 잘라 희망을 내버리는 짓이 되는 것이다.

## 해양국가의 기본은 안전

주로 서해바다에서 분탕질하던 중국 불법조업 선단이 이제는 우리 동해 외변까지 밀려들고 있다. 아직은 허가받은 북한 영해에서의 조업을 위한 항행이지만 언제 그들이 우리 영해에서 불법을 자행할지 모르는 일이다. 가장 바람직하기로는 북한과의 협의로 남북이 공동조업하거나, 북의 조업을 지원해주고 수산물을 대가로 받는 등의 상호협력으로 중국어선의 동해 진출을 원천 차단하는 것이지만 현재로서는 난망한 일이다. 무엇보다 심각한 것은 저인망 싹쓸이 조업으로 어족자원의 씨를 말리는 중국어선의 행태이다.

떼로 몰려들어 죽기 살기로 저항하는 중국어선의 행악은 이미 잘 알려진 바이고 목숨을 잃은 우리 해양경찰도 적지 않다. 더구나 동해는 해역이 넓고 파고가 높으며 단속선의 추적거리도 길어, 유사한 사태가 발생할 경우 대처에 허점이 생기거나 해양경비안전본부 요원들이 위험에 처할 가능성이 높다.

결코 저항할 수 없는 강력한 힘을 갖고서 선처를 베풀 때 상대는 마음으로 굴복하고 재발 엄두를 내지 않는다. 그러나 엉성한 구멍투성이의 힘으로는 아무리 엄격하게 제압해도 진실로 굴복하지 않고 다른 방법을 찾아 다시 시도하기 마련이다. 그래서 매는 강력하고 행동은 단호해야 하는 법이다.

지난 '세월호' 사고로 해양경찰이 해체되고 국민안전처 산하 해양경비본부에 각종 해양단속 임무가 부여되었다. 신설 국가기관으로 소속부서가 바뀐 것에 불과하지만 당사자들로서는 사기에 영향을 받을 수밖에 없는 일이다. 시간외근무와 위험수당 등 각종 수당의 현실화라도 기하여 그들의 사기를 진작하는 것은 물론 안전 및 단속 장비 개선에 만전을 기해야 할 것이다.

특히 위험한 상황에서 공무를 수행해야 하는 그들에게 명백한 위법행위가 없는 한 오직 사고가 발생했다는 사실만으로 책임을 묻는 일은 절대 없어야 한다. 법조문으로는 공무집행의 정당성은 물론 일반적 정당행위로 인한 불법행위의 책임조각까지 분명히 밝혀놓고도, 사고가 발생하면 여론에 떠밀려 공무를 수행한 사람에게 어정쩡한 올가미를 씌우는 것이야말로 사기를 저하시키고 공권력을 무력하게 만드는 일이다. 더구나 외국국적 선박과의 관계에 있어서 명백한 불법행위에 대해 '외교적' 운운으로 눈치를 본다면, 국격을 떨어뜨리고 우리의 근본적 자주성마저 의심받게 되는 일임을 명심해야 할 것이다.

사실 바다에서는 사건보다 더 무서운 것이 재난과 같은 사고이다. 특히 해양사고는 여차 대형 인명피해로 이어져 엄청난 사회적 혼란을 야기할 수 있다는 것을 '세월호' 사고를 통해 생생하게 목격한 바 있다. 당사자의 주의와 관련기관의 일상적 감시 및 안전유도는 당연한 것이지만 또한 인간의 일이기에 완벽을 확신하기는 어려운 노릇이다.

사고는 언제라도 발생할 수 있다는 것을 전제조건으로 인정하는 자세가 필요하다. 그리고 사고가 발생했을 때 가장 신속하게 구조와 수습에 임하고 피해의 확산을 방지할 수 있는 대책을 마련하는 것이 최선이다. 해양재난 구조에서 인력만으로 거둘 수 있는 성과란 극히 미미하고 대부분은 장비의 역량이 그 성패를 가름한다. 하지만 대부분 고가인 해양구조 장비의 특수성으로 결국은 예산 문제로 귀결되는데, 대형사고가 발생하면 금방이라도 예산을 편성할 것처럼 들썩이다가도 막상 결과를 보면 유야무야 된 경우가 다반사였다.

한반도는 기본적으로 해양국가이며, 해양국가의 완성이 대륙으로 나아가는 기초임을 다시 각성해야 한다. 조선업과 같은 일부

중공업의 성공으로 마치 대단한 해양국가가 된 것처럼 착각에 빠졌지만 실상을 들여다보면 바다를 품겠다는 젊은이는커녕 '해양' '수산' 등의 이름을 앞세웠던 학교마저 이름표를 떼어 낸 실정이 아닌가. 조선은 바다로 나아가기 위한 중공업이고, 진짜 바다를 품는 것은 '해양'과 '수산'이다. 다시 그 이름표를 되찾아 붙여야 한다! 젊은이들이 부푼 희망으로 망망대해를 누벼 주인이 되겠다는 야심을 품어야 한다. 그러기 위해서는 무엇보다 안전이 담보되어야 할 테니 해양사고 예방과 구조에 예산의 전폭적 지원이 이루어져야 할 일이다.

# 3장

## 유라시아를 달려
## 아프리카까지

# 통일대박,
## 그 위대한 꿈

섬처럼 고립된 대한민국을 마침내 반도 북쪽에서 대륙과 연결해 바다로는 태평양을 건너고, 땅위로는 유라시아를 넘어 아프리카까지 내처 달리는 대한 청년의 내일을 위하는 그 길. 통일, 오직 통일뿐이다!

이제 이 땅에 6·25전쟁의 소용돌이를 헤쳐 나온 분은 그리 많지 않습니다. 그러나 저만 해도 전쟁을 직접 겪지는 않았지만 '우리의 소원은 통일'을 목청 높여 부르며 자랐고, 지금도 그 노래를 들으면 여전히 가슴이 뭉클해집니다. 한반도 남녘, 동해바다를 끼고 있는 포항에서 오롯이 반백을 넘게 살아왔으니 바닷바람과 생선비린내가 정겹고 '영일만 친구'가 노래방 단골곡이 되었는데도 말입니다. 어찌 생각하면 희한한 일일 수도 있습니다.

오래전, 지금은 중국의 영토가 된 간도 땅에 처음 발을 내디디던 날이 선연합니다. '두만강 푸른 물에 노 젓는 뱃사공'의 그 두만강을 미처 마주하기도 전에, 비행기 트랩을 내려 흙바닥을 밟는 순간 까닭도 모르게 눈자위가 시리고 가슴이 아리더군요. 아, 우리 땅…… 한 번도 와 본 적 없는 그 땅에서 불현듯 치밀어 올라 저절로 터져 나오던 회한. 참으로 알 수 없는 뜨겁게 북받치는 기운이었습니다.

들뜨고, 설레고, 안타까움이 뒤엉킨 형언할 수 없는 감정 속에서 '룽징(龍井)'의 일송정에 올라 해란강을 내려다보며 목청껏 〈선구자〉를 불렀습니다. 민족의 영산 백두산에 올라 천지의 신성한 기운을 온몸으로 오롯이 받아 가슴 깊숙이 묻기도 했습니다. 두만강변을 달리는 동안에는 '그리운 내 님이여'의 그 '님'이 오로지 연인만은 아니었음을 뼈저리게 절감했습니다. 그리고 마침내, 중국명 '팡촨(防川)'이라 불리는 방천의 전망대에 올라 북녘 땅을 건너다 보는 순간 비로소 알았습니다.

방천은 중국 옌볜조선족자치구의 훈춘(琿春)시에 속하는 북한, 러시아와 국경을 맞댄 작은 구(區)입니다. 전망대에서 눈앞을 흐르는 두만강 건너로 눈길을 보내면 바로 북녘 땅이고, 그곳 두만강역에서 왼쪽 러시아 하산역으로 연결되는 북러철교도 또렷합니다. 아, 섬처럼 고립된 반도의 남쪽에서 비행기와 배로만 세상 밖으로 나가야 하는 것이 아니라 저처럼 땅을 가로질러 더 먼 곳으로 나아갈 수도 있구나! 하는 것이었습니다.

같은 핏줄의 민족이 하나 되는 것도 당연한 일이고, 이산으로 사무치게 그리운 부모형제를 만나는 것은 하루가 시급한 일입니다. 그리고 더 멀리 내다보아야 할 것은 우리 아이와 후손들의 미래입니다. 비행기와 배가 아니면 다른 세상으로 나아갈 수 없다면 꿈의 절반은 벽에 가로막힌 것입니다. 튼튼한 두 다리로 걷고 자전거 페달을 밟아서, 자동차 핸들을 잡거나 열차를 타고서, 유라시아의 초원과 사막을 가로지르고 눈 덮인 시베리아를 횡단하며 저 멀리 아프리카 희망봉까지 내달릴 수 있어야 합니다. 드문드문 들러서 보는 것이 아니라 처음부터 끝까지, 모든 것을 보고 모든 이를 만나며 세상을 품에 안을 꿈을 꿀 수 있어야 합니다.

국경 검문소가 이웃집 대문을 넘나드는 것처럼 편안하고 익숙한, 그래서 마음속에서는 국경선을 지워버린 자유로운 세계인의 포부여야 세상의 주인이 될 수 있습니다. 이미 지구촌이라는 단어가 그런 세상임을 말해주고 있습니다. 유럽연합이 그렇고, 동남아시아, 북아메리카, 남아메리카 대륙의 많은 나라가 그렇습니다. 가까운 중국만 보아도 사회주의 국가라지만 국경을 면한 베트남, 라오스, 미얀마는 물론이고 러시아와도 동북쪽 연해주 지역에서는 이념이나 체제와 상관없이 사람과 물자의 교류와 교역이 자유롭습니다. 국경의 의미가 흐릿하다는 거지요. 그건 참으로 땅의 크기나 자원보다 더 막강한 힘입니다.

너무도 간절하고 가슴 벅찼습니다. 우리 아이와 후손들에게는 반드시 그런 세상을 열어주자! 막힘없는 꿈을 꾸고 거침없이 나아갈 수 있는 길을 열어주자!

통일만이 그를 위한 오로지의 길임을 방천에서 뼈저리게 깨달았습니다.


# 통일,
# 분명 대박이다

박근혜 대통령은 지난 2014년 1월 6일 신년기자회견에서 이른바 '통일대박론'을 발표해 통일에 무관심하던 우리 국민에게 새로운 희망의 화두로 내놓았다. 이어서 3월 28일에는 독일 드렌스덴 공과대학교에서 '한반도 평화통일을 위한 구상'을 발표하여 '드렌스덴 선언'으로 불리며 세계의 주목을 끌었다. 그렇지만 아쉽게도 선언에서 더는 한 발짝도 나아가지 못하고 있는데다 과연 통일이 대박인가 하는 의구심을 갖는 이들마저 생겨나고 있다.

단언컨대 통일은 분명 대박이다!

통일에 대한 낙관적 견해에는 먼저 북녘 땅에 묻혀있는 지하자원이 거론된다. 전 세계 매장량의 절반에 이른다는 마그네사이트, 매장량 순위 세계 5위에 달할 것으로 추정되는 무연탄, 10위권의 금과 철광석, 그 밖에도 은은 물론 아연, 텅스텐, 석회석 등 매장된 500여 종의 지하자원 중 200여 종이 경제적 가치가 높은 것으로 분석되고 있다. 특히 베일에 싸여있기는 하지만 우라

늄 매장량은 세계 최대일 것으로 추정되고, 현대 첨단산업의 비타민이라 불리는 희토류 역시 우수한 품질과 함께 세계 최대 생산국 중국에 뒤지지 않는 매장량인 것으로 알려진다. 또한 평양, 온천, 안주, 길주 등의 내륙 분지와 동한만, 서한만 해안 분지에 매장된 석유 중 일부는 경제성이 있는 것으로 추정되며 실제 몇몇 지역에서는 석유를 생산했거나 하고 있는 것으로 알려진다. 그것은 수년 전부터 다수의 북한 과학 인력이 중국 베이징의 석유대학(石油大學) 등지에서 석유시추와 관련된 위탁교육을 받고 있는 것에서도 미루어 짐작할 수 있는 일이다. 이와 같은 북한 지하자원의 잠정가치는 적게는 6천조 원에서 많게는 1경 1천조 원에 이를 것으로 전망되니 결코 착시의 청신호가 아닌 것이 분명하다.

북한 인력은 이미 개성공단이나 중국 훈춘 등지에 파견된 근로자들을 통해서 익히 알려진 바와 같이 빠른 기술숙련도와 근면함으로 높은 생산성을 자랑한다. 더구나 남북한은 단일 언어로 의사소통에서 큰 문제가 없어 환상적 조합을 이룰 것이 명약관화하다.

한 세계적 경제연구기관에서는 남북한이 평화적으로 통일될 경우 25년 이내에 독일을 뛰어넘어 세계 4위의 경제국가로 발돋움할 것이라는 예측을 내놓은 바도 있다. 결코 박근혜 대통령 혼자만의 '대박' 예언이 아니라는 것이다. 더하여 분명 대박이라 새삼 단언하는 것은 통일이 가져올 변화의 역동은 내일의 주인이 될 우리 청년들에게 더 큰 장밋빛 미래를 약속할 것이라는 확신 때문이다.

 남과 북이 하나가 되어 낮은 지대(地貸)와 인건비 등으로 경쟁력을 갖추게 되면 북한 지역에는 세계시장을 겨냥한 굴지의 기업들이 속속 들어설 것이다. 그때 생산관리직을 비롯한 영업, 회계, 연구개발 등 다수의 일자리는 어쩔 수 없이 일정기간 우리 남쪽의 청년들이 주도할 수밖에 없다. 남과 북을 차별하게 되리라는 것이 아니라 뒤진 기술, 생경한 자본주의 관리체계, 폐쇄된 환경에 따른 국제경쟁력 저하 등으로 '일정 기간' 어쩔 수 없다는 것이다. 일부 과학기술 분야에서는 북이 우리보다 앞선 부분도 있겠지만 그 또한 시장경쟁력 있는 생산으로 완성되려면 자본주의적 마인드와 자유로운 상상력이 함께 해야 한다. 그러니 마침내 그저 일자리가 아니라, 웅크려 빛이 들기를 기다리던 긴 시간을 끝내고 가슴에 품고 있던 꿈의 나래를 활짝 펼쳐 푸른 하늘을 마음껏 나는 그날이 되는 것이다.

 길은 오직 그 길뿐이다. 처음부터 하나였던 한민족이 다시 하나가 되기 위하여, 70여 년 긴 세월 동안 한번 안아 보고픈 그리움에 피눈물을 쏟았던 이산의 한을 끊어내기 위하여, 섬처럼 고립된 대한민국을 마침내 반도 북쪽에서 대륙과 연결해 바다로는 태평양을 건너고, 땅위로는 유라시아를 넘어 아프리카까지 내처 달리는 대한 청년의 내일을 위하는 그 길. 통일, 오직 통일뿐이다!

## 통일 비용,
## 두려워만 할 일이 아니다

　　　　　아주 정직하게 말하자면 통일은 지극히 평화적인 통일이라 할지라도 그 성공적 완성은 섣불리 낙관할 수 없는 것이 사실이다. 아니, 오히려 위험요인이 더 많다고 보는 편이 옳을 것이다. 먼저는 내재된 북쪽의 요인을 들 수 있겠지만 그것은 일정한 관리와 조금 오래 걸리기는 하겠지만 시간이 해소해줄 수 있을 것으로 볼 수 있다. 오히려, 아직 누구도 내놓고 말하지는 않지만 북쪽보다는 주체가 되어야 할 남쪽의 요인이 통일의 완성에 위험 요소가 될 소지가 훨씬 크다. 자본주의적 탐욕과 자유주의의 허점이 그것이다. 진지한 성찰로 작은 소홀함도 없도록 대비에 만전을 기해야 할 일이다.

　통일에 대한 우려 중 우리 국민을 가장 두렵게 하는 것은 통일 비용이다. 통일비용이란 하나의 체제로 통합된 남북한이 동등한 경제수준이 되어 완전한 통일에 이르는데 드는 비용을 말한다. 각 연구기관에 따라 적게는 10년간 188조 원에서, 30년간 5800조 원이 들 것이라는 예측까지 그 편차도 매우 크다. 그렇지만 편차가 크다고 어느 한쪽은 잘못된 예측이라 무작정 무시할 바는 아니다. 우리가 어떻게 하느냐에 따라 예측이 틀릴 수도 맞을 수도 있는 것이기 때문이다.

가장 먼저 소요될 통일비용은 북한 주민의 배고픔을 해결하고 질병을 치료하는 일과 사회간접시설을 구축하는 일일 것이다. 배고픔과 질병의 치료는 적지 않은 비용이 지속적으로 소요되는 일이지만 지금 우리 경제력으로 아주 부담스러운 것은 아니며, 그 기간도 북한 주민의 안정적 일자리가 마련되는 데 따라 예상보다 훨씬 단축할 수 있을 것이다. 문제는 사회간접시설 구축에 드는 비용이다.

처음에는 이제 곧 발족할 아시아 인프라 투자은행(AIIB) 등 여러 국제금융기구의 차관을 이용해야 하겠지만 그것에만 기대어서는 비용부족으로 턱없이 늦어져 자칫 새로운 혼란을 야기할지도 모른다. 그 문제를 해결하기 위해서는 기업에 제공될 북한 지역 토지 임대료를 적극 활용하는 방안이 우선 고려되어야 할 것이다.

그에 앞서 먼저 정해야할 원칙이 있다. 다름 아닌 토지에 대한 소유와 임대에 있어서의 기준이다.

현재 북한 지역에서는 일부 아파트 등 주거용 건물에 대한 매매나 임대가 합법적이든 탈법적이든 일정 부분 허용되고 있는 것으로 알려진다. 통일 이후 기득권을 누리던 층과 기층주민, 박해받던 주민간의 조정이 어떻게 진행될지는 누구도 예단할 수 없지만 최소한 기본적인 주거지에 대한 소유권만큼은 인정하는 것이 불가피할 것이며 남쪽과 비교해도 공평할 것이다. 그러나 기업이나 공장에 할양할 토지에 대해서는 인식의 전환이 필요하다는 생각이다.

지금까지 우리는 자유민주주의 및 시장경제 원칙에 따라 토지에 대해 그 이용권에 대한 일부 제한은 있어도 소유권은 법으로 철저하게 보장했다. 그러나 그로 인해 토지의 소유만으로 폭발적 부의 증가와 세습을 낳고, 이로 인한 투기는 빈부격차의 가중은 물론 토지의 적절한 이용을 방해해 국가균형발전 저해 등 여러 폐단과 사회적 갈등의 원인이 되었다. 통일된 북쪽의 땅에서도 다시 그와 같은 폐해의 반복이 있어서는 안 될 일이다.

　사회주의 체제인 북한의 토지는 현재 완전한 국가소유이다. 그렇다면 통일 후 일부 주거를 위한 분배를 제외하고는 어떤 토지든 소유권 매매가 아닌 임대제도로 실행하는 원칙을 확고히 해야 할 필요가 있다. 소유가 아닌 임대제가 투자를 위축시킬 것이라는 우려는 그야말로 기우이거나, 영원한 소유를 주된 목적으로 하는 이들의 억지 논리에 불과하다. 오늘날 중국은 모든 토지에 대해 소유가 아닌 임대제를 실행하고 있다. 50년 또는 70년 임대제로 부동산개발은 물론 첨단산업기지 등 여러 장기투자가 이루어지고 있는 것이다. 부동산 소유권 제한이 경제 활성화의 제한 요인이 될 것이라는 주장은 중국이 현실로 보여주는 증거 앞에서 그 논거를 잃은 셈이다.

　사회간접시설의 간선(幹線) 구축은 국가가 주도해야 하겠지만, 지선(支線) 구축에 있어서는 실사용자의 자체 부담비율에 따라 임대료 및 그 기간에 차등을 주는 등의 방법으로 통일비용을 줄이는 방법도 있을 것이다.

통일비용에 대한 막연한 두려움은 과감히 떨쳐도 좋다. 해방 이후 자유민주와 시장경제의 원칙하에 진행된 우리의 개발에서 빚어진 폐해는 분명히 있었다. 그에 대한 부정적 인식만으로 통일 이후에도 다르지 않은 결과가 도출될 것이라는 생각은 지나친 우려일 뿐이다. 우리가 겪었거나 겪고 있는 개발의 폐해는 예정되었던 것이 아니라 일천한 경험, 너무 다급한 상황에 따른 오류의 결과였다. 이제 그 경험을 거울로 삼아 확고한 원칙을 세우고 철저한 실행계획을 준비한다면 통일은 분명 무지갯빛 희망과 대박이 될 것이라 확신한다.

## 통일, 선택과 의지이다

박근혜 대통령이 통일대박과 드레스덴 선언을 하고서도 아무런 후속조치를 취하지 못하는 근본적인 원인은 물론 북한 당국에 있다. 2008년 금강산 관광객 박왕자 씨 피살사건 이후 경색된 남북관계는 2010년 3월 26일의 천안함 폭침사건으로 정점에 이르렀고, 연이어 2010년 11월 23일 연평도 피폭 사건으로 다시 돌이킬 수 없을 지경에 이르렀다.

천안함 사건에 대한 솔직한 인정과 사과, 재발 방지의 약속 없이는 어떠한 교류나 지원도 할 수 없다는 것이 '5·24조치'의 실제이다. 해당 사건의 직접 피해 정권인 MB정부로서는 운신의 폭이 좁을 수밖에 없었다. 그러나 장기간 지속되는 남북 간 대화의 단절은 북한 핵문제와 맞물려 국민의 애를 태웠다. 마침내 2013년 박근혜 정부가 들어서고, 남북관계 개선에 대한 은근한 기대가 일었지만 집권 절반이 가깝도록 진전의 기미는 보이지 않고 있다.

가장 큰 원인은 30살 남짓의 김정은이 불안정한 정권의 안정을 위해 대남관계를 내부단속용으로 이용하기 때문일 것이다. 또한 일찍 스위스에서 유학하며 선진 유럽 각국의 발전 상황을 목도한 경험으로 북한 경제발전을 위한 개혁의 필요성은 인지함에도 그에 수반되는 개방이 가져올 위험성의 딜레마에 발목이 잡혀있는 상황이다. 더구나 미국을 비롯한 서방 각국의 경제 제재, 소원해진 중국과의 관계 등은 남한과의 협력 필요성을 더욱 절실하게 하지만, 우리 정부의 기본적 원칙 역시 그들의 입장에서는 전면 수용하기 곤란한 부분이 있으니 진퇴양난의 형국에서 냉온탕을 반복할 수밖에 없는 처지이다.

더욱 심각한 문제는 북한의 핵이다. 우리에게는 결코 용납할 수 없는 '머리 위의 핵'이고, 북한으로서는 자신들을 지켜줄 유일한 수단이라는 인식이니 평행선이 계속될 수밖에 없는 노릇이다. 우리를 비롯한 관련국 모두의 시각은 핵을 내려놓고 정상국가로의 회귀가 그들 정권을 지켜갈 수 있는 유일하고 바른 수단임이 명백하지만, 저질러 쌓은 과오가 큰 북한 정권으로서는 그것을 믿지 못하기에 핵을 놓지 못하는 자충수에 빠져있는 것이다.

국민대학교에 재직하고 있는 러시아 출신 안드레이 니콜라예비치 란코프 교수의 칼럼을 눈여겨 읽고 있다. 그가 쓴 칼럼 중의 한 대목이다.

소련과 동유럽 공산주의 붕괴 역사를 살펴보면 집권자들이 흔들리기 시작한 공산체제를 지키기 위해 싸운 적이 거의 없다는 사실에 주목해야 한다. 대부분 국가에서 공산주의는 한 발의 총성이 울리는 일도 없이 막을 내렸다. 공산당 엘리트 계층에 비상구가 있었기 때문이다. 동유럽 공산당의 고급 간부들은 체제가 무너져도 엄격한 처벌을 받지 않을 뿐 아니라 권력과 특혜를 그대로 유지할 가능성도 높다는 것을 잘 알았기 때문이다. ……중략…… 어떤 사람들은 일반사면이 비도덕적 정책이라고 주장할 것이다. 그러나 주민 고통을 줄이고 수많은 생명을 구할 수 있는 현실적 대안을 비도덕적인 정책이라고 몰아붙일 필요가 있을까. 북한 독재시대에 옥사하거나 살해된 사람들을 되살릴 방법은 없다. 그러나 타협을 통해 앞으로 더 많은 희생자가 생기지 않게 할 수 있다면 이 같은 방법을 쓰지 않는 것이야말로 비도덕적인 것이라고 생각한다(2015. 1. 23. 동아일보).

정확한 날짜를 되짚지는 못하지만 언젠가 그는 '진정으로 평화적인 통일을 원한다면, 지금 북의 권력자들에게 그들의 안전과 특혜를 보장하겠다는 메시지를 보낼 필요가 있다'는 취지의 칼럼을 쓴 적도 있다.

우리의 입장에서는 선뜻 용인할 수 없는 논리이지만 현실적으로는 일면 고개가 끄덕여지기도 했다는 것을 인정하지 않을 수 없다.

어쨌거나 북한 핵은 우리 '머리 위의 핵'으로 이처럼 무심하게 날마다 숙면을 이룬다는 것이 기이하기까지 하다. 강경하게는 얼마간의 피해를 입더라도 일거에 그들 정권을 제거하고 북한 주민을 고통의 수렁으로부터 건져내는 것이 한겨레의 일원으로 당연히 각오해야 할 일이라고 말할 수도 있다. 그러나 피와 파괴의 반복은 단연코 아니 될 일이다!

참으로 딜레마이지만 지금처럼 우두커니 지켜보고만 있는 것은 특히 정치의 할 일이 아니다. 선택과 설득, 실행이 시급한 시점이다.

중국과 홍콩·마카오의 사례에서 볼 수 있는 일정기간 '일국양체제', 중국과 대만의 '특별한 양안관계', '흡수통일', '핵 폐기와 경제 지원 속의 평화적 공존' …… 어느 쪽이든 분명한 선택, 설득을 통한 국민적 합의, 북과의 전면적 대화, 확고하고 지속적인 실행의 의지가 정부와 국민 모두에게 필요하다.

# 동북아의 난기류, 어떻게 대처해야 하나

안보상 첨예한 갈등이 없는 대부분 나라와의 외교는 고대로부터도 그러했지만 특히 현대에 들어서는 더욱 경제가 시작이고 끝이된다. 우리가 가지고 있는 여러 역량을 효율적으로 발휘하면 중국, 러시아, 인도 등 주변 강국은 물론 아세안 중소국(中小國)과의 관계에서도 유리한 협상자원이 될 수도 있다.

참으로 파도가 위험해 보입니다. 금방이라도 쓰나미가 밀려들 것 같습니다. 120년쯤 전에도 이랬습니다. 그 무렵 일본은 중국을 중심으로 한 동양권과 자신들을 분리했지요. 서유럽, 북미, 동양과 같은 반열의 독자적인 일본이라 생각한 것입니다. 다름 아닌 일명 '난학(蘭學)'이라 불린 네덜란드 문화와의 접속을 기반으로, 그때껏 기대왔던 중화권에서 벗어나 유럽 선진 문물의 세례를 받아 키운 몸집을 믿었기 때문입니다.

자연재해가 끊이지 않는 섬나라는 언제나 안전한 대륙을 꿈꾸지요. 몸집도 키웠겠다, 영원히 쓰러지지 않을 것 같던 대륙의 주인 청나라는 시름시름 앓아가겠다, 기회라 여길 만했습니다.

그들에게 한반도는 대륙으로 진출할 교두보였지요. 때마침 한반도에서 일어난 동학혁명에 조선왕실이 청나라에 진압군을 요청하니 일본도 슬그머니 끼어들었다가 청과 한판 힘겨루기를 했습니다. 바로 1894년과 1895년 사이에 벌어진 '청일전쟁'이지요. 과연 덩치만 크고 하체는 부실하던 청은 맥없이 손을 들었지요. 제 근력을 확인한 일본은 다시 러시아와 한판 붙어보는데 또 손쉽게 이깁니다. 이른바 1904년과 1905년 사이의 '러일전쟁'이지요. 그때 조선 왕실은 무얼 했던가요. 예, 저마다 친일, 친청, 친러로 분리되어 권력다툼에만 빠져있었습니다.

러일전쟁이 끝난 뒤인 1905년 7월 29일, 일본은 미국과 비밀협정을 맺습니다. 미국은 필리핀을, 일본은 조선에 대한 독점적 지배권을 상호 인정한다는 내용으로 일본 수상 가쓰라 타로와 미국 육군장관 윌리엄 태프트 간에 체결된 '가쓰라-태프트' 밀약입니다. 멀쩡한 남의 나라를 두 나라가 나눠먹자고 한 것이지요. 더욱 서글픈 것은 앞서 1882년 5월 22일, 조선과 미국 간에는 찰떡같은 '조미수호통상조약(朝美修好通商條約)'이 체결되어있었다는 것입니다. 그 조약 제1조가 무엇이었는지 아십니까?

'제1조. 사후로 대한조선 군주와 대아미리가(大亞美理駕)합중국 프레지던트 및 그 인민은 각각 영원히 화평우의를 지키되 만약 타국이 불공경모(不公輕侮)하는 일이 있게 되면 일차 조지(照知)를 거친 뒤에 필수상조(相助)하여 잘 조처함으로써 그 우의를 표시한다'

1910년, 일본은 마침내 대한제국을 병탄했지만 '조미수호통상조약'의 '상조'는커녕 '조지'도 없었으니 '밀약'에 의해 '조약'은 흔적조차 없어진 셈이지요. 이후 일본은 중국으로 쳐들어가 '만주전쟁'과 '중일전쟁'으로 이어가며 한반도를 유린했습니다. 기어이는 미국과도 배짱이 맞지 않자 진주만을 기습해 태평양전쟁을 일으켰고요.

아, 요즘은 상황이 조금 달라졌죠. 중국은 시름시름 앓는 것이 아니라 떠오른 용이 되어 'G2'로 칭해지고, 대한민국도 예전처럼 아주 만만하지는 않다는 점이지요. 그렇지만 일본이 그동안 기른 근력도 간단치 않은데다 미국에 대해서는 거의 굴신하며 앞마당의 문지기를 자청합니다. 하지만 그 속내는 여전히 중국과 한판 겨뤄보려는 것이고 그를 위해서는 역시 한반도를 필요로 합니다. 게다가 북한이라는 변수는 예전의 친중파와 친러파를 넘나들며 전체 판세를 어지럽히고 있는 형국이고요.

120년 전보다 조금 더 복잡해지기는 했지만 요지를 정리하면 미국은 한국·일본과 각각 동맹 관계이고, 중국은 옛날의 서구열강을 대표하는 미국과 노골적이지 않은 대립 관계이고, 러시아는 그 무렵과 비슷한 상황 같고, 한반도는 북한을 포함하면 그때와 크게 다르지 않은 듯합니다. 정신 바짝 차려야겠습니다!

# '그레이트 미국'
## 그 여론을 잡아야

　　　　　세계 각국의 지식 바탕을 지수로 정리하면 1위 미국을 10으로 할 경우 2위 독일이 4.3정도라는 연구결과가 있었다. 그 아래로는 영국, 프랑스, 일본 등의 순이었고 우리 한국은 1.5정도로 기억한다.

　미국 대학교에서 유학하던 학생이 자신의 연구에 필요한 자료를 도서관에서 찾다가 없어 사서에 물었더니 알아보겠다고 하더란다. 한참 시간이 지난 뒤 사서에게서 연락이 와 갔더니 다른 나라에서 수억 원을 들여 구입했다며 내주더라는 전설 같은 이야기가 회자되기도 한다. 과연 전설인지 사실인지 확인하지는 못했지만 전혀 아니 땐 굴뚝에 연기가 나지는 않을 테니 '그레이트(great) 미국'의 저변이 그런 것이다.

　미국이 중국과 패권을 나누거나 잃게 될지에 대해서는 여러 설이 분분하다. 그렇지만 단순한 수치의 우열과 상관없이 '미국의 힘'은 쉽사리 흔들리지 않을 것이라는 예측이 일반적이다. 또한 그런 미국의 힘은 돈을 기반으로 하니 '돈의 나라'이기도 하다.

　미국은 정치부터 돈이 지배한다. 주의원에서부터 시장, 주지사, 국회의원, 대통령까지 사실상 누가 더 많은 선거자금을 쓰느냐에 따라 당락이 결정되는 것이 일반적이다. 그리고 그 돈은 대부분 기부로 충당하니 누가 더 많은 돈을 끌어 모으느냐가 능력인 셈이다. 인구로는 소수에 불과한 유대인 사회가 미국 정치의 보이지 않는 손이 되고 있는 것도 돈을 이용한 힘이라는 것은 익히 알고 있는 바이다.

최근 몇 년 동안 대미 외교에서 일본이 거두고 있는 성과는 우리 외교당국을 곤혹스럽게 하고 있다. 특히 보통국가에 대한 일본의 열망은 단순한 우경화를 넘어 사실상 전쟁국가를 지향한다는 우려는 비단 한국이나 중국, 동남아시아 국가에 한정되는 것이 아니라 미국 내부에서도 작지 않다. 그럼에도 아베 신조 수상의 미국 상·하원합동연설을 성사시키는 등 그들의 외교노선은 차질 없이 진행되고 있다. 그 역시 무엇보다 돈의 힘이라는 것은 모두가 짐작하는 바이다.

그렇다고 '그레이트 미국'이 오로지 돈의 힘으로만 움직이는 것은 아니다. 미국은 돈과 더불어 지식과 여론이 또 다른 축으로 균형을 이룬다. 세계의 정치 경제 과학은 물론이고 철학 사상 등 인문지식에서도 세상의 흐름을 주도하고, 보수든 진보든 자신의 확고한 이념으로 당당하게 각자의 여론을 형성해나간다. 토론은 격렬하고 경쟁에서는 치열하지만 상대라고 무조건 배척하지 않고 수용할 이론과 논리는 과감히 받아들이며 타협과 상생의 실마리를 찾는다. 또한 경쟁이 끝나면 그 결과에 승복하며 더 나은 새로운 길을 모색하는데 제각각의 힘을 집중한다. 그것이 앞서 세상을 이끌어가는 지식을 창출하는 기본적 원동력이다.

특히 미국 언론의 파워는 수시로 정치보다 우위에 서는 모습을 보이고 때로는 정치를 이끌어가기도 한다. 선정적 폭로 기사의 위협으로 우악스러운 파워를 과시하는 것이 아니라 인권, 자유, 평등 등 인간의 포기할 수 없는 절대적 가치를 기반으로 국익을 추구하는 원칙과 논리의 정연함 때문이다. 각각 보수와 진보를 대표해 미국 여론을 주도하는 '워싱턴 포스트'와 '뉴욕 타임스'는 그 지향하는 방향은 달라도 국익 앞에서는 하나로 일치한다. 그렇지만 국익을 추구하면서도 반드시 지켜가려는 그들의 가치에 대해서는 어떤 권력이나 돈의 힘에도 흔들리지 않는다.

인권, 자유, 평등. 그것은 미국 건국의 이념이며, 세계 최강국 미국을 만든 근저이기에 앞으로도 영원히 지켜가려 하는 미국과 미국민의 절대적 가치이다. 제2차 세계대전 종전 이후 미국이 치른 수많은 전쟁 대부분은 미국의 국익을 위한 것이었고, 미국민은 기꺼이 앞장서 승리를 위해 목숨 바치기를 주저하지 않았다. 그렇지만 그들 각자에게는 자신의 희생이 국익뿐 아니라 인간의 자유와 평등을 지키기 위한 고귀한 것이라는 신념이 확고했다. 또한 다소 이율배반적이기는 하지만 전쟁 중에도 터무니없는 인권침해에 대해서는 여론이 들끓었고, 정부는 반성의 머리를 숙여왔다. 우리가 다가갈 수 있는 접점이 되는 부분이다.

일본의 보통국가화 의지는 전쟁도발의 전력(前歷)으로 군국주의로의 회귀 의심에서 자유롭지 못하다. 과거사 반성에 정직하지 않고 야스쿠니(靖國) 신사를 참배하는 행위는 그를 뒷받침하는 보충증거가 된다. '관동대지진 조선인 학살' '성노예' '731부대 생체 실험' '남경대학살' 등은 독일 히틀러 정권의 홀로코스트와 더불어 가장 잔악한 전쟁범죄이며 인권유린의 역사이다. 중국의 일당 독재체제는 인간의 기본적 자유권과 참정권에 대한 제한이다. 우리를 둘러싸고 있는 강국이라는 일본과 중국의 결정적 약점인 것이다.

당장은 중국을 견제하는 미국의 국익을 위해 일본의 손을 들어주는 형국이지만 미국, 특히 미국민과 언론의 원칙은 여전히 확고하다. 이제부터라도 인권, 자유, 평등의 원칙에 입각한 일본의 이중성과 위험성, 도발의 전력 없는 우리의 평화 역사, 자유민주주의에 대한 확고한 의지와 한반도의 가치 등을 정교한 이론으로 정립하여 미국민과 여론 설득에 나서야 한다. 신뢰와 우정은 하루아침에 이루어지는 것이 아니다. 언제가 될지 모르지만 우리의 국익에 결정적 순간이 오는 날, 그들 언론이 먼저 나서 미국민의 마음을 결집해 공동의 가치를 지켜가게 하는 것이 다가올 더 높은 파고를 잠재우고 우리의 미래를 밝혀갈 수 있는 길이다.


## 중국, 막연한 두려움을 떨쳐라

세계의 많은 석학들이 중국을 G2라 칭하며 머지않아 제1의 패권국이 될 것이라 예측한다. 2014년 기준 미국 GDP는 17조4163억 달러이고 중국은 10조3554억 달러다. 말처럼 그렇게 쉽게 뛰어넘을 차이가 아니고 어떤 돌발 변수가 생겨날지는 누구도 예측하기는 어렵다. 설령 총액에서는 미국을 추월한다 할지라도 국민 1인당 GDP로 나누면 이야기는 완전히 달라진다. 중국의 인구는 대략 14억 정도로 추정되고 미국은 3억2천만여 명이다. 국토면적에서도 9,596,960제곱미터로 세계 4위의 대국이지만 3위 미국의 9,826,675제곱킬로미터에는 조금 못 미친다.

물론 인구는 국토의 크기와 더불어 국력의 중요한 기반 중 하나이다. 많은 인구는 먹고사는 문제가 어려울 때는 국가의 짐이 되지만, 먹는 문제가 해결되면 경제발전의 동력이 되고, 세계적 경기불황 속에서는 내수시장으로 경제의 버팀목이 되어준다. 그렇지만 중국의 경우는 다른 영토대국이나 인구대국과는 다른 양상을 띤다.

알려진 바와 같이 중국은 한족을 포함해 56개 민족으로 구성되어 있는 다민족국가이다. 얼핏 생각하면 주류인 한족이 인구의 90퍼센트 이상을 차지하니 10퍼센트에도 못 미치는, 더구나 55개 민족이나 되는 그들의 힘이 무슨 대수일까 싶지만 사정은 그리 녹록치 않다.

중국의 국경을 남서쪽에서부터 시계방향으로 돌아보면 베트남, 라오스, 미얀마, 인도, 부탄, 네팔, 타지키스탄, 키르기스스탄, 카자흐스탄, 몽골, 러시아, 한반도 등과 맞대고 있다. 그중 베트남

라오스 미얀마 국경은 광시(廣西) 윈난(雲南)성의 타이(傣)족 등 소수민족, 인도 부탄 네팔 국경은 티베트자치구의 티베트족, 타지키스탄 키르기스스탄 카자흐스탄은 신장위구르자치구의 위구르족 및 회족, 몽골은 내몽고자치구의 몽고족, 러시아는 신장 및 내몽고 일원에 흩어져 사는 카자흐 및 타타르족, 그리고 한반도와 국경을 맞댄 지린(吉林)성에는 조선족으로 불리는 우리 민족이 다수 거주하고 있다. 바다와 면한 국경을 제외한 내륙지역 모두 국경 바로 건너편에 피를 나누거나 종교적 유대감 깊은 동족이 과거를 회상하며 그리움 속에 살고 있다는 것이다. 특히 티베트와 위구르 및 회족은 지금도 드러내놓고 분리 독립운동에 나서고 있으며 과격한 테러마저 서슴지 않고 있는 실정이다. 몽고족 역시 언제 터질지 모르는 도화선이라는 것은 현지에서 그들을 만나보면 곧바로 체감할 수 있는 바이다.

단순화해서 말하자면 중국의 국경은 겉으로는 평화스러워보여도 내면은 언제나 살얼음판이라는 것이고, 중국공산당은 그 불안을 잠재우기 위해 국가의 덩치를 키우는데 전력을 다하고 있다는 것이다. 중국의 힘은 더욱 커져갈 것이며, 마침내는 세계의 패권국이 되어 누구도 넘볼 수 없게 될 것이라는 '중국몽(中國夢)'은 55개 소수민족이 '중화민족'의 길에 동참하는 한 더욱 큰 행복을 누릴 것이라는 주문(呪文)에 다름 아니다. 하지만 한편으로는 그 커져가는 힘에 반발하는 것은 불가능하나 누구도 도우려 나서지 않을 것이라는 무언의 위협이기도 하다는 것이다.

벌써 수년째 댜오위댜오(釣魚島:일본명 센카쿠 열도)를 사이에 두고 벌이는 일본과의 갈등은 아슬아슬하다. 남중국해 일원에서 암초에 모래와 시멘트를 퍼부어 항구와 활주로를 만들고 주민을 이식(移植)하며 베트남, 필리핀 등 주변국과 벌이는 갈등은 우악스러워 보이기까지 하다. 우리 영해로 몰려들어 싹쓸이 불법조업은 물론 단속경찰관 살인까지 행하는 중국 어민에 대한 사실상의 방기(放棄)는 우리를 분노케 한다.

그러나 패권국을 지향하는 정부 입장에서 먹고살기 위해서, 한 푼이라도 더 벌려는 자국 어민들의 절박함을 제대로 해소해주지 못하는 한계도 읽을 수 있다. 해양안보와 경제, 남중국해에서의 주도권 확보가 표면상 이유이기는 하지만 강력한 힘과 의지로 다독거려야할 무엇도 없지는 않을 것이다. 더구나 일본과는 순식간에 폭발할 수 있는 국민감정을 고려하면 가시적이고 직접적 적(敵)으로 등장시킨 것이 사뭇 의미심장하다.

배후가 두려운 국가는 전쟁을 시작할 수 없는 법이다. 배후와 결탁할 수 있는 내부 사정까지 잠재한다면 더구나 말이다. 지금 보여주는 여러 위험한 액션에도 불구하고 중국이 추구하고 발휘할 수 있는 힘은 오직 돈이 될 수밖에 없는 까닭이다.

그렇다고 중국 경제의 지속적 안정과 성장이 확실하게 보장되어 있는 것도 아니다. 극심한 부의 편중이나 부패만이 문제가 아니다. 연해지역 발전 성공에 이어 내륙지역 발전에 전력을 기울이고는 있지만 여전히 변방 국경지역과 그 땅의 주인이라 생각하는 소수민족의 삶은 나아질 기미가 보이지 않는다. 특히 엄청난 자원의 보고로 떠오른 티베트나 신장위구르자치구 등은 오히려 갈등이 깊어가고 있는 실정이다. 막연한 우려에서 벗어나 우리 경제와 외교의 활로를 찾고 통일을 도모할 수 있는 지점이다.

## 중재와 개발협력의 외교가 활로다

나당전쟁은 660년 백제에 이어 668년 고구려를 멸망시킨 신라가 670년부터 676년까지 연합군이었던 당나라와 벌인 전쟁이다. 당시 당나라는 세계제국이라 부르기에 부족함 없는 강국이었고 신라는 한반도 절반쯤의 영토를 차지한 소국이었다. 그럼에도 7년여의 긴 전쟁에서 마침내 승리할 수 있었던 결정적 계기는 지금의 티베트인 토번(吐藩)이 당나라 서쪽에서 대군을 일으킨 것이었다. 쉽게는 '국운(國運)'이라 말하기도 하지만 그런 것이 국제관계의 변수이고 묘미이다.

오늘 태평양을 둘러싸고 벌어지는 이 혼란한 파고의 미래는 누구도 섣불리 예측할 수 없다. 누가 뭐라 해도 미국과 중국의 패권 경쟁이 분명한 틈바구니에서 미국의 첨병이 되어 동북아의 맹주를 꿈꾸는 일본은 딱 호가호위(狐假虎威)의 그 여우다. 러시아 역시 여전히 가볍게 여길 수 없는 저력으로 언제라도 중국의 뒷배가 되어 미일동맹의 맞수로 나설 수 있는 곰이다. 바닷길로 조금 멀기는 하지만 동아시아 서쪽 끝의 인도는 옛 무굴제국의 영광을 꿈꾸며 파도에 따라 그 최종 향방을 결정짓는 데 한 축을 담당할 코끼리이다.

눈치 보기나 엉거주춤 외교로는 우리의 앞날을 대비할 수 없다. 한미동맹과 한중우호 사이를 헤집어, 선택은 물론 줄서기를 압박하는 일본의 행태를 극복해야 한다. 일본이 미국과 중국 사이에서 무게 추 역할을 자청한다면 우리는 두 대국 사이의 균형 축이 되어야 한다.


미국과 중국은 역사와 문화가 판이하게 다르다. 단순히 이념과 체제의 문제가 아니라 종교와 철학에서 비롯된 사상과 관념이 다르기에 서로에 대한 이해의 벽을 허물기가 쉽지 않다. 양국의 소수 전문가가 그 간극을 좁히려하지만 여전히 한계가 크다. 반면 우리는 수천 년 동안 중국과 역사를 함께 써와 그 어떤 나라보다도 종교적 사상적 문화적 이해가 깊다. 1945년 해방 이후에는 미국적 문화의 폭발적 수용 속에 오늘의 대한민국을 건설했다 해도 과언이 아니다. 서방을 제외한 동북아 어느 나라보다도 수적으로 많은 기독교 계열의 종교는 미국의 사상과 문화에 대한 이해를 도왔다. 더불어 근 70여 년 동안 미국 유학이나 교류를 통해 소위 '미국통'이라 불리는 전문가도 무수히 나왔다. 중국과는 수교 역사는 20년을 조금 넘지만 DNA로 물려받은 문화적 공통점이 이해를 도와 가히 '중국통'이라 부를 만한 이들도 적지 않다. 그들을 미국과 중국 사이의 평화와 공존의 가교로 적극 활용해 우리의 입지를 강화하는 방안을 모색해야 할 일이다.

대 러시아 외교에서도 보다 적극적 인식의 전환이 필요하다. 미국이나 중국의 거의 두 배 가까운 세계 제1의 영토대국이면서도 인구는 1억5천만여 명에 불과한 러시아. 특히 극동 시베리아지역에 매장된 엄청난 양의 에너지 및 지하자원은 러시아 경제의 축이 되고 있어 그 개발과 활용에 우리의 협력을 간절히 기대하고 있다. 연해주의 드넓은 평원도 미래 식량기지로 활용하기에 더없이 적합하다. 산림자원, 수산자원은 우리 경제의 새로운 활로로 삼을 만한 분야이다. 러시아의 우수한 기초과학과 우리의 첨단산업이 결합하면 미래시장을 열어갈 첨단상품 개발에서도 큰 성과를 기대할 수 있을 것이다.

12억이 넘는 인구와 세계 7위의 영토를 가진 인도의 무한가능성은 익히 알려진 바이다. 힌두교를 비롯한 여러 종교의 발상지로 철학과 사상의 나라이지만 한편으로는 카스트 신분제나 종교에의 몰입이 생산성 저하를 유발해 1인당 GDP는 2014년 기준 약 1,500달러로, 아프리카 잠비아나 라오스와 비슷한 수준이다. 그러나 지금 우리가 쓰는 아라비아 숫자나 십진법이 인도에서 비롯되었듯 고대로부터 수학과 과학이 발달해 현재도 세계 1,2위를 다투는 소프트웨어 수출국일 뿐 아니라 인공위성, 핵무기, 초음

속전투기를 자체기술로 개발하는 수준이다. 그런 인도의 과학 및 IT기술과 우리의 개발역량이 합쳐진다면 그 시너지 효과는 폭발적일 것이다.

안보상 첨예한 갈등이 없는 대부분 나라와의 외교는 고대로부터도 그러했지만 특히 현대에 들어서는 더욱 경제가 시작이고 끝이 된다. 우리가 가지고 있는 여러 역량은 중국, 러시아, 인도 등 주변 강국은 물론 아세안 중소국(中小國)과의 관계에서도 유리한 협상자원이다.

동북아에 밀려드는 이 암울하고 심상치 않은 격랑의 기운, 다양한 개발협력 외교로 뿌리 깊은 나무를 만들어 대처할 일이다.

# 우리의 동쪽 땅, 독도에 드리운 망령

저들의 심장부로 파고 들어가 거짓과 허구를 밝히는 증거를 찾아내는 일이 더욱 중요하다는 것을 실감했습니다. 오래된 과거의 증거뿐 아니라 현재도 살아있는 증거라면 더욱 좋겠지요.

독도를 생각하면 복장부터 터집니다. 멀쩡한 남의 나라 땅을 터무니없이 저희 것이라 우기는 날도둑 심보의 이웃나라 행태 때문이지요. 이웃을 잘 만나야 사는 게 편한 법인데 고대의 왜구로부터 오늘날까지 일본은 참으로 고약한 이웃입니다. 그러나 어쩌겠습니까, 일본 열도가 침몰하지 않는 한 이웃일 수밖에 없으니, 그게 헛소리임을 입증할 증거를 확보해두고 무시를 해야죠. 그리고 이제부터 우리도 대마도를 반환하라고 정색을 해야 하지 않을까요?

때마침 반가운 소식이 있었습니다. 사단법인 동해학술원장이자 경희대학교 명예교수인 김신(金新)이라는 분이 《현행일본법규》에 등재되어있는 사법성령 제77호, 대장성령 제4호, 총리부령 제24호에 독도가 일본 땅이 아니라고 명시되어 있는 것을 찾아내 발표한 것입니다.

《현행일본법규》는 일본 정부의 공식 법령집으로 현재 효력을 가진 법규를 빠짐없이 수록하는, 이를테면 우리의 《대한민국 법전》과 같은 것입니다. 그런 법규집에 자신들의 영토가 아님을 버젓이 수록해놓고도 헛소리를 지껄였으니 얼마나 부끄럽고 당황스러울까요. 한번 그 조항들을 자세히 알아볼까요.

사법성령 제77호는 1946년 8월 27일 제정된 것으로 '변호사 및 변호사시보 자격의 특례에 관한 법령'입니다. 일제병탄 시기 조선변호사령에 의해 변호사 자격을 가진 자와 만주국의 심판관 및 검찰관직에 재직한 자의 변호사 자격에 관한 특례, 즉 일본에서도 그 자격이 유효하다는 것을 규정한 것이죠. 거기에 1946년(소화 21년) 제정된 일본 법률 11호에 따라 일본의 본주(本州), 북해도(北海島), 사국(四國), 구주(九州), 즉 일본 영토와 부속도서를 명기하며 다케시마(竹島:독도의 일본 명칭)는 제외한다고 확실히 밝혀놓은 것입니다.

1951년 2월 13일 제정된 대장성령 제4호는 '공제조합 등으로부터 연금수급자를 위한 특별조치법'인데 여기에서도 독도를 울릉도, 제주도와 함께 일본 부속 섬에서 제외한다고 명시했습니다.

1951년 6월 6일 제정된 총리부령 제24호는 '조선총독부 교통국 공제조합의 본방 내에 있는 재산의 정리에 관한 정령의 시행에 관한 령'인데 여기서도 마찬가지로 울릉도, 독도, 제주도를 일본의 부속 섬에서 제외함을 명시했습니다.

위의 세 가지는 현재도 효력이 있는 법령이지만, 해방 이후 제정된 뒤 개정된 법령 중에도 25개 법령이 독도가 일본의 영토나 부속 섬이 아님을 명시하고 있었음을 확인했습니다.

자, 이제 저들은 또 뭐라고 헛소리를 늘어놓을까요? 역시 흥분해서 열 올리며 감정적으로만 대응할 일이 아니었습니다. 아, 물론 소리칠 때는 소리도 쳐야죠. 그렇지만 저들의 심장부로 파고 들어가 거짓과 허구를 밝히는 증거를 찾아내는 일이 더욱 중요하다는 것을 실감했습니다. 오래된 과거의 증거뿐 아니라 현재도 살아있는 증거라면 더욱 좋겠지요.

## 영토수호의 강력한 의지가 도발 야욕을 잠재운다

지난 4월 27일, 아베 수상의 미국 방문에서 미일 방위협력지침이 개정되자 국내 일부 언론은 '일본이 독도를 침공하면 미국은 한미동맹을 포기할 것'이라는 보도까지 했다. 도대체 무슨 근거로, 과연 그런 일이 가능하기는 한 것일까?

물론 영원한 적도 우방도 없다는 냉정한 국제관계에서 아주 불가능한 일만은 아닐 것이다. 그러나 환태평양지역의 역학관계상 미국이 한국과 일본 중 한쪽을 선택하고 다른 한쪽은 버릴 것이라는 발상은 유아적이거나 그 저의가 의심스러울 뿐이다. 때로는 그 속이 들여다보이거나 비이성적인 전쟁으로 눈살을 찌푸리게는 하지만, 미국의 정신이 아직은 동맹 중 하나를 선택할 만큼 타락하지 않았고, 그럴 수도 없다는 것이다.

아주 터무니없는 가설로 미국이 일본의 독도침공을 외면했다고 치자. 그러한 실효적 지배에 대한 무력침공을 미국이 용인한다면 중국은 당장 댜오위다오 수복(?)을 위한 무력침공을 감행할 것이고, 그에 대한 비난이나 미일동맹의 발동은 정당성을 잃어 국제적 비난을 자초하게 될 것이 뻔하다. 또한 미국의 지성과 여론은 가만히 지켜보고만 있거나 정부의 편을 들까? 결코 그렇지 않을 것이다. 그보다도 독도침공을 위해 해상자위대의 기동을 시작하는 순간 중국 역시 댜오위다오를 향한 무력 전개를 할 것이니 일본이 섣불리 무력적 욕심을 발동할 수 있을 만한 주변 정세가 아니다.

일본의 군사적 여건도 여의치 않다. 섬나라 일본은 사방이 바다이기에 해상자위대 무장력이 막강해 중국의 해군력을 뛰어넘어 실질적 세계2위라는 평가도 있기는 하다. 살펴보자면 기본적으로는 주변해역 항로방위를 위한 4개 호위대군과 근해(近海) 방어를 위한 5개 지방대로 편성되어 있는데, 우리 동해를 담당하는 것은 제3호위대군과 교토(京都)부의 마이즈루(舞鶴)지방대다.

만일 그들이 이성을 잃어 영화 〈한반도〉에서처럼 독도에 대한 도발을 감행한다 하더라도 제3호위대군 외에 다른 호위대군이 전부 동원되는 것은 군사전략상 불가능한 일이다. 인근의 지방대 역시 아오모리(青森)현 오미나토(大湊)지방대와 나가사키(長崎)현 사세보(佐世保)지방대 정도가 있기는 하지만, 각각 러시아 사할린 섬을 비롯한 북방근해와 중국을 향한 서쪽 근해를 경비해야 하니 전면적 지원은 불가능한 일이다. 더군다나 독도 침공 시 우리가 대마도를 겨냥할 수 있다는 우려도 상존하니 사실상 군사적 운신의 폭은 그리 넓지 않다고 보아도 무방한 일이다. 또한 기습적 침공으로 소수의 자위대가 일시 독도를 점령한다 할지라도 장기적 방어는 결코 불가능한 일이다. 그렇지만 설령 크게 우려하지 않을 상황이라 할지라도 억지를 부리는 상대가 있는 이상 우리 영토에 대한 지배권과 방어권을 확실히 하는 데 한 치도 소홀해서는 안 될 일이다.

독도에 비상상황이 발생하면 공군이 먼저 출격해 방어하며 해군의 도착과 작전을 지원해야 한다. 그러나 현재 우리 공군 주력 기종의 연료 여건으로는 짧게는 5분 남짓, 길어야 30분 정도가 작전 가능한 시간이다. 동해안 기지에서 출발한 해군함정이 작전해역에 도착할 수 있는 시간이 대략 4시간이라면 터무니없이 모자라는 공군력이다. 그래서 공군은 공중급유기 도입을 추진하고 있다. 하지만 해상작전의 주력은 역시 해군과 해병대다. 독도에 근접한 울릉도에 언제라도 해군함정이 정박할 수 있는 접안시설이라도 우선 구축할 필요가 있다. 일정규모의 해병 파견대가 울릉도에 상주하며 유사시 즉각 독도방어에 나설 수 있는 준비태세도 고려할 일이다.

영토수호에 대한 강력한 의지만이 적의 도발 야욕을 억제하고 잠재울 수 있다. 말로 하는 도발이라고 말로만 상대해서는 헛된 꿈을 꾸게 할 수 있다. 우리 영토는 우리의 군사력으로 수호한다는 강력한 의지는 상대뿐 아니라 다른 나라에도 우리를 두려워하게 해 더욱 강력한 우정과 동맹으로 지켜갈 수 있을 것이다.


## 독도를 세계평화와 지구환경의 성지로

독도입도 지원센터 건립이 또 유야무야 앞날을 알 수 없게 됐다. '일본을 자극하지 않기 위해' 운운의 한심한 소리도 들린다. 우리의 영토가 분명한데 억지 쓰는 나라를 자극하지 않기 위해서라면 저들이 어떻게 생각할까. 더욱 헛소리의 강도를 높여갈 것이 뻔하고 그렇게 진행되어가고 있다.

사실 '실효적 지배'라는 그 외교적 수사도 마음에 안 든다. 센카

쿠 열도라면 또 모를까, 독도는 신라 지증왕조에 이사부 장군께서 울릉도를 정복하여 신라에 편입한 후부터 내내 우리의 영토였다. 일제강점기에 잠시 지배를 당했지만 그것은 육지와 마찬가지로 해방과 함께 해소된 것이니 애초부터 분쟁의 여지가 없는 것이다. 일본이 샌프란시스코 조약이니 뭐니 몇 가지 말 안 되는 억지 근거를 끌어들여 헛소리를 하고 있지만 앞에서 밝혔듯이 그들의 현행법에도 자신들의 영토가 아님을 적시하고 있는 바이다.

어떤 강도가 내 집에 있는 물건 하나를 제 것이라 주장한다고 그 물건을 사용하지 않고 감춘다면 그것은 강도에게 더욱 여지를 주는 일이 될 뿐이지 않은가. 강도가 헛소리를 하면 할수록 주인은 그 물건을 당당히 사용하며 더욱 소중하게 가꿔야 이웃도 주인과 강도를 확연히 구분할 수 있는 것이다.

천혜의 비경을 가진 독도는 세계적으로 보기 드문 청정관광자원이며, 자연환경보존과 평화의 상징으로 만들어가야 할 우리의 섬이다. 포항이나 울릉도를 기점으로 푸른 동해와 돌고래 떼, 독도를 묶는 청정해양관광은 관광자원으로도 성공할 가능성이 매우 높다. 환경보존과 관련한 우려는 히말라야 산중의 부탄왕국처럼 연간 관광객 수를 제한하여 세계 굴지의 여행사에 쿼터로 배정하고, 독도 체류시간을 제한하면 크게 우려하지 않아도 될 일이다. 그렇게 세계의 정신 바른 성인과 젊은 청년들이 직접 눈으로 보고 발로 땅을 디뎌 사랑하고 아끼게 되면 독도는 대한민국의 영토임을 저절로 인식하고, 도발은 누구도 꿈꾸지 못하게 될 것이다.

독도에 최소 인원이 묵을 수 있는 컨벤션센터를 건립해 국제평화문제를 논의하는 토론의 장으로 활용하는 것도 검토할 만한 일이다. 영향력 있는 정치인, 은퇴한 전직 지도자, 저명한 석학, 국제관계나 환경문제를 전공하는 젊은 학자들이 청정 동해 동쪽 끝에 자리한 섬에서 태평양의 수평선을 박차고 떠오르는 붉은 태양을 바라보며 세계평화와 지구환경을 머리 맞대 고민하노라면, 독도는 세계적 평화의 상징으로 모두에게 각인되지 않겠는가. 그처럼 평화의 상징, 지구환경의 성지가 되는 독도라면 누구라서 감히 불경스러운 말이라도 지껄일 수 있겠는가.

'일본을 자극' 운운의 패배적 발상은 당장 내던져야 한다. 우리가 주인이 분명한데 무엇이 두려워 눈치를 본다는 말인가. 하루빨리 독도입도 지원센터를 건립하여 우리 국민 누구나 찾아볼 수 있고, 평화의 상징 지구환경의 성지가 되도록 당당히 노력해야 할 일이다.

## 독도의 길목 포항시에 안중근 기념관을

일본이 동북아시아의 화근이 되는 것은 일본 국민 전체의 뜻이 아니라 언제나 소수 지도자에 의해서였다. 임진

전쟁의 도발자 도요토미 히데요시(豊臣秀吉)가 그랬고 한일병탄의 주범 이토 히로부미(伊藤博文)가 그러더니, 이제 아베 신조가 그 바통을 이어받은 듯 분탕질의 기미를 드러내 보이고 있다. 문득 안중근 의사가 떠오르지 않을 수 없는 대목이다.

아는 바와 같이 안중근 의사는 1909년 10월 26일, 중국 하얼빈 역에서 이토를 척살했다. 세계가 놀란 쾌거였고, 중국의 지도자와 지식인들은 '4억 인구가 해내지 못한 일을 2천만 조선의 한 사람이 해냈구나!' '중국은 4천 년간 다른 이를 위해 죽은 사람이 없으니 한국에 견줄 수 없는 것이 비통하다'는 찬사와 자성의 목소리를 냈고, 위안스카이(袁世凱)는 '몸은 한국에 있어도 만방에 이름 떨쳤소(身在三韓名萬國) 살아서는 백 살이 없는데 죽어 천 년을 가오리다(生無百世死千秋)'는 만장(輓章)을 남겼다.

그의 의거가 더욱 후세의 사표가 되는 것은 현장에서 일절의 도주 의사 없이, '우레 꼬레아'라는 러시아어 '대한민국 만세'를 당당히 외친 뒤 체포되어 법정에서 보여준 의기였다.

자신은 대한의군 참모중장 겸 하얼빈특파대장의 자격으로 적군의 수괴를 사살한 것이니 만국 공법에 따라 전쟁포로로 대우할 것을 요구하며 이토의 죄상 15개를 적시하여 일본 재판부의 간담을 서늘하게 했다. 이에 졸속재판으로 사형을 선고하자 안 의사는 오히려 '일본에는 사형 이상의 형벌은 없는가?'라고 의연히 꾸짖었다.

안중근이 재판을 받는 동안 법정에서 자신의 정당성을 주장하는 열변을 토하면서 두려워한 것이 하나 있었다면 그것은 혹시라도 이 법정이 오히려 자기를 무죄로 방면하지 않을까 하는 의심이었다. 그는 이미 순교자가 될 준비가 되어 있었다. 사형이 선고됨으로 그는 마침내 영웅의 왕관을 손에 들고 늠름하게 법정을 떠났다—

재판을 처음부터 참관하여 취재한 영국 화보신문 '더 그래픽'의 찰스 모리머 기자의 기사 중 일부이다.

안 의사는 부당한 재판에 대한 항거와 목숨을 구걸하지 않는다는 의사 표시로 항소를 포기하고 당당히 죽음을 맞았다. 비록 일본의 침략을 완전히 제어하지는 못하였으나 대한제국과 중국인의 가슴에 그가 남긴 불굴의 의지는 항전의 불씨가 되었던 것이다. 또한 그가 옥중에서 남긴 '동양평화론'은 미완이기는 하지만 오늘 우리가 깊이 새겨 새로운 역사로 써 가야 할 과제이기도 하다.

중국 시진핑(習近平) 정부는 하얼빈역 의거 현장에 표지석을 세워달라는 우리의 요청에 역 귀빈실을 개조하여 2014년 1월 19일 안중근기념관으로 개관하는 통 큰 화답을 보인 바 있다. 2018년까지 신축하는 역사에도 새로운 안중근기념관이 들어설 것임을 약속했다. 이와 같은 중국 정부의 호의는 단순한 추모나 우의가 아니라 일본 아베 정권의 망동에 대한 경고이자 중국 인민의 각성을 촉구하는 의사 표시이다.

  안중근 의사는 황해도 해주부 수양산 아래에서 출생했고, 어릴 적 집안의 솔가에 따라 황해도 신천군 청계동에서 자랐다. 그 연고에 따라 북한도 안중근을 추모하기는 하지만 오직 이토 히로부미 척살에만 중점을 두고 그의 인간존중이나 평화사상에 대해서는 외면하고 있다. 이는 '김일성주의' 체제상 타파할 수 없는 한계이니 우리 정부는 효창공원에 안중근 의사 가묘를 두어 유해의 환국에 대비하고 있다. 또한 서울 남산에는 안중근기념관이 건립되어 있다. 하지만 두 곳 모두 그저 가묘와 기념관으로 특정한 행사 때만 잠시 주목되는 정도여서 안타깝기 이를 데 없다.

  한일갈등의 상징이 되어버린 독도는 행정상으로는 경상북도 울릉군 소속이지만 정치구역으로는 포항시와 묶여있다. 때마침 북구 대흥동의 구 포항역사가 신포항역 개역과 함께 폐쇄된다. 구 포항역사를 그저 없애버릴 것이 아니라 안중근 의거의 하얼빈 역사로 개조하여 시민과 함께하는 기념관으로 만들었으면 하는 마음 간절하다.

  안중근의 정신은 오직 '항일'과 '척살'에 있는 것이 아니다. 그의 정신은 '동양평화론'이 정수이며, 동양의 평화를 위해 감행한 의거이기에 한국과 중국뿐 아니라 일본의 많은 양심적 지식인들이 오늘까지 여전히 추앙하고 있는 것이다. 더구나 포항시는 독도로 향하는 길목이 아닌가. 그곳에 안중근기념관을 세워 그의 정신을 되새긴다면 독도를 드나드는 모든 이에게 독도수호가 평화의 상징임을 아로새길 수 있지 않겠는가.

# 외교는 외교,
교류는 교류

우리의 외교활동에서 문화와 감성으로 마음을 잡는다는 소리는
별로 들어본 적이 없습니다. K-POP 한류의 문화와 감성 정도는 있
었지만

지난 4월의 미국 방문에서 아베는 일본 총리 사상 최초의 의회
상하원합동연설뿐 아니라 가는 곳마다 극진한 환대를 받았지요.
미국의 푸들이라는 소리가 나올 만큼 오바마 대통령의 대외정책
에 적극 동조하겠다는 복종에 가까운 자세가 가장 큰 밑천이었지
만 엄청난 돈질도 크게 역할을 했습니다. 한번 보시렵니까.

아베는 의회연설에서 괌의 미군기지 개선에 28억 달러, 우리 돈
약 3조 원을 지원하겠다고 약속했습니다. 깜빡 착각하실까봐 상
기해보는데 괌은 일본의 영토가 아니라 미국령입니다. 일본이 미

국 영토 내의 미군기지 개선에 돈을 내놓겠다는 것이지요. 오바마와 공동 발표한 비확산 선언문에서는 원자력 연구에 2500만 달러(약 270억 원)를 투자하겠다고 했습니다. 일본군 성노예 사건에 대한 사죄가 필요하지 않느냐는 어느 기자의 질문에는 분쟁지역 성폭력 근절을 위한 여성발전기금에 1200만 달러(약 130억 원)를 지원한데 이어, 2200만 달러(약 235억 원)를 더 지원하겠다는 약속으로 눙쳤습니다. 또 미국의 대학과 박물관, 미일 인적교류 프로그램 등에 1600만 달러(약 170억 원)를 기부하며 환심을 샀습니다. 그간 일본이 미국에 직접 투자한 액수는 무려 3500억 달러(약 374조 원)에 이르고요. 어지간한 나라로는 듣는 것만으로도 입이 벌어질 정도입니다.

자기 나라에 그처럼 많은 돈을 뭉텅이로 내놓겠다는데 누군들 싫어할까요. 아니, 억지로라도 함박웃음을 지으며 업어주기라도 하겠다고 나설 테지요. 그렇다고 비난할 수도 없는 일입니다. 그저 그렇게 할 수 없는 우리 여건을 생각하면 속이 쓰리고 애가 탈 뿐이지요.

돈도 써 본 놈이 쓸 줄 안다지만 일본의 돈질은 정말 혀를 내두르게 합니다. 그런데 다른 면모도 있습니다. 아베의 미국 방문에 일본의 유명 요리사를 동행했더군요. 일본 측이 주최한 국빈만찬에서 그 요리사가 스시를 비롯한 전통 요리들을 직접 만들어 내놓은 것이지요. 사실 일본의 요리는 미국 상류층에는 꽤나 유명하고 선망을 받습니다. 그런 미국 인사들에게 일본 최고의 요리사가 직접 만든 요리까지 내놓았으니 그야말로 '감동'이었겠지요. 여우같이 하는 짓이 얄밉기는 하지만 참 섬세하고 한편 머리를 끄덕이지 않을 수 없습니다.

외교는 '최고급 사교'로 '최상류 스파이 활동'을 하는 것인데 품격만 지킨다면 여우 아니라 무슨 짓을 못할까요. 그런데 우리의 외교활동에서 문화와 감성으로 마음을 잡는다는 소리는 별로 들어본 적이 없습니다. K-POP 한류의 문화와 감성 정도는 있었지만 그게 과연…….

## 싱크탱크를 잡아라

일본국제교류기금을 운용하는 일본재단(Japan Foundation)이라고 있다. 1972년 외무성 산하 특수법인으로 설립되어, 2003년 10월 1일부터는 독립행정법인이 된 기관이다. 공식적으로는 국제문화교류사업, 국제상호이해 증진, 국제환경 정비, 해외 일본어교육, 일본어 교사 육성, 일본 연구와 지적교류 등을 표방한다. 아마 일본과 관련한 공부를 조금이라도 한 사람은 대부분 그 이름은 들어봤을 테고, 실제적 혜택을 받은 사람도 적지 않을 것이다.

중국에서 석사 공부를 한 한국학생이 있었다. 어느 날 지도교수가 일본에 연수를 가지 않겠냐고 물었다. '뜬금없이 웬 일본' 했는데 일본국제교류기금에서 경비 전액을 지원한다니 마다할 까닭이 없었다. 그 학생은 6개월간 일본에서 개별 기숙사 생활을 하며 용돈까지 받고 제대로 된 일본 체험을 했다. 그때 함께 간 사람들 중에는 제3국인도 있었지만 다수는 중국학생이었는데 특히 한 조선족 학생이 눈에 띄었단다.

헤이룽장(黑龍江)성 산골마을에서 태어나 명문 베이징대학교 법대에 입학한 수재인데 집안 형편은 그리 넉넉지 않았다. 그 학생은 6개월의 일본 체험 동안 기업의 인턴사원까지 해 월급으로 얼마간의 돈까지 모아 귀국했으니 할아버지가 일제를 피해 헤이룽장성으로 이주했건 어쨌건 그야말로 일본에 홀딱 반하고 말았다. 사실 자비로 중국에 유학 간 한국학생도 일본에 대해 가지고 있던 선입견이 바뀌었음을 고백했다.

돈질이라고만 치부하기에는 쓰는 방법이 너무도 다르다. 우리도 마음만 먹는다면 그 정도는 할 여건이 되지 않는가. 물론 우리나라도 국제교류기금을 운용한다. 그러나 그 생각과 방법, 운용하는 이들의 자세와 창의력, 적극성은 의문이다.


사사카와 료이치(笹川良一)는 태평양전쟁 종전 뒤 A급 전범 용의자로 체포되었다가 불기소 처분된 사람이다. 일제강점 시기 극우 정당인 국수대중당을 결성해 총재를 맡았고, 제2차 세계대전의 주역 중 하나인 이탈리아의 파시스트 베니토 무솔리니를 숭배했다. 아이러니한 것이 그 사사카와가 석방된 뒤 일본모터보트 경주회(競艇) 설립을 주도하고, 경정 수익금으로 현 일본재단의 전신인 선박진흥회를 설립했다는 것이다.

일본국제교류기금의 예산은 비공개다. 그런데 사사카와의 이름을 딴 사사카와평화재단이 미국의 싱크탱크에 쏟아 붓는 예산만 연간 35억 원이 넘는다고 하니 미루어 짐작할 수 있을 것 같다.

미국뿐 아니라 세계 대부분 국가의 주요 정책 결정에는 지도층이 조언을 구하고 그들에게 의견을 개진하는 싱크탱크의 영향력이 크다. 지도층뿐만 아니라 사회 일반의 여론을 이끌어가는 데에도 그들의 영향력은 절대적이다. 미국의 대표적 싱크탱크로는 '부르킹스연구소' '미국기업연구소' '헤리티지재단' '카네기기금(카네기국제평화재단)' '전략국제문제연구소(CSIS)' 등을 들지만 전체적으로 1800개가 넘어 전 세계 싱크탱크의 30퍼센트 가까이를 점하고 있다. 그 다음은 430여개의 중국, 200여개의 독일과 인도가 뒤를 잇는데 일본은 13위, 우리나라는 35개 정도로 25위권에 머문다. '대외경제정책연구원' '한국개발연구원' 등이 대표적이다.

싱크탱크는 조사나 연구도 중요하지만, 세계 싱크탱크와의 교류와 협력은 한층 강화해 나가야 할 부분이다. 나름 그 나라, 그 분야에서의 최고 권위자로 인정받는 이들이 다른 나라의 관련 분야 권위자들과 정보를 나누고 협력하는 과정에서 쌓을 수 있는 신뢰와 우정은 한 나라의 정책결정에 있어 획기적 전환의 동인(動因)이 될 수도 있는 일이다.

자료와 증거만으로 따지자면 미국은 일본 아베정권의 과거사부 정을 단호히 부인하며 모든 외교적 행위의 전제조건으로 삼아야할 일이다. 그러나 현실은 반대다. 그것이 단순히 복종과 돈질의 결과 때문이라고만 치부해서는 뒤집을 가능성은 영원히 없다. 사실을 알면서도 우호적 감정으로 슬며시 묵인하며 우선순위를 뒤집을 수 있는 것이 싱크탱크의 힘이기 때문이다.

현실적으로 돈에서는 밀리더라도 장기적 안목, 섬세한 부분으로 접근해 그들의 마음을 잡을 수 있는 계책이 필요하다. 어떤 방향이 진정 미래발전에 유익한지, 감정적이지 않고 에둘러 설득하고 동의할 수 있는 주제를 선정하여 그들 석학을 불러들여 진지하고 유쾌하게 논의하고, 지속적인 연구와 지원을 서로 약속하자는, 책임 있는 지식인의 양심을 흔들고 잡을 수 있는 계책 말이다.

초청하는 학자는 물론 학생 한 사람 한 사람에게도 그들의 일상까지 세세히 돌보는 배려와 우리 문화의 속살을 제대로 알 수 있는 프로그램. 뜻이 통하는 친구가 될 수 있는 만남의 장(場). 무작정 불고기, 비빔밥, 김치가 우리의 대표음식이고 건강에 좋은 최고라며 들이밀 것이 아니라 취향이 다를 수 있음을 인정하고 배려한 퓨전의 지혜와 동참……. 오늘의 싱크탱크를 잡고, 미래의 싱크탱크가 될 인재를 미리 선점할 수 있는 깊은 안목과 지혜의 노력이 절실히 필요하다.

# 상상의
# 정치외교

　　꽉 막혀있다. 외교책임자는 조금도 걱정할 일 없다고 장담하지만 그걸 액면 그대로 받아들일 국민은 거의 없다.

　성노예 문제에 대한 진정한 사과를 문턱으로 한일 간의 외교는 단 한 발의 진전도 없이 한참의 시간이 흘렀다. 인권에 대한 가장 참혹한 침해이니 더 말할 것은 없지만 임진전쟁 이전부터의 오래된 왜구에서 시작하여, 한일병탄에 이르기까지 수천 년을 이어온 그들의 침략 DNA가 근본적인 문제 아닌가 싶다. 더구나 또다시 꿈틀거리는 도발에의 기미는 너그러워지고 싶은 마음에 빗장마저 거는 격이다. 그렇지만 AIIB, TPP(환태평양경제동반자협정) 등 주요 외교 현안에서의 실기(失期)와 삐걱거림은 한숨을 멈출 수 없는 부분이다.

　삼권이 분립되어 있다지만 정치에 영역이 나누어져 있지는 않다. 행정부의 통치자나 그 일원인 외교부가 대의나 원칙에 발목이 묶여있다고 정치마저 수면 아래로 잠복할 까닭은 없다. 오히려 그럴수록 정치가 외변과 발밑을 파고들어 현안에 대한 해결방안을 모색하고 대화의 물꼬를 터야 한다.

　갈등은 한일 간에만 존재하는 것이 아니라 중일 간에도 그 골이 깊다. 그러나 그동안 중일 간에는 보이지 않는 외교적 접촉이 끊이지 않았다. 우리도 아주 없었다고는 할 수 없지만 그 실질에서는 비교할 바가 아니었다. 물론 최고통치자와의 교감이 있었는지 여부에서는 차이가 있겠지만 설령 교감이 어렵다할지라도 우두커니 지켜만 보고 있는 것은 정치의 본연이 아니다.

정치인의 섣부른 접촉이 정부의 입장을 난처하게 하거나 외교기조에 혼란을 초래할 수도 있다. 그렇지만 그것이 두려워 근원적으로 차단하는 것은 구더기 무서워 장 못 담그는 격일 뿐이다. 외교기조를 지키면서도 경색된 혈로를 뚫고 틈을 찾아낼 방법은 얼마든지 있다.

외교원칙에 따른 갈등이 빚은 가장 큰 우려는 한일 양국민간의 신뢰와 우호의 붕괴이다. 지금 두 나라 국민의 상대편에 대한 호감도는 바닥을 향해 급전직하(急轉直下)하고 있는 실정이다. 이래서는 외교적 타협이 이루어진다 할지라도 실질적 우호관계를 회복하는 데는 아주 많은 시간이 필요하게 될 것이다. 국민 간에 실질적 우호관계 없는 외교적 타협은 그 의미나 효과가 반감될 것이 자명하지 않은가.

현역에서 떠난 한일 정치 원로 중에는 개인적 우호관계를 유지하고 있는 분들이 적지 않다. 여야의 중진 의원이 그런 원로의 소개를 받거나 동반하여 일본의 원로를 만나고, 정치 중진을 소개받아 공식적이지 않은 만남으로 서로의 흉금을 터놓는다면 일단 거친 말부터 어느 정도 자제시킬 수 있지 않겠는가. 당장의 성과로 드러내기 위한 언론의 조명을 차단하고, 진심으로 벗을 사귀기 위한 만남이라는 자세로 서로 오가는 정치의 소통은 오늘뿐 아니라 먼 훗날에도 외교의 든든한 기반이 될 것이다.

더하여 상상해본다. 이를테면 김무성 새누리당 대표가 우호 차원의 초청으로 일본을 방문하는 경우를 가상해보자. 그때 대표는 공식 비공식의 형식과 상관없이 정치적 주목을 받을 수밖에 없으니 발언이나 협의에 제한을 받을 수밖에 없는 노릇이다. 그렇지만 '고윤'이라는 예명으로 배우활동을 하고 있는 아들의 동의를 받아 비공식으로 동행한다면.

아버지의 공식 활동과 상관없이 아들 고윤 씨는 저녁쯤에 일본의 인기 있는 또래 스타들과 개별적 모임을 갖는 거다. 같은 일을 하는 사람들이니 출연한 드라마나 영화 DVD라도 선물하며 대화를 시작하면 시간이 흐를수록 화제는 깊어지고 웃음은 만발하지 않겠는가. 그들이 현안에 대해 이야기할 것이 무엇인가. 그저 오늘과 상관없이 우리는 미래의 주역이니 서로 인연을 쌓아가자 정도면 될 일이다. 사케도 좋지만 먼저 준비해간 막걸리와 나름 개성 있는 쉐프를 동반해 그가 즉석에서 만들어내는 안주까지 곁들인다면, 다음 날은 그들이 저녁자리를 만들 수도 있는 일이고. 그렇게 다른 바닥에서 새롭게 시작되는 우호의 씨앗이 언제 어떤 꽃을 피울지 자못 기대되지 않는가.

혹여 낯선 시도에 거북해하는 사람들이 있을지는 모르겠다. 그러나 다른 외국의 수반 중에는 외국순방 때 자녀들을 대동하는 경우도 있지 않은가. 낯선 길이라고 가지 못할 이유는 없다. 자녀의 자발적 동의만 있다면 발상의 전환으로 오늘은 물론 훗날까지 대비할 수 있는 외교적 행보를 상상해볼 수도 있겠다.

## 감동을 담은 한 마디가 진심을 얻는다

아베 정권 각료들의 망언행진이 악화된 한일관계에 기름을 끼얹고 있다. 더욱 안타까운 것은 그런 망언과 왜곡이 일본국민의 눈과 마음을 흐리게 하고 있다는 것이다. 일본에도 적지 않은 양심적 지식인이 있지만 다수의 대중은 지금 현안이 되고 있는 역사적 진실에 크게 귀 기울이지 않는다. 그들의 양심이 마비되었거나 우매해서가 아니라 당장의 삶에 별반 상관없는 일이라고 여기거나 흥미가 없기 때문이다. 그러나 자세히 들여다보면 일본인의 역사와 문화에 대한 관심은 기본적으로 높은 편이다. 중국을 비롯한 세계 여러 나라에서 만나는 일본 관광객의 역사 예술에 대한 진지한 태도를 보면 알 수 있는 일이다.

외교관계가 경색될수록 민간의 교류는 지속되고 확산되어야 한다는 소리가 높고, 옳은 말이다. 그러나 오늘날 한일관계에서는 지방자치단체를 비롯한 여러 민간단체의 노력에도 불구하고 실제적 성과는 미미한 실정이다. 행사를 위한 행사, 마음을 울리는 감동 없는 형식적 교류에 그치기 때문일 것이다. 어떤 진심도 감동이 느껴지지 않으면 오래 기억되지 못하는 법이다.

한 지인이 일본 친구와 나누는 짧은 이야기를 들었다. 안중근 의사께서 여순감옥 감방을 지키던 일본 헌병 지바 도시치(千葉 十七) 씨에게 '위국헌신 군인본분(爲國獻身 軍人本分:나라를 위해 몸을 바치는 것은 군인의 본분이다)'이라는 글을 써준 이야기였다.

1910년 3월 26일 아침 9시 경 안 의사는 두 동생이 면회를 와 있다는 연락을 받았다. 마지막 면회이고 다시 감방 안으로 돌아오지 못한 채 사형장으로 향할 것을 직감한 안 의사는 어머님이 지어 보내주신 한복으로 갈아입고, 미리 써둔 숙부님께 보낼 편지를 챙겨들고 감방을 나섰다. 그때 변함없이 자리를 지키고 있던 지바 씨와 눈이 마주치자 그가 오래 전부터 글씨를 받고 싶어 한 것이 생각났다. 안 의사는 다시 감방 안으로 들어가 글씨를 써 지바 씨에게 건네주고 사형장으로 향했다.

지바 씨는 이후 평생토록 안 의사의 명복과 한일 양국의 평화공존을 기원하며 살다가 1980년 유묵을 한국에 반환했다.

죽음의 사형장으로 향하는 발걸음을 멈추고, 자신을 감시하던 헌병에게 약속이라도 했던 것처럼 글을 써주었으니 어찌 감동하지 않았겠는가. 받은 글보다도 그 초연함, 의기, 인간에 대한 존중에서 성스러움마저 느끼지 않았겠는가.

불과 5분을 넘지 않은 짧은 시간의 이야기였지만 그 일본인은 크게 충격을 받은 듯했고 당시의 역사를 다시 진지하게 공부해보겠다고 약속했다. 그런데 '위국헌신 군인본분'의 유묵과 의미는 알아도 그 글이 전해지는 과정의 이야기는 별반 알려져 있지 않았다.

형식과 보여주기는 외교와 교류의 중요한 부분이다. 그러나 감동이 없는 형식만의 보여주기는 우호도 이익도 얻지 못하고 허울의 낭비에 그친다. 많은 지방자치단체들이 일본을 비롯한 여러 나라와 교류의 행사를 갖고 있지만 외형에 비해 내실은 고개가 갸웃거려진다.

구 포항역사에 안중근기념관을 세워 그런 감동의 이야기로 역사의 진실을 일깨워 일본민의 마음을 흔들었으면 좋겠다. 그렇게 진실한 감동이 주는 이해와 우의가 민간을 비롯한 정부외교의 밑바탕이 될 때 우리가 다시 120년 전의 혼돈에 휘말리는 일은 없을 것이라 감히 장담한다.

# 우리가 품어야 할 사람들

언젠가는 반드시 통일될 우리의 미래에 중국인민 '조선족'은 잃어버려서는 안 되는 자산이다. 세계 경제의 중추이자 14억 인구의 최대 단일시장, 유라시아로 나아가 EU와 아프리카를 경략하는 길목에서 가장 든든한 길잡이가 되고 원군이 되어줄 이들이 아닌가.

농경이 문명의 뿌리인 우리 민족에게 가족은 언제나 '한 울타리 안'의 식구였습니다. 아들이 장가를 가 분가해도 담 너머 몇 발자국이요, 딸이 시집을 가도 고개 하나 너머 십리 길이 고작이었습니다. 바로 눈앞에는 보이지 않아도 언제든 아버지와 어머니가 두 팔을 뻗으면 모두 품안이었지요. 그럼에도 십리 길 딸의 시집살이 소리가 귓전으로만 스쳐도 어머니는 한숨을 감추지 못하며 남모르는 눈물로 가슴을 태웠던가요. 참으로 정 깊은 우리네 인생이었고 역사였습니다.

그런데 느닷없이 지구가 빨리 돌기라도 하는 것인지 세상은 사람들의 눈이 뒤집히도록 변합니다. 십리 길은 담장 안이 되고, 몇 백 리도 하루걸음이 되더니 이제는 국경을 넘어 천리 먼 타국 땅에서 삶을 꾸려가는 핏줄도 흔합니다. 그래서 이웃이 사촌보다 가깝다는 말이 현실이 되었지만 그래도 핏줄은 여전히 핏줄입니다.

제사나 명절을 맞아 전화기 너머로 들려오는 목소리에 왜 그리도 목이 메고 눈자위가 시린지……. 그래도 그처럼 직접 목소리를 들으며 안부를 묻고, 마음만 먹으면 비행기에 몸을 실어 찾아갈 수도 있으니 떨어져 있다고 아주 서러울 것까지는 없지요.

핏줄은 참 진합니다. 특히 외국에 나가보면 더욱 실감하지요. 길거리에서 우연히 들려오는 우리 말 한 마디에 반가움이 일어 저절로 고개가 돌아가고, 우리 핏줄이 틀림없는 누군가가 곤경에 처하거나 눈물을 보이면 마음이 움직이고 손길을 뻗게 되니까요. 한 핏줄이라는 뿌리로 시작되는 민족이 그렇습니다.

1997년, 우리가 IMF구제금융을 받는 곤경에 처했을 때 해외에 사는 수많은 교민이 십시일반 정성을 보탰습니다. 우리도 LA폭동을 비롯한 해외의 우리 민족이 어려움에 처하면 기꺼이 두 팔을 걷어붙입니다. 내 부모형제 친지 한 사람 없어도 오직 한 핏줄의 민족이라는 생각만으로 그리 되는 것이지요. 비단 우리만 그런 것도 아닙니다. 유대인, 화교는 대표적이라 할 수 있습니다. 그래서 지구촌 어느 곳에서 살더라도 한 핏줄, 한 민족이라 느낄 수 있으면 그것만으로 마음 든든하고 그리운 것이지요.

그렇지만 찾아보려 해도 찾아볼 이가 너무 막연하고, 어디에 있는지 뻔히 알면서도 전화는커녕 편지 한 통 보낼 수 없고, 너무 오랜 세월이 지나다보니 오히려 데면데면해지는 사람들도 있습니다. 그리움도 너무 쌓이면 미움이 되기도 한다지요. 더구나 떨어지지 않는 발걸음으로 떠날 수밖에 없었던 사무친 사연이 세월에 묻혀 혼자만의 가슴앓이가 될 때 그 설움은 여차 미움이 되기 십상입니다.

무심했던 세월이 너무 길었다는 생각이 새삼스럽습니다. 남은 사람도 떠난 사람도, 마주치는 오늘이, 하루가 너무 버겁다보니 어느 틈에 그리움은 그림자마저 사라져버린 뒤였지요. 불쑥 누군가 찾아는 왔는데, 그래서 핏줄이라는 것이 머리로는 인식되는데 가슴은 여전히 버석합니다. 마주쳐 술잔을 기울여도 생각은 제각각이고, 심지어는 귀찮다는 생각에 경계하는 마음마저 들어 상처를 주고 상처를 받습니다.

가슴을 크게 열어야겠습니다. 하나가 온전히 하나 되지 못해 빚어지는 설움이 갈등과 미움으로 나아가서는 안 될 일입니다. 서로를 다독이며 이해와 화해를 넘어 사랑으로 만들어가는 데는 우리가 먼저 마음을 열고 손을 내미는 자세가 필요할 것 같습니다.

## '조선족'과
## '중국동포'

'조선족'은 중국에서 분류하는 55개 소수민족 중 우리 민족을 지칭하는 이름이다. 그런 우리 중국동포가 주로 거주하는 지역은 지린, 랴오닝(遼寧), 헤이룽장의 동북3성으로 한반도와 지리적으로 면해있다. 이들 지역에 거주하는 동포들의 고향 분포를 살펴보면 확연한 특색이 있다.

한반도와 가장 가까운 지린성 지역에는 주로 함경도와 평안도 출신, 특히 국경과 가장 가까운 옌벤지구에는 함경도 출신이 압도적이고, 랴오닝성에는 평안도 출신이 다수이다. 반면 가장 거리가 먼 헤이룽장성에는 경상도 출신이 압도적 다수이다. 그 의미가 무엇일까?

우리 민족의 간도를 비롯한 연해주 등지로의 개별적 이주는 대략 조선조부터이다. 개중에는 죄를 지어 도망간 사람도 있었겠지만 가장 큰 연유는 배고픔이었다. 좁은 땅, 잦은 자연재해, 더하여 가렴주구까지 겹치면 주린 배를 채울 길이 없어 남부여대(男負女戴) 몰래 국경을 넘어 주인 없는 드넓은 평원을 개간하여 삶을 꾸렸다.

그렇다고 온전히 평온한 삶인 것도 아니었다. 국경을 넘었으니 나라의 보호는 받을 수 없고, 명나라를 무너트리고 중원의 주인이 된 청나라의 발원지가 동북3성 만주일원이니 그 땅의 사실상 주인이던 만주족의 핍박은 오죽했을까. 그래서 먼저 터를 잡은 사람은 그들끼리 뭉쳤고, 뒤늦게 이주한 사람들은 또 그들끼리 뭉치며 멀리, 더 멀리로 흩어졌다. 그래도 생명력은 끈질겨서 가는 곳마다 땅을 일궜으니 흑룡강성 대평원에서 처음 벼농사에 성공한 것도 그들이었다. 가히 동북평원의 주인이라 아니할 수 없잖은가.

다시 나라에 고난이 닥쳤다. 이번에는 일제에 의한 병탄이었다. 뜻이 있는 사람들은 독립의 기치를 들고 기지(基地)를 찾았으니 그역시 동북3성이었다. 먼저 터를 잡았던 사람들은 그 발판이 되었을 뿐 아니라 나라 없는 설움을 뼈저리게 알던 터라 기꺼이 앞장서 터전과 목숨을 바쳤다. 한 번도 그들에게 울타리가 되어준 적없는 나라였음에도 말이다.

이제 그 당사자들 대부분은 세상을 버렸지만 우리는 여태껏 그에 대한 아무런 빚도 갚지 못했다. 아주 오랫동안 국경이 단절되어 어쩔 수 없던 시절도 있었지만, 한중수교 이후에도 우리는 제대로 그분들의 희생과 상처를 돌아보지 않았다. 아니, 어쩌면 우리의 동포를 그 의미도 제대로 생각하지 않은 채 중국인처럼 '조선족'이라 부르며 상처에 소금을 뿌렸던 것인지도 모른다.

10여 년쯤 전부터 서포항라이온스의 일원으로 '중국조선족중학생〈윤동주문학상〉' 사업을 시행해오고 있다. 시상식을 위해 중국을 방문하고, 수상자를 한국으로 초청해 모국체험의 기회도 제공한다. 함께 어울려 아이들의 생각과 꿈을 듣고, 현실과 아픔을 두 눈으로 목격할 때마다 짓누르는 무게감에 가슴이 답답하다.

그 옛날, 살기 위해 남부여대 떠났던 이들의 후손이 이제는 또 살기 위해 조상들의 땅으로 찾아온다. 특별한 기술과 배움이 없으니 보다 편하고 수익 높은 일자리는 내주지 못할지라도, 노동과 험한 일자리를 감당하는 그이들에게 특별한 온정은 차치하고 정당하고 인간적인 대우나마 제대로 했던가. 오히려 체류자격과 관련한 약점을 이용해 체불은 흔한 일이고 떼어먹기에 협박까지 횡행하니 어찌 한이 맺히지 않겠는가. 부둥켜안고 하나가 되기는 커녕 미움이 쌓이고 쌓여 언젠가는 영원히 남남이 되어 증오하는 그날을 만드는 이 어리석음이라니!

더욱 참담하고 암울한 것은 한국으로 떠난 부모를 대신한 조부모나 친지의 보호 아래 청소년기를 보내는 아이들이다. 조부모는 사랑이야 깊다지만 시대의 흐름에는 둔감하고, 친지는 의식주는 챙겨도 감성과 미래까지 온전히 보살필 수는 없는 노릇이다. 저희끼리 어울려 현실의 외로움을 달래고, 이제는 올바른 우리 역사는커녕 말을 제대로 가르치는 학교마저 드물어 한국과 연결한 미래를 기약하기도 어렵다. 그렇다고 중국어에 완벽한 것도 아니다. 한국인도 중국인도 아닌, 한국어도 중국어도 능숙하지 않은, 어정쩡한 반편(半偏)이가 되어가고 있는 실정이다.

모두가 그렇다는 것은 아니다. 여전히 타고난 총명함으로 베이징, 칭화대를 비롯한 최고의 명문대학에서 각자의 꿈을 키워가는 청년들도 있다. 그러나 뛰어난 그들은 또 그들 나름대로 성공을 위해서는 중국화 될 수밖에 없는 한계가 있다. 역사는 중국사, 언어는 중국어와 영어…… 그들의 미래에 한국은 할아버지와 선조가 태어난 모국이 아니라 그저 국경을 맞대고 있는 이웃국가에 불과하게 될지도 모를 일이다.

언젠가는 반드시 통일될 우리의 미래에 중국인민 '조선족'은 잃어버려서는 안 되는 우리의 소중한 자산이다. 세계 경제의 중추이자 14억 인구의 최대 단일시장, 유라시아로 나아가 EU와 아프리카를 경략하는 길목에서 가장 든든한 길잡이가 되고 원군이 되어줄 이들이 아닌가. 아니다, 이도 너무 약삭빠른 생각이다. 배가 고파 떠났건 나라의 독립을 위해 떠났건, 간도와 만주 땅을 유랑한 이들에게 우리는 아무것도 갚지 못한 채무자이다. 이제 우리의 삶이 조금이라도 나아졌다면 그분들의 후손에게 조금이나마 빚을 갚는 심정으로라도 겸허해야 할 것이다. 부둥켜안아 설움의 눈물부터 닦아줘야 할 일이다.

## 하나 되는 조국의
## 길잡이가 될 그들

이전에도 북한을 탈출해 귀순하는 사람들이 있기는 했지만 대부분 DMZ의 철책과 동서해 바다를 직접 넘은 탈출이었다. 자유를 찾아 목숨을 걸었던 그들 중에는 '따뜻한 남쪽 나라'를 찾았다던 김만철 씨 일가처럼 민간인도 있었지만 다수는 휴전선을 지키던 인민군이었다. 그들의 귀순은 정보적 가치와 체제선전에 유용하기도 했지만 연간 수십 명을 넘지 않은 숫자였으니 정착지원에 드는 예산 부담은 별반 없었다.

진작부터도 징조는 있었지만 아마 1995년경부터의 소위 '고난의 행군'이 시발이었을 것이다. 갑자기 심화된 극심한 기아와 그로 인한 죽음의 문턱. 눈에 보이는 모든 것을 주워 먹고, 산자락의 나무줄기까지 벗겨먹었지만 기어이는 사람이 먹기 위해 인육을 사고판다는 믿기지 않는 괴담이 남쪽으로 전해질 무렵, 중국을 향해 두만강과 압록강을 건너는 사람이 무리를 지었다. 그때껏 그들은 살아야 한다는, 식량을 구해 부모와 자식이 있는 자신들의 '조국'으로 하루바삐 돌아가야 한다는 생각뿐이었다. 그러나 이내 두 눈이 뒤집혔다. 겨우 강 하나를 건넜는데 그곳에서는 먹거리가 넘쳐났고, 공산주의나 사회주의는 어디에서도 찾아볼 수 없는 자본이 들썩거리는 세상이었다. 그 풍성함과 활기, 노력만 하면 사람답게 살 수 있을 것 같은 희망이 부러웠다.

시장마다 거리마다 틀어놓은 노래의 가사는 한국말이었고. 텔레비전에서는 한국방송이 버젓이 방영되고 있었다. 중국인지 한국인지 헷갈리면서 두려운 마음에도 화면에 눈길이 가지 않을 수 없었다. 그런데…… 거리에는 고아와 거지가 넘쳐나고, 학생과 젊은이는 미제와 독재에 항거한 데모로 아수라장이라던 남녘이 사람이 사람답게, 웃음과 풍성함이 넘쳐나는 세상이라니!

가슴이 떨리고 머릿속은 혼란스러웠지만 그래도 부모형제를 버릴 수는 없기에 쌀 포대와 강냉이자루나마 짊어지고 다시 두만강, 압록강을 건넜다. 그러나 기다리고 있는 것은 '배신'과 '간첩'이라는 굴레의 가혹한 형벌과 죽음이었다. 돌아갈 조국은 잃어버렸고, 중국 공안의 눈길도 피할 수 없었던 그들은 이제 동서남북으로 제각각 발길을 돌렸다. 무려 일만 킬로미터가 넘는 험난한 길이었고, 곳곳에 죽음과 추적의 눈길이 도사리고 있었지만 베트남, 라오스, 태국, 미얀마, 또 어떤 이에게는 몽골과 러시아가 대한민국으로 들어갈 수 있는 문이었기 때문이다. 하루를 살아도 사람답게 살 수 있고, 희망을 품을 수 있는, 사람이 사는 세상 대한민국.

정부는 무리지어 들어오는 그들을 위해 '하나원'이라는 전대미문의 교육기관까지 만들어야했다. 생경한 체제에서 살아가기 위한 기본적인 교육은 물론 정착지원에도 일정한 기준을 만들었다. 그렇지만 이전과 같은 여유 있는 지원이 될 수는 없었다. 많은 인원에 따른 예산의 부담도 그렇지만 과도한 지원은 남쪽 저소득층과 형평의 원칙상 사회적 갈등을 빚을 수도 있는 문제였다. 무엇보다 자력으로 살아가고, 희망을 가꾸는 자활의 의지와 능력이 필요한 일이었다.

경쟁의 체제를 이해하지 못하는 '탈북민' 또는 '새터민'은 현실의 벽에 부딪히면 서운한 감정이 먼저 들었다. 익숙하지 않은 사회시스템에서의 작은 실수가 커다란 장애처럼 느껴지며 점점 위축되기도 했다. 삶의 전부를 공산당의 결정에 따라 수동적으로 살아왔기에 모든 일에서의 자기결정은 오히려 두려움이 되고, 결과의 실패가 선택의 실수였음을 뒤늦게 깨닫기 일쑤였다. 게다가 차려입은 옷차림에서부터 일상의 행동 하나까지 도무지 좇아갈 수 없는 벽으로 느껴질 때, 자신의 탓이 아니라는 억울함에 떠나온 북녘 고향의 부모형제가 떠오르며 설움이 깊어졌다. 설움은 미움을 낳고, 미움은 갈등이 되니 서로가 하나임을 머리로는 알면서도 막상 마주하면 데면데면해지는 어이없는 현실.

근본은 정직과 냉철한 현실의 인식이다. 치열한 경쟁의 사회이고, 선택과 책임은 온전히 자신의 몫이며, 성과는 노력한 만큼의 결실이고, 때로는 애쓴 노력이 무위로 돌아가 빈손이 되기도 한다는 것. 일확천금의 허황한 꿈은 인생을 망치는 길일 뿐이고, 한 걸음 한 걸음의 성실함으로 내일을 준비하는 삶이 행복의 지름길이며, 말과 글보다는 땀과 근육이 더 안정되고 약속이 된다는 사실. 누군가의 도움을 기대하기보다는 먼저 손을 내밀어 마음을 보여줄 때 상대도 마음을 열어 친구가 될 수 있음을, 미안하지만 냉정하게 알려줘 받아들이게 해야 한다. 그래야 그들이 특별하지 않은 이웃으로 더불어 살아갈 수 있기 때문이다.

그렇지만 아무리 냉정하더라도 그들의 또 다른 이산의 설움만은 위로하고 달래줘야 한다. 언젠가 찾아올 통일의 그날에는 그들의 발자취가 어떤 씨앗이 될지를 잊어서는 안 된다. 희망이 씨앗이 될 때 통일의 완성은 수월하고 빠르겠지만, 갈등의 불씨가 될 때는 또 다른 고통의 시작이 될 수도 있는 것이다. 선하고 순한, 이해하고 웃으며 보듬어 하나 되는 민족과 통일조국이 되어야 한다. 그 장엄한 과업의 길잡이가 되고 전도사 역할을 할 소중한 그들에게 오늘 우리의 미소는 가장 큰 힘이 될 터이다.

## 700만 재외동포를 든든한 배후로

중국 베이징 경제중심지구에 있는 국제무역센터 인근에는 '화교촌(華僑村)'이라는 이름을 내건 아파트단지가 있다. 글자 그대로 해외에 거주하는 화교들이 베이징에서 모여 거주하는 아파트단지라는 뜻이다. 굳이 그렇게 자신들의 이름을 내걸어야 하는 것인가 의아하지만 그들은 그처럼 당당하고 유연하다.

덩샤오핑의 개혁개방정책 선언 이후 중국 경제발전의 가장 큰 밑거름이 된 것은 해외에 거주하는 화교자본이었다. 정확한 통계는 없지만 전 세계에 흩어져 있는 화교의 수는 대략 3천만 명, 그들의 자본 규모는 약 3조5천억 달러에 이르는 것으로 알려진다.

화교는 알다시피 장구한 역사 속에 나라가 어려워질 때마다 뿔뿔이 남의 나라로 떠나 저마다의 삶을 꾸려온 이들이다. 현대에 들어와 대륙 본토가 공산중국의 '죽의 장막'으로 막혀있을 때는 타이완섬의 중화민국을 조국으로 여겼다. 그러나 중화인민공화국이 장막을 걷어내고 개방을 선언하자 가장 먼저 대륙으로 달려가 공장을 세우고 투자를 진행했다. 수십 년, 수백 년 전 조상의 땅에 대한 향수도 있었지만 발전과 성공의 가능성을 가장 먼저 읽어낸 때문이었다. 그런데 개방 초기의 아직 열악한 환경에서 생활이 불편하자 자신들만이 거주할 주거단지를 건설하고 '화교촌'이라는 이름까지 내걸었다. 자본으로 국가발전의 원동력이 되기는 했지만 여차 내부의 갈등을 유발할 수 있는 자본의 과시이기도 했다. 하지만 본토의 중국인들은 개의치 않았다. 오히려 다른 외국투자자보다 훨씬 우호적으로 우대했다. 벌써 중국 정치와 정책변화에 따라 다수의 외국투자자는 투자를 축소하거나 떠나기도 하는 등 눈치를 보지만 화교는 마지막까지 남아 공생할 것이 분명하다.

우리 재외동포 수는 대략 700만 명 정도로 약 170여 개국에 거주 중인 것으로 집계된다. 중국동포가 260만여 명으로 가장 많고, 미국 210만, 일본 90만, 러시아 및 CIS(독립국가연합)와 남아시아태평양지역에 각각 50만여 명 등의 순서이다.

정부는 1997년 재외동포재단을 설립해, 한민족으로서의 유대감을 유지하고 거주국에서 모범적 구성원이 되도록 지원하기 위한 각종 사업을 시행하고 있다. 특히 2002년부터는 매년 세계한상대회를 열어 재외동포 기업가의 모국 투자활성화, 국내 기업과의 협력 등을 주선하고도 있다.

해외동포와의 협력은 핏줄을 고리로 한 우호의 상부상조이기는 하지만 오직 그에만 기대어서 될 일은 아니다. 어디에서 살든 그들은 저마다 거주하는 국가의 국민으로 현지 실정과 문화에 가장 정통한 이들이다. 자원의 제한으로 외국과의 교역이 경제의 주축이 되는 우리에게는 더할 나위없는 우군인 셈이다. 그런데 700여만 재외동포 중 일정한 규모의 경제적 성공을 거둔 사람은 다수 있지만 유대인 자본의 상징인 로스차일드 가문이나 홍콩 재벌 리카싱(李嘉誠)과 같이 세계적 대성공을 이룬 사람은 아직 없다는 사실이 매우 안타깝다.

우리 민족의 총명함과 끈기는 유대인이나 중국인에 못지않거나 능가하는 것으로 세계가 인정한다. 누군가 물꼬를 트기만 한다면 세계 경제의 축이 될 기업과 기업인이 줄 잇는 것도 불가능한 일은 아니다. 기회의 제공과 지원, 신뢰의 상호협력이 관건이다. 특히 G2라는 위상에도 불구하고 내륙지역 경제발전이 당면과제인 중국이나, 막 경제발전을 위한 발걸음을 내딛은 것에 다름없는 CIS국가는 여전히 기회의 땅이 될 수 있다. 그곳 우리 동포들과 파트너로 협력하는 과정에서 특별한 역량을 발견하게 된다면 기회의 제공과 더불어 적극적이고 지속적인 지원을 아끼지 않아야 할 일이다. 눈앞의 이익을 우선으로 생각하는 편협함에서 벗어나, 현지의 사정을 가장 잘 아는 이의 성공을 기대하고 기다리는 너그러움이 우리의 든든한 배후를 키우는 길이 될 것이니 말이다.

# 4장

## 존경받는 나라,
## 사랑받는 나라 대한민국

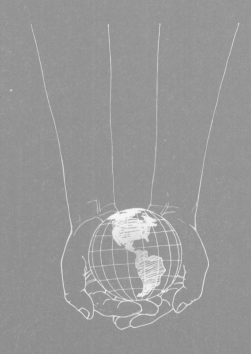

# 한없이 가지고 싶은 것은
## 높은 문화의 힘입니다 -백범 김구

오직 한없이 가지고 싶은 것은 높은 문화의 힘이다. 문화의 힘은 우리 자신을 행복하게 하고, 나아가서는 남에게 행복을 주기 때문이다.

백범 김구 선생님께서 상하이임시정부에서 처음 맡은 직책은 임시의정원 의원과 경무국장이었습니다. 경무국장은 정보, 감찰 및 경찰 업무를 담당하는 직입니다. 그전에는 만주에서 의병활동을 하셨고, 임시정부 국무령이 되신 후로는 이봉창, 윤봉길 의거를 주도하기도 했습니다. 또 중국군과의 협력으로 항일 광복군을 육성하셨고, 해방 직전에는 미군 특수사령부(OSS)와 합동으로 잠수함을 이용해 광복군을 국내로 침투시키는 작전을 준비하기도 했습니다. 말보다는 실제적 무력을 중시하는 무장(武將)의 이미지가 강하다는 것이지요.

　'나는 우리나라가 세계에서 가장 아름다운 나라가 되기를 원하지 가장 강한 나라가 되기를 원하지 않는다.
　내가 남의 침략에 가슴 아팠으니, 내 나라가 남을 침략하는 것을 원치 않는다.
　우리의 부(富)력이 우리의 생활을 풍족히 할 만하고, 우리의 강(强)력이 남의 침략을 막을 만하면 족하다.
　오직 한없이 가지고 싶은 것은 높은 문화의 힘이다. 문화의 힘은 우리 자신을 행복하게 하고, 나아가서는 남에게 행복을 주기 때문이다. -백범 김구'

　백범일지의 그 대목을 읽을 때마다 놀라고 감탄하게 됩니다. 무장의 기개가 강한 선생께서 그런 유(柔)한 생각을 품었다는 것이 놀랍고, 그때까지 누구도 그처럼 나라의 나아갈 바를 선명하게 제시한 적이 없었습니다. 더구나 문화의 위대한 힘을 현대의 우리보다 더 명확하게 인식한 선각자적 혜안에는 실로 감탄하지 않을 수 없다는 것이지요.
　그렇습니다. 국방력, 경제력, 인구(人口)력 등 제국(帝國)을 만드는 요소는 다양합니다. 그렇지만 현대에 와서는 문화의 힘이 필수적이거나 가장 중요한 요소로 부각됩니다. 아니, 지난 시대의 제국들도 제각각 문화적 힘을 가지고 있었습니다. 그렇지 않은 다른 힘만으로는 정복은 할 수 있어도 복종이나 동의를 얻을 수 없으니 반발에 직면해 이내 멸망하고 마는 것이지요.

그럼 문화의 힘이란 과연 어떤 것일까요? 말은 쉬운데 너무 넓은 개념인데다가 막연하기도 해 말을 하면서도 조심스럽습니다. 그럼에도 한 가지 분명하게 말할 수 있는 것은 억눌러 지배하는 힘이 아니라 저절로 따르고 존경하게 만드는 힘이라는 것입니다.

조금 다른 예이기는 합니다만 바티칸 시국을 생각해봅니다. 이탈리아 로마 내의 좁은 지역이 전부임에도 감히 바티칸을 점령하겠다는 나라는 없습니다. 물론 가톨릭 종교의 힘입니다. 그렇지만 가톨릭을 신봉하지 않는 다른 종교를 가진 사람들도 로마에 가면 두세 시간 이상 성벽을 따라 줄을 서는 것은 보통임에도 반드시 바티칸을 찾습니다. 건축, 조각, 그림 등 다양한 미술품과 그 안에 담겨있는 역사와 예술 때문입니다. 다소 결례가 되겠지만 종교 그 자체의 힘이 정복할 수 있는 힘이라면 종교의 정신, 역사, 종교가 낳은 건축, 미술, 음악, 문학과 같은 문화의 힘은 숙연하게 고개를 숙이고 영원히 보존되기를 바라는 복종과 따름의 힘이라 할 수 있는 것이지요.

제국은 반드시 정복하는 힘으로만 이룰 수 있는 것이 아닙니다. 우리의 말과 글, 역사와 전통, 음악과 미술이 세계인의 사랑을 받을 때 그것이 곧 또 다른 제국이 되는 길입니다. 누구나 담장을 경계로 다툴 때는 인연과는 다른 편을 들 수도 있고, 적이 될 수도 있습니다. 이해(利害)이기 때문입니다. 그러나 어떤 문화를 마음에 품게 되면 그것을 훼손하려 드는 모든 이가 미워 성토하게 되고 함께 힘을 모아 지키려 하지요. 이해를 뛰어넘는 마음과 사랑의 힘입니다.

조금이라도 더 나아지면 좋겠지만 그런대로 살 만한 경제력입니다. 북한의 위협을 생각하면 아직 부족하지만 주변국과의 동맹과 외교로 대비할 수 있는 국방력입니다. 생각하건대 이제부터 추구할 경제력과 국방력의 근간은 문화여야 하지 않을까 싶습니다. 평화를 지키고 공존을 추구하는 문화의 번성으로 세계인이 긍정하고 사랑할 때 그 누구도 감히 우리를 넘보지 못할 테니까요.

## 거울로 삼아야 할
## 일본 문화의 힘

먼저 썩 내키는 일은 아니지만 일본을 거울삼을 필요가 있을 것 같다.

오늘 환태평양을 둘러싸고 벌어지는 이 불필요하고 비정상적인 혼란의 시발은 태평양전쟁 종전(終戰)처리였다. 일본점령연합군사령관 더글라스 맥아더 장군은 태평양전쟁 승전국의 대표로서 전후 처리에 관한 전권을 행사했다. 당연히 전쟁의 주범인 히로히토(裕仁) 일본 왕을 전범으로 기소해야 옳았다. 그 밖의 전범들에 대해서도 더 단호하게 처벌해야했다. 청일전쟁 이전부터 각종 침략행위로 편입한 점령지역 반환에 대해서도 보다 근원적이고 명확히 처리했어야만 했다. 그러나 맥아더는 히로히토에 대한 일본 '천황'의 자격을 인정하고 그의 손을 맞잡았다. 전후 처리과정에서도 국가주의와 침략의식 척결보다는 전반적으로 이해와 관용의 자세였다. 왜 그랬을까?

일본이 서구문화와 접하게 된 것은 18세기 네덜란드와의 교류를 통해서였다. 소위 '난학'(네덜란드의 한문 표기가 '화란和蘭'이었던 것에 기인한다)으로 불린 서구문화는 일본이 그동안의 중화관(中華觀)을 버리고 서구를 추종하며 독자화를 꾀하는 계기가 되었다. 반면 네덜란드를 통해 일본문화를 접한 서구인들은 자신들의 문화와는 색깔을 달리하는 새로움에 환호했다.

일본의 전통문화는 중국을 비롯한 한반도 국가의 문화적 세례를 바탕으로 했으면서도 그들만의 독특한 특색을 유지했다. 미술을 예로 들면 인물화에서 검은 머리카락, 붉은 입술, 하얀 피부 등을 단적으로 화면에 노출시키는 주관성과 명암이나 원근법을 무시한 평면성 등에서 도드라지는 특징을 나타낸다. 특히 장식성을 높인 상징적 문양의 도자기, 목판화로 대량 생산한 선명하고 화려한 색깔의 그림 등이 서구로 전해지며 빈센트 반 고흐와 같은 화가에게까지 영향을 미쳤을 정도였다.

그렇다고 일본문화가 서구에 처음으로 전해진 동양문화는 아니었다. 이미 이전부터 중국의 다양한 문화가 서구에 전해졌지만 새로 접하는 일본문화의 독특함은 충격이었고, 열광하며 일본에 대한 환상이 뿌리내렸던 것이다. 가부키의 화장, 기모노의 화려함 등은 오늘날 우리가 보아도 새롭지 않은가. 더구나 게다를 신고 종종걸음을 치는 여인의 자태나, 손님에게 깍듯이 머리를 숙이고 허리를 굽히며 상냥하게 감사를 표하는 태도에는 감춘 속내를 알 길 없는 외국인으로서는 우호의 감정이 저절로 들 수밖에 없는 일이다.

사실 서구인들에게 일본의 상징처럼 인식되어있는 사무라이나 할복은 단순함과 비주체성, 무조건의 복종, 인명 경시의 반인륜적인 문화이다. 그럼에도 한편 질서, 충성, 극단의 책임과 같이 긍정적 이미지로 인식되어 일본에 대한 환상을 만들어냈다. 바로 문화의 차이에 따른 오해였다. 더군다나 일본문화의 질서, 섬세함, 완결의 추구 등 본받을 만한 부분이 선입견으로 작용되어 더욱 오해를 부추겼다.

그러한 낯설고 독특한 문화에 선입견으로 취한 맥아더를 비롯한 일본점령 미군들은 평온한 일요일 새벽 진주만을 피로 물들인 기습적 침략까지 잊은 것이었다. 수많은 전우가 무고하게 죽고, 포로로 잡힌 전우는 잔혹한 학대에 시달렸으며, 가미카제의 자살공격에 담긴 군국주의적 우매함을 두 눈으로 목격하고서도 단호함보다는 관용과 이해였다니! 그러나 그것이 문화의 힘이기도 한 것이었다. .

## 역사를 찾고 미래를 약속하는 문화 교류

　　　　다시 신라를 생각한다. 천년도 훨씬 이전 그때에, 세상 동쪽 끝 신라를 찾아온 그 수많은 서방의 발길은 무엇을 얻기 위함이었을까? 한때 잠깐이 아니라 수백 년 동안 이어졌으니 다시 찾은 걸음도 많았을 것이다. 오직 이익만을 위해서가 아니었음을 쉽게 짐작할 수 있는 일이다. 아무리 이익이 있어도 다시 찾거나 찾아가보도록 권하는 데에는 특별한 매력 없이는 불가능한 일이니 말이다.

　긴 세월, 수많은 도굴이 있었음에도 아직도 발견되는 신라의 빼어난 유물들. 그 두 눈 휘둥그레지고 믿기지 않는 아름다운 유물들은 편린에 불과할 테니 당시에는 얼마나 다양한 물건들이 휘황찬란한 자태를 뽐내며 시장을 들썩이게 했을까. 안타까운 것은 서방 어느 나라에서도 아직 신라의 것으로 추정되는 유물이 발견되지 않고 있다는 것이다. 황금보검, 로만그라스, 인면유리구슬 등 서방의 물건이 전해졌음이 분명하니 그들 역시 신라의 물건을 가져갔을 것은 너무도 당연한 일이 아닌가.

　고려는 또 어떠했던가. 현대의 우리는 뒤늦게 고려청자를 비롯한 문화유물의 아름다움과 우수성에 눈을 떴지만, 고려 초기 교류가 번성하던 그 시절에는 드나드는 외국 상인들의 눈을 붙잡고 마음을 흔들기에 충분했을 것이다. 증명은 고려시절부터 무시로 한반도 연안을 침범해 수많은 문화재를 약탈해간 일본의 행태만으로도 충분한 일이다. 어쨌거나 문화와 예술에 대한 일본 지배층의 심미안은 인정하지 않을 수 없으니 말이다.

조선에 이르러서도 문화적 우수성이나 민족의 뛰어난 자질은 여전했다. 그런데 문제가 있었다. 성리학을 통치이념으로 삼고 중화사상에 젖어들면서 폐쇄성을 보이기 시작한 것이었다. 더하여 완고한 반상(班常)의 차별로 양반과 사대부를 위한 문화예술에 치중되며 다양성을 잃어버려 반편(半偏)이 문화가 되고 말았다.

문화는 교류를 통해 더욱 발전하고 새로움으로 전화(轉化)되기도 하지만, 교류에 의한 이해와 감동은 사랑과 존경으로 이어지기도 한다. 또한 교류하는 상대에게 배울 수 있는 새로움은 미처 생각하지 못한 것을 깨우치고 부족한 부분을 메워주기도 한다. 그런데 완고하게 문을 걸어 닫고 교류를 거부하자 상대는 감동과 존경의 마음이 미움과 약탈의 욕망으로 바뀌고, 우리 스스로는 낙후될 수밖에 없었다.

가장 큰 장애는 내부의 차별이었다. 상류층은 풍부한 자원으로 그들만의 질서와 예의를 만들고 문화와 예술을 즐겼지만 그로 인해 오히려 일정부분 편향된 한계가 있었다. 반면 삶이 각박한 서민계층에서는 질서와 예의가 생존에 우선될 수 없는데다 문화와 예술은 척박하거나 비틀리기 마련이었다. 그런 혼돈 속에서 외세의 압박에 밀린 개방이 시작되었고, 조선 땅을 밟은 외국인의 눈에 일부 무질서와 혼란은 어떤 감정을 일으켰을까. 일부는 근본적인 총명함과 내재된 잠재력을 발견해 자율의 희망을 말하기도 했지만, 다른 일부는 눈살을 찌푸리며 미개하다고 말하고 타율에 의한 변화와 개선을 말하기까지 한 것이 냉정한 사실이다.

이제 우리는 다시 세계를 향해 한반도 삼면의 문을 활짝 열어 누구라도 찾아오고, 마음만 먹으면 세상 어디라도 나아갈 수 있다. 나눔의 차별도 진작 사라졌고, 있다면 저마다의 개성에 따른 다름의 차이가 있을 뿐이다. 그 차이는 문화의 다양성으로 이어져 세계인(世界人)과의 교류에서 좋은 자산이 되고 있다.

경상북도 김관용도지사가 역점적으로 시행하고 있는 실크로드 프로젝트는 잃어버렸던 역사를 찾고, 미래를 약속하는 협력이라는 면에서 유·무형의 성과가 크다. 이제 터키와 이란을 찾았으니 앞으로는 동유럽을 거쳐 서유럽과 로마까지 이어가야 할 것이다. 신라 옛 터전에서 발굴된 황금보검, 로만글라스 등 서방의 유물을 그 교류의 씨앗으로 활용해야 할 일이다. 우리가 발굴한 유물의 주인이 누구였는지 그들이 고민하고, 그들의 땅에서 선조의 흔적을 찾으려는 우리의 노력이 합쳐진다면 천 년 전의 인연이 금세 우정이 되어 깊은 신뢰를 쌓아갈 수 있게 될 것이라 믿는다.

## 높은 문화의 기반,
## 인문학

　　　　　문화는 그 나라의 개성이자 수준의 척도이다. 활기, 역동, 신중, 엄숙, 화려, 절제, 소박 등등 나라마다 각기 다른 개성의 우위를 가를 수는 없어도 그 수준은 한눈에 드러난다. 아무리 활기차고 화려한 개성이라도 수준이 경박하면 눈살이 찌푸려져 혀를 차게 되고, 겉은 엄숙하고 신중하게 절제되었어도 내면이 비었거나 뒤틀려있으면 헛웃음이 나오거나 경계하게 된다.

　그렇다고 한 나라의 문화수준이 짧은 시간의 교육이나 강제적 주입으로 만들어지는 것도 아니다. 기본적으로는 역사의 흐름 속에 쌓인 전통이 기반이 되겠지만 시대의 흐름에 따른 변화도 필요하기 때문이다.

　우리나라는 장구한 역사와 빛나는 문화전통의 기반이 탄탄하다. 그러나 전통은 완고한 면이 있어 변화에 대한 거부가 강하다. 일제강점기를 거쳐 해방을 맞은 뒤부터 많이 바뀌기는 했지만 노장의 위계, 남녀의 차별 등 과거의 유산은 여전히 사회적 갈등의 한 요인이 되고 있는 것이 사실이다. 특히 한국전쟁을 겪은 후 군은 국가의 전폭적 지원을 받아 가장 선진적 집단으로 성장하며 근대화를 이끌었고, 그 과정에서 군사문화의 잔재를 남기기도 했다. 그렇지만 왕조국가에서 식민지압제를 거쳐 신생 민주국가로 뿌리내리기 위해서는 일정한 엘리트집단이 필요했고, 전쟁 과정에서 발굴된 군의 인재들은 미국의 선진 행정기법을 습득하여 민간행정에 전파하는 등 국가발전에 상당한 기여를 하였음은 인정해야 할 것이다.

문화의 변화와 발전은 상상과 도전의 자유가 그 시작이 된다. 군사문화의 질서는 자율이 아닌 타율의 복종과 획일화를 기본으로 한다. 그렇지만 이제는 병영 내에서도 자율과 다양화가 시도되는 현실에 사회 곳곳에 아직 남아있는 획일적 풍조는 시민 스스로의 자각이 우선 필요한 대목이다. 노장의 예절은 영원히 지켜가야 할 미풍양속이기는 하지만 권위와 억압이 되어서는 악습으로 비난받을 뿐이다. 더군다나 남녀의 차별은 가정뿐 아니라 사회의 근간을 흔드는 시대착오적 행태로 의식의 획기적 전환이 시급한 부분이다.

변화는 필요하고 피할 수도 없지만 그 과정에서 품격의 추락을 야기해서는 안 될 일이다. 겉만 화려하고 깊이 없는 문화는 곧 국격(國格)의 추락이 된다. 품격 높은 문화로 남의 존중을 받기 위해서는 무엇보다 인문학적 기반이 뒷받침되어야 할 것이다.

철학, 사상, 종교, 언어, 역사, 문학, 예술…… 인문학의 대상은 광범위하고, 얼핏 생각하면 고루하고 골치 아픈 학문으로 인식되기 쉽다. 그러나 인문학은 사람다움을 묻는 일상의 이야기이기도 하다. 우리가 역사를 공부하는 것은 과거를 거울로 삼아 오류의 반복을 피하려는 뜻이며, 종교가 논리의 복잡함에도 사람들의 마음을 사로잡는 것은 사랑, 자비, 연민과 같은 선뜻 실행하지는 못하나 사람으로서 추구해야 할 당연한 도리를 가치로 내세우기 때문인 것과 같은 이치이다.

문화의 바탕이 질서와 예의인 것은 그것이 사람으로서 살아가는 도리의 시작이기 때문이다. 어떤 획기적인 문화는 때로 파격을 넘어 발칙하고 파괴적이며 엽기적이기도 하다. 그런데 비슷한 양상이면서도 하나는 웃음의 해학과 폐부를 찌르는 비평으로 예술이 되지만, 다른 하나는 공공의 적이 되어 단속과 처벌의 대상이 되기도 한다. 이를테면 예술로서의 누드와 포르노에서 나체의 차이 같은 것이다. 그 구분의 기준은 긍정의 공감과 부정의 비공감이다.

사람 사는 도리를 일탈하지 않는 파격은 인문학적 소양에서 비롯된다. 그 인문학적 소양이 전체 시민에게 공유되고, 그를 바탕으로 이루어진 문화가 세계인과 소통하며 감동을 자아낼 때 비로소 백범 선생께서 말씀하신 '높은 문화의 힘'을 가진 나라가 되는 것이다. 언론을 위시하여 교육, 행정, 정치, 경제 등 모든 분야에서 사람 사는 도리인 인문학의 정신을 놓치지 말아야 하는 까닭이다.

# 다시 문화제국의 시작이다,
## 한류

지금 세계로 거침없이 뻗어나가고 있는 우리의 한류, 오늘의 성공을 지속되게 하고 어떤 것은 고전으로 영원히 남게 하기 위한 진지한 성찰과 고민이 있어야겠다는 생각이 듭니다.

사는 게 바쁘니 텔레비전 드라마 '본방 사수'는 꿈도 꿀 수 없는 노릇이지요. 그래도 〈대장금〉은 간간이 보았습니다. 전체 줄거리를 꿰뚫지는 못해도 보는 대목마다 공감의 고개가 끄덕여지더군요. 그러더니 과연 세계를 떠들썩하게 했다지요. 이란인가 어디서는 무려 90퍼센트의 시청률이 나오기도 했다니 참 대단합니다.

드라마는 그렇지만 싸이의 노래 〈강남스타일〉의 위세는 저도 제대로 실감합니다. 요즘도 외국에 나가 사람들을 만날 때 제가 한국인이라는 걸 알면 곧바로 '말춤' 흉내를 내며 '강남스타일!'

을 외치는 사람들이 많으니까요.

김수현 전지현 씨는 중국을 들썩이게 한다지요. 배용준 씨의 '욘사마 열풍'은 요즘도 여전하고요. 아시아뿐 아니라 유럽, 남미 대륙까지 한류 열풍이 휩쓸고 있다니 자랑스럽기 이를 데 없습니다. 어쩌면 천 년 전에도 페르시아와 같은 서쪽 여러 나라에서 신라 열풍이 있었을지 모르겠다는 생각을 합니다. 이란에서 발견된 '쿠쉬나메'라는 서사시에 신라 이야기가 들어있었다니 결코 불가능한 상상은 아닐 겁니다. 그래서 저는 오늘 세계를 휩쓸고 있는 한류열풍이 '다시' 문화제국의 시작을 알리는 신호탄이라 여깁니다. 또 반드시 그렇게 되도록 만들어야 할 일입니다.

저의 세대가 한참 자랄 때 세계를 휩쓸던 '비틀스'라는 영국 음악그룹은 오늘 젊은이들도 대부분 알고 좋아합니다. 대중음악이 고전(古典)이 된 경우이지요. 주옥같은 선율에 노랫말은 여전히 심금을 울립니다.

'내가 고통의 시간을 보낼 때 어머니께서 내게 다가와 지혜로운 말씀을 해주었어요. 그냥 순리대로 살라고.
내가 어둠의 시간에 있을 때 그녀는 내 앞에 밝게 서 계시며 지혜로운 말을 들려주셨어요. 그냥 순리대로 하라고.
마음에 상처받은 사람이 있을 때 세상과 더불어 산다면 거기에 해답이 있을 거라고. 그냥 그렇게 해.

그들이 이별을 할지라도 다시 만날 기회는 여전히 있으니 거기에 해답이 있을 거란다. 그냥 그렇게 하면 돼.'


모두가 좋아하고 잘 아는 〈Let it be〉의 노랫말 중 일부인데 정말 지혜롭고 철학적이기까지 하지 않나요. 고전이 될 수밖에 없습니다. 예쁘고 잘 생기지 않아도, 요란한 춤이 없어도, 가사가 자극적이지 않아도 세상을 흔들고 영원할 수 있다니……

〈벤허〉〈바람과 함께 사라지다〉〈닥터 지바고〉 같이 고전이 된 영화는 말할 것도 없고, 연초에 본 〈인터스텔라〉 영화도 놀라웠습니다. 블랙홀이나 웜홀에 대한 과학적 유인도 그랬지만 우주공간으로 향하는 우주선의 추진로켓이 떨어져나가며 순식간에 찾아드는 적막의 고요는 참으로 충격적이고 아름다웠습니다.

지금 세계로 거침없이 뻗어나가고 있는 우리의 한류, 오늘의 성공을 지속되게 하고 어떤 것은 고전으로 영원히 남게 하기 위한 진지한 성찰과 고민이 있어야겠다는 생각이 듭니다. 상업적 성공을 우선 추구할 수밖에 없는 문화생산자들을 뒷받침하는 지원이 절실한 시점이라는 것입니다. 아이디어의 완성, 그에서 또 다른 변화로 이어지는 문화의 끊임없는 진화는 개인의 창의력만으로 가능하고 지속되기 어려운 세상이라는 것을 모두가 알고 있는 바이니까요.

# 음악 한류,
# 고전을 만들어라

　　　　　우리 가수들의 수명이 대부분 매우 짧은 것 같다. 폭발적인 환호 속에 하늘을 찌를 것 같은 인기를 누리다가도 어느새 바람처럼 사라지고 보이지 않는다. 변화가 빠르고 새로운 가수들이 연이어 등장하니 그렇겠지만 그래도 몇몇은 오래도록 남아 팬들과 희로애락을 같이하는 것도 보고 싶다.

　동양의 오랜 고전 사서삼경(四書三經)의 하나인《시경(詩經)》은 노래의 가사를 모아 놓은 것이다. 오래전부터 전해져 오는 민요, 연회석의 노래에 더불어 제사지낼 때 부르는 노래도 포함되지만 조금 가볍게 말하자면 어쨌거나 유행가 가사이고 시(詩)의 원초적 형태인 셈이다. 곡조는 세월이 흐르며 실전(失傳)되어 버린 때문이기도 하겠지만 노랫말은 사회 현상과 민중의 마음을 담고 있어 그를 통해 정치도 알 수 있기에 별도로 채집해 교육의 자료로 삼았던 것이다.

　모든 가사가 교훈적이고 귀감이 되는 것은 아니었다. 본래 3천여 편이 채록되었던 것을 공자께서 365편으로 간추렸다고 전해지니 짐작할 수 있는 일이다. 그렇다고 365편의 시가 모두 엄숙한 것도 아니었다. 남녀 간의 애틋한 애정, 이별의 아픔과 같은 원초적 감정을 표현한 것도 다수였다. 그런 모든 것이 당시 인간의 모습을 보여주고, 시대 상황을 추측할 수 있게 하기 때문이었다. 다만 같은 애정 표현이라도 격조는 달랐을 것이다. 지나치게 천박하거나 선정적인 가사는 시대의 증거 이전에 전할 만한 가치가 없다는 판단은 요즘에도 다르지 않을 테니 말이다.

가사만이 아니다. 고대에는 악보가 없어 전해지지 못한 것이라 하더라도, 지금 해독 가능한 악보가 등장한 이후 오늘날까지 전해져오는 곡은 고전으로 불리는 한정된 곡들이다. 아니, 전해져와 고전이 된 것이다. 베토벤이나 모차르트가 사랑받던 시대에는 유행가가 없었을까. 노동자, 농민이 부르던 노동요도 있었을 것이고 뒷골목 불량배들이 흥얼거리던 노래도 있었을 것이다.

아주 유의해야 할 것이 있다. 이제는 전해지지 않고 사라졌다고 모두 예술적 가치가 없지는 않았을 것이라는 점이다. 한 시대를 풍미하고 사랑받았다면 설령 그 주인공이 가난한 서민이나 불량배였다고 할지라도 그럴만한 가치와 예술적 의미가 있었을 것이다. 그럼에도 사라진 것은 왜일까? 바로 보존과 전승을 위한 노력의 차이였다.

오늘 고전으로 전해지는 예술에는 대부분 막강한 재력의 후원이 있었다. 비단 보존과 전승(傳承)만이 아니라 창작 단계에서부터 후원이 있었던 경우도 허다함을 우리는 알고 있다. 즉 클래식은 본디 귀족적인 것이 아니라 귀족의 취향을 가진 이들의 후원이 있었기에 그리 된 것이었다. 예술의 완성과 전승도 돈이 좌우할 수 있다는 생생한 증거이다.

오늘 우리 한류를 주도하는 힘도 '기획사'의 재력이 큰 부분을 차지한다. 가능성이 보이는 재목을 찾고, 그 재목을 키우는 데는 긴 시간과 투자가 필요하다. 투자가 모두 결실을 보는 것도 아니다. 열에 한둘을 얻기도 힘든 성공가능성에 돈을 쏟아 붓고, 반짝 빛을 보는가 하다가도 금세 시들해지기 일쑤이니 수익을 우선으로 여길 수밖에 없다. 노출의 수위가 높아지고 점점 선정적이고 자극적이 되어가는 까닭이다.

아직은 여전히 폭발적 인기를 누린다. 앞으로도 한동안은 그럴 것이다. 세계는 넓으니 개척할 시장도 많다. 인기가 시들어지면 새롭게 대체할 재원도 계속 키우고 있다. 그러나 그 틈새에, 또는 그 기회를 이용하여 영원히 남을 고전과 한국의 비틀스도 키워야 한다. 방송이 일정부분 그 역할을 감당하고 있지만 문화단체도 나설 수 있도록 정책적 지원이 필요하다. 이익을 위한 기획이 아니라 문화와 예술을 아끼는 후원의 역할을 감당할 수 있도록.

## 영상과 공연, 그 거대시장을 향한 우리의 역량

바야흐로 영상의 시대이다. 영화나 드라마 한 편이 만들어낼 수 있는 역량은 산업적으로도 문화적으로도 어제의 상상을 초월하고 있다. 할리우드가 한국을 주목하는 것은 우리

시장의 크기를 단적으로 말해주는 예이다. 그 틈새에서 할리우드와 경쟁하는 우리 관계자의 역량은 경이롭다 할 정도이지만 이미 우리 시장은 포화상태이다.

관객은 배우를 주목하고 그들에게 열광하지만 영상이나 공연 예술의 정점은 연출을 책임지는 감독이다. 작가와 기술적 스태프의 완벽한 호흡도 성공을 만드는 중요한 요소이다. 그런 종합된 힘으로 수백만 관객을 끌어 모은 감독을 비롯한 인력이 적지 않다. 그러나 좁은 시장과 속속 등장하는 새로운 재원들로 인해 한번 실패하면 다시 기회를 잡지 못하는 경우도 흔하다. 더구나 거액의 자본이 들어가는 일이기에 기회는 그야말로 바늘구멍이다. 다행히 최근 중국 영화시장에서 우리의 역량 있는 감독과 스태프들을 불러들이고 있다. 안타까운 것은 그들의 역량이 감독을 정점으로 한 스태프와 배우의 작품으로 승화되는 것이 아니라 자본과 정책의 규제 속에 기능인이 되어가고 있다는 것이다.

우리는 흔히 우리 것이 최고라고 말한다. 그렇지만 철저한 자본의 시장에 우리만의 색깔이 어떤 의미인지를 냉정히 생각해봐야 한다. 할리우드는 중국의 목란(木蘭) 이야기를 〈뮬란〉으로, 가장 중국적인 판다와 쿵푸를 〈쿵푸판다〉 만화영화로 각각 제작해 세계는 물론 중국시장까지 흔들어놓은 적이 있다. 중국의 극장에서 중국의 이야기를 할리우드 작품으로 만나 환호한 그들의 심정이 어땠을까?

중국의 문화책임자가 다음과 같이 말했다는 것을 책에서 읽은 적이 있다. '한국의 〈대장금〉은 감동이었다. 언젠가 중국이 한국의 대장금을 중국식으로 만들어 세계시장에 내놓는 날도 올 것이다. 이제 한 나라의 콘텐츠는 그 나라만의 것이 아니라 세계인이 공유하는 공동의 자신이다' 참으로 섬뜩한 이야기지만 우리에게는 새로운 도전의 기회이기도 하다.

　이야기를 만드는 작가, 기술적으로 뒷받침할 스태프, 이미 세계인의 주목을 받고 있는 배우, 그 모두를 종합적으로 녹여 예술적 작품으로 완성해낼 수 있는 감독. 우리에게는 그 모든 것이 풍부하게 준비되어 있다. 세계적 관심을 유발할 수 있는 콘텐츠라면 어느 나라의 것이든 기꺼이 발굴해 우리 것으로 활용하려는 열린 자세가 우선 필요하다.

　그동안 중국인이 만든 〈삼국지〉 영화는 여러 편이지만 중국적 시각이 너무 강해 중국 이외의 지역에서 제대로 성공을 거둔 작품은 단 하나도 없었다. 경북 출신으로 국립극단 예술감독을 역임하기도 한 극단 '미추' 대표 손진책 씨는 중국 측의 요청으로 〈삼국지〉의 오나라 땅이었던 난징(南京)에서 오나라 손권(孫權)을 중심으로 한 〈삼국지〉 공연을 연출해 큰 찬사를 받은 바 있다. 〈삼국지〉는 중국의 이야기이니 우리는 만들 수 없다는 생각은 자기검열일 뿐이다.

　역사상 가장 넓은 땅을 직접 통치한 제국 몽골의 주인 칭기즈칸을 주제로 한 영화는 동서양 여러 나라에서 만들어졌다. 그러나 서양은 동양을 올바로 이해하지 못해, 중국은 중국적 시각에 중점을 두어, 여타 나라들은 유목국가의 특성을 제대로 알지 못해 모두 반쪽짜리 영화가 되고 흥행도 폭발적이지는 못하였다. 세계인 모두의 관심을 끌 수 있는 기막힌 콘텐츠를 눈앞에 두고도 아무도 제대로 우려먹지 못하고 있는 것이다. 만약 우리 작가와 감독이 우리 배우는 물론 필요한 역은 외국배우를 캐스팅해 제대로 영화나 드라마로 만든다면 어떨까?

동양과 서양 모두에 대한 이해가 깊고, 사실상 섬이 된 반도국가에서 유목(遊牧)적 마인드가 충만한 우리의 머리들이 모인다면 감탄할 대본이 만들어지는 것은 어렵지 않으리라 생각된다. 보다 큰 문제는 자본과 영업력일 것이다. 하지만 대본과 감독의 조화가 이뤄진다면 자본과 영업은 세계적 프로듀서를 활용할 수도 있을 것이다. 우리의 이야기와 자본으로 세계를 정복하겠다는 발상은 우물 안 개구리의 그것이다. 자본과 영업은 메이저를 활용하고, 우리는 세계적인 영화를 만들어 이익을 나누겠다는 담대한 발상. 어쩌면 이미 그런 생각을 가진 이들이 있을 것이다. 다만 그들이 기대고 일어설 언덕이 없어 생각에만 그치는 것인지도 모른다. 영화진흥공사는 수년 전부터 중국에 현지사무소를 개설해 중국으로 진출하는 영화인을 지원하고 있다. 더 적극적으로 세계적 자본과 영화인을 연결하는 시스템도 갖추는 것이 필요하다.

영상전문기관만이 아니라 이제 지방자체단체도 저마다를 대표할 공연 하나쯤은 가져 문화예술의 저변을 넓힐 때가 되었다는 생각이다. 2011년, 안동시는 고려 공민왕이 안동으로 파천했던 역사를 소재로 뮤지컬 〈왕의 나라〉를 만들어, 금년에는 서울 국립극장 공연에서 전회 매진의 대성황을 이뤘다. 주인공을 비롯한 몇몇 배우는 연기력이 검증되고 티켓파워가 큰 유명 배우를 기용했지만 여타 출연진 대부분은 안동과 대구·경북 출신 지원자들을 심사해 기용했다. 일종의 일자리 창출이기도 했지만 문화예술의 꿈을 제대로 살리고 키워주기 위한 프로젝트였다. 주목할 가능성이지 않은가.

## 문학,
## 그 무한한 가능성

영국은 셰익스피어와 인도를 바꾸지 않겠다고 했던가. 그 문학의 위대한 예술성도 소중히 여겼겠지만 셰익스피어 작품에서 비롯되는 국격과 스토리의 실제적 값어치도 여간하지 않았기 때문일 것이다. 그렇다. 문학은 모든 문화 예술의 근간이 된다. 시는 노래를 만들고 소설은 희극의 원전이 되며, 희곡은 음악과 미술에 영감을 주기도 하기 때문이다.

우리에게도 오래되고 깊은 문학적 전통이 있다. 오랜 세월 구전으로 전해져온 노동요가 있고 민초의 절절한 한이 서린 〈아리랑〉과 같은 노래도 있다. 양반이면서도 반상의 부조리를 조롱하고 저항한 《홍길동전》의 허균이라는 걸출한 문학가가 있었는가 하면, 절절한 사랑 이야기이면서도 시대의 부조리를 풍자한 《춘향전》도 전해져왔다. 근대에 이르러서는 이상, 한용운 등을 필두로 적지 않은 수의 문학가가 마침내 찬란한 꽃을 피우려했지만 우리 땅을 병탄한 일제의 박해는 싹을 잘랐다.

해방이 찾아오고 만세 소리 드높았지만 이번에는 좌우로 갈라졌다. 문학계는 문학과 상관없이 좌우로 갈라졌지만 너무 긴 세월이 흐른데다 상대를 부정하지 않으면 안 되는 상황에 내몰리면서 차라리 까맣게 잊어버리고 말았다. 거의 반세기가 넘어서 잊어버려야했던 이들에 대한 재조명이 가능해지고 시작되었지만, 이제는 남아있는 사람도 자료도 거의 없어 끊어진 고리를 다시 잇기가 난망해진 모양이다.

그러는 동안 우리만의 문학도 제대로 꽃 피우지 못하고 삐걱거리는 소리를 독자들에게까지 들리게 했다. 사회적 갈등 탓이기는 하지만 안타깝기 이를 데 없는 노릇이다. 문학이 그 본령을 찾을 수 있는 가장 빠른 길은 독자의 눈과 선택임을 모두가 상기했으면 한다.

또한 우리의 말과 글은 그 우수한 독창성에도 불구하고 특별한 독자성이 다른 언어권에 난해함으로 인식되어 우리 문화를 알리는 데 어려움이 있었다. 다행히 21세기 들어 우리의 다양한 문화가 세계인의 마음을 흔들고 있어 이제 스스로 우리글과 말을 배우러 찾아오는 사람들이 기하급수적으로 늘어나고 있다. 이때 우리 문학의 번역지원도 다양하게 폭을 넓히는 인식의 전환이 필요한 듯싶다. 특히 지방자치단체가 외국 협력도시와의 교류에서 지방문학의 소개에 적극 나서는 전향적 자세도 있었으면 좋겠다.

문학의 가능성은 무한하다. 지금까지는 주로 영화, 연극 등 문화예술 작품의 원작으로 활용되어왔다. 그러나 문학의 스토리텔링 기능은 없는 것을 만들어내기도 한다.

저 유명한 '샹그릴라'는 인류의 이상향, 지상낙원, 불교의 불국정토(佛國淨土), 기독교의 천당으로 인식되어 있다. 북인도로 향하던 비행기가 히말라야 산맥 너머에 불시착하고, 탑승객이었던 '휴 콘웨이' 일행은 숨겨진 땅 샹그릴라를 찾게 된다. 그곳은 동서양의 문명이 잘 조화되어 높은 문화수준을 갖춘 아름다운 땅인데다, 인간의 노화도 매우 더뎌 불멸에 가까운 삶을 살아간다. 그러나 모든 근심과 고통에서 해방된 평화로운 땅 샹그릴라는 아는 바와 같이 제임스 힐턴(James Hilton)이라는 영국의 소설가가 1933년 발표한 《잃어버린 지평선(Lost horizon)》속의 이야기일 뿐이다. 그럼에도 중국 정부는 윈난성의 중뎬(中甸)현을 샹그릴라로 개명해 세계적인 관광지로 활용하고 있다.

그렇다고 중국 정부가 무턱대고 샹그릴라로 우겨 만든 것은 아니었다. 중뎬은 해발 3천 미터의 고원지역으로 그 특성상 하늘빛이 매우 푸르고 맑은데다, 거주하는 주민들도 티베트불교를 믿는 티베트족이 대부분이다. 높은 히말라야 산맥에 둘러싸인 평원으로, 땅은 넓지만 태어나 자라면서 고원의 부족한 산소에 적응

되지 않은 사람들은 고산증에 시달리기 마련이니 다른 곳에서 이주시키기도 어려워 자연히 인구밀도도 매우 낮은 편이다. 그러니 아름다운 자연경관 속에서 깊은 신앙심에 의지해 탐욕 없이 살아가는 그네들의 삶을 보면 저절로 평화를 느끼며 이상향으로 여기게 되는 것이다.

소설과 중국 정부의 정책이 절묘한 조화를 이룬 예이니 우리 지방도시도 잘 알려져 있지 않은 관광명소, 특산품 등의 브랜드화에 고민하고 있다면 깊이 생각해볼 일이다. 아무리 빼어난 자원이라도 감동의 스토리가 있는 것과 그렇지 못한 것은 하늘과 땅의 차이를 내는 것이다.

우리의 문학은 언제부터인가 중앙에만 초점이 맞춰져 지방과 외곽의 문학은 고사되고 있는 실정이다. 지방의 자원에 스토리를 입히는 일은 그 지역 역사와 사정을 가장 잘 아는 지방 문학인이 제격이다. 그들과 손잡고 저마다의 스토리를 입히는 노력이 필요하다. 또한 그렇게 지방 문학인들에게 다양한 기회를 제공함으로써 그들의 성장과 발전도 기대할 수 있지 않겠는가.

우리 땅 어느 지역을 찾아가도 저마다의 아름답고 감동 깊은 문화가 살아있는 '문화강국 대한민국', 문학이 하나의 발판이 될 수 있을 것이다.

# 이야기로 만들어내는
## 관광 한국

몇 년 전까지만 해도 외국에 나가 한국 관광안내문을 보면 뜨악했
다. 대부분 단풍이 곱게 물든 명산(名山)이나 고요한 사찰, 불상과
자기(瓷器) 등 눈으로 보는 조용한 관광 안내가 전부였다.

저희 세대 대부분처럼 저도 관광보다는 출장이 더 익숙한 삶
이었습니다. 아니, 솔직히 관광은 여전히 익숙하지 않은 단어입
니다.

그래도 외국출장길에 짬을 내 잘 알려진 관광지를 찾아보기는
했습니다. 요즘은 어딜 가나 소위 '깃발관광'이라 하는 여행사 가
이드가 인솔하는 우리 관광단을 만나게 됩니다. 참 바쁘더군요.
새벽같이 일어나 밥 한술 뜨고 버스에 몸을 실으면 하루 종일 정
신없이 돌아다니다가 캄캄해진 뒤에야 호텔로 돌아오는 게 대부

분이니 말입니다. 어딜 가나 빠트리지 않고 기념사진은 찍지만 과연 영원히 간직할 추억은 언제 만드나 싶더군요.

그런데 다른 나라, 특히 서유럽이나 북아메리카 지역의 관광객들과 마주치면 뭔가 다르다는 느낌을 받습니다. 휴양지에서는 여유로워 보이고, 유적지에서는 진지한 모습이었습니다. 아, 나이 든 일본인 관광객들에게서 받는 느낌도 우리와는 달랐습니다. 그저 유명한 유적지가 아니라, 이를테면 울산 반구대와 같은 문화 사적으로 의미 있는 곳에서 미리 공부를 해온 듯 작은 노트까지 꺼내들고 꼼꼼히 살피고, 안내인의 설명에 진지하게 귀 기울이는 모습은 참 인상적이었습니다.

이제는 출장길이면 억지로라도 짬을 내 관광지를 둘러보는 것이 버릇이 되었습니다. 관광산업이 국가 최대의 산업이 되는 나라도 있고, 비슷한 환경인데도 관광객이 넘치는 나라와 그렇지 않은 나라가 있기 때문입니다. 무엇이 그런 차이를 만들까? 우리는 어떻게 바꾸고 개선해야할까 고민이 깊습니다.


요즘 한창 요우커(遊客)라 불리는 중국인 관광객이 몰려들고 있습니다. 손이 큽니다. 화장품이나 홍삼류는 한 사람이 진열대 하나를 싹쓸이 하고, 수억 원대의 시계를 전액 현금으로 구입하기도 한다는군요. 값싼 음식류 쇼핑이 주류인 일본인 관광객보다 훨씬 수익이 크니 백화점은 물론 어지간한 마켓은 중국인을 우대하느라 한국사람까지 푸대접을 하는 경우도 있답니다.

뭐, 나라 경제에 큰 도움이 되는 일이니 다 좋습니다. 그렇지만 언제까지 그런 요우커의 행렬이 이어질지 걱정이 됩니다. 벌써 투자도 어지간히 된 상태거든요. 값비싼 특급호텔과 출장길 하룻밤 묶기에도 머쓱한 모텔밖에 없던 우리나라에 요우커들이 본격적으로 몰려들며 소위 비즈니스호텔이라는 중급 호텔도 부지기수로 생겼습니다. 다른 투자도 무수히 많지요. 아무튼 만약 그들의 발길이 끊어진다면, 생각만 해도 끔찍합니다.

하기 싫은 이야기지만 반성의 차원에서 정직하게 말하자면 아직은 중국인들과 그런대로 통합니다. 하지만 그들은 언제라도 다른 나라로 발길을 돌릴 수 있습니다. 벌써 일본으로 향하는 발길이 늘어나는 것만 보아도 말입니다. 그들을 선도하여 감동하고 다시 찾을 수 있는 관광자원의 개발, 관광여건의 개선이 시급합니다. 요우커뿐만 아니라 한류 열풍이 유인하는 다른 선진국 관광객들을 생각해서도 그렇습니다.

큰 다행인 것은 우리 젊은이들은 저희 세대와는 다르다는 것입니다. 그들이 이 세상의 주인이 되었을 때는 훨씬 더 좋아지겠지요. 더구나 어른이 먼저 기반을 닦아주면 조금 더 수월하겠지요. 그런 걸 뿌리 깊은 전통이라고 하던가요. 문화는 다름 아닌 전통의 결실이기도 하고요.

# 보는 관광,
## 스토리텔링이 완성이다

관광의 시작은 아무래도 눈일 것이다. 눈에 보이는 아무것도 없다면 그게 무슨 관광이랴. 그렇지만 똑같은 것이라도 어떻게 보고 무엇을 느끼느냐는 천양지차다. 그저 눈으로 보고 스치듯 지나가서는 감동이 느껴질 리 없고, 가슴에 남지 않으니 다시 생각날 일도 없다. 결국 다시 찾아오는 이 없는 관광지가 되어 쓸쓸한 역사의 흔적으로 저물어질 뿐.

물론 이미 잘 알려지고 번듯하게 보존되어 있는 역사유적이나 유물들은 나름의 명맥을 유지해 나갈 것이다. 감동을 느끼지는 못하더라도, 아니 너무 잘 알려져 있기에 감동이 새삼스럽지는 않더라도 그 가치 자체로서 관광의 자원이 되기에 충분하니 말이다. 그렇지만 삶의 수준이 나아지며 사람들이 일부러 찾아 나서고, 제각각 열광하는 것은 누구나 알고 있는 저명한 곳이 아니라 작고 낯설더라도 감동할 수 있는 특별한 곳이다.

울릉도 역사 속 우해왕 이야기를 예로 들어보자. 그는 512년 신라 이사부 장군이 지금의 울릉도인 우산국을 정복할 무렵 그곳의 군주였다. 우해왕을 단순히 신라에 정복당한 군주로만 조명해서는 특별하고 별다른 감흥이 있을 수 없다. 그러나 앞서 대마도를 경략해 그곳 군주의 딸을 아내로 얻을 정도로 무용이 뛰어났고, 그 아내를 끔찍이 사랑한 로맨티스트였으며, 이사부 장군의 위용과 지략 앞에 자신의 군사와 백성이 희생당할 것을 마음 아파해 무기를 버린 뒤 그 자신은 군주로서 치욕을 당할 수 없어 스스로 바다에 뛰어들었다는 역사에 초점을 맞추면 우해왕 이야기만으로도 한편의 장엄한 스토리가 만들어지는 것이다. 그렇다고 이사부 장군의 우산국 복속의 의미나 무용이 빛바래는 것도 아니고 신라 역사에 오점이 생기는 것도 아니다. 오히려 그런 새로운 스토리 결합으로 대마도에 대한 우리의 연고(緣故)를 과시해 젊은이들을 감동하게 할 것이다.

영국, 프랑스, 이태리를 비롯한 서유럽 국가의 거리를 걷다보면 큰길뿐 아니라 작은 골목에서도 건물 벽에 붙어있는 안내문을 자주 마주치게 된다. 들여다보면 모두 누군가 이곳에 살았다는 내용이다. 인물은 정치 사회적으로 유명한 이들도 있지만 대부분은 문학, 음악, 미술 등 문화예술부분에서 큰 발자취를 남긴 사람들이다. 그런데 재미있는 것은 그곳이 출생이나 사망, 본가(本家) 같은 특별한 곳이 아니라 그가 어떤 작품을 시작하거나 완성한 곳, 구상한 곳, 심하면 1년, 6개월 정도 세를 살던 집이라는 내용까지 있다. 처음에는 그저 재미있어 헛웃음을 짓고 말았는데 가만히 생각해보면 그렇게 쌓인 작은 역사들이 그 거리와 도시를 다시 생각하고 찾아보게 한다.

우리에게도 찾아보면 그럴 만한 자산은 얼마든지 있다. 포항을 예로 들자면 박태준 회장과 포스코의 여러 사연, 겸재 정선과 내

연산의 인연, 정약용·송시열 선생의 유배지였던 장기면. 특히 남구 오천읍은 고려 말의 대학자이자 충신 포은 정몽주 선생의 생가임에도 전국적으로 알려지지 못한 채 〈유허각(遺墟閣)〉만 쓸쓸하니, 외가(外家)가 있는 경북 영천시나 묘소가 있는 경기도 용인에 비하면 생각할 바가 많다

얼마 전 전남 순천시를 방문했다. 순천은 순천만 자연생태공원으로도 유명하지만 관심 있는 여행객들이 일부러 찾아보는 곳 중의 하나가 순천문학관이다. 그곳에는 《무진기행》의 소설가 김승옥문학관과 《오세암》으로 유명한 아동문학가 정채봉문학관이 있다. 두 사람 모두 순천 출신이고 생존해 있는 작가이니 문학관에서 관람객과 작가가 직접 나누는 소통은 순천에 대한 애정을 더욱 깊게 한다. 포항에도 흑구 한세광, 하정 손춘익 선생 등 작고한 문학인과 더불어 《귀신고래》의 김일광, 《슬로우 블릿》의 이대환 선생은 생존해 있기도 하다. 동화와 소설의 무대가 되었던 호미곶에 그저 문학비만 세워둘 일은 아닌 듯싶다. 좀더 대중 친화적으로 찾자면 만화가 이현세 선생도 포항 출신이며 연예인 송지효 같은 이도 있다.

스토리텔링의 성공을 위해서는 무엇보다 그 주인이 자부심을 가지고 먼저 즐기는 자세가 필요하다. 또 서유럽의 예를 든다. 다시 서유럽을 거론하는 것은 명성 높은 유적지가 없는 곳에서도 그들의 문화적 자부심에 동화되어 휴식의 시간을 보내며 지갑을 열게 하기 때문이다.

서유럽 나라의 호텔 바(Bar)나 카페 중에는 벽면을 오래된 흑백 사진으로 도배한 곳이 아주 많다. 모두 그 나라 출신이거나 인연 있는 문화예술가 사진이다. 유명하다고 특별히 대형 사진을 걸고 장황한 소개를 하는 것도 아니다. 모두 비슷한 사이즈의 고즈넉한 사진과 그 아래에 인물에 대한 간단한 소개가 있는 정도이다. 당연히 유명한 인물은 누구나 알아보고 고개를 끄덕이지만 외국인에게는 생경한 인물이 대부분이다. 그럼에도 저명한 인물과 같은 반열로 대우받아 걸려 있는 많은 사진을 보면 왠지 문화적 수준이 높을 것 같아 부럽고 주눅이 들기도 한다.

포항이 터전이니 포항이 가장 먼저 떠오른다. 시내에서 맛있는 저녁식사를 마치고 포항을 빛낸 사람들의 초상화와 사진이 걸린 카페가 있어, 잔잔하게 흐르는 고전악기의 연주음악을 들으며 차 한 잔을 마신 뒤 잘 조성된 숲길을 산책해 숙소로 돌아온다면……. 죽도시장 뒤편의 동빈 내항을 카페촌으로 조성하는 것도 생각해볼 만한 일이다. 정박 중인 오징어잡이 배와 푸른 바다는 포항의 정취를 살려줄 테고, 밤에는 앞쪽 송도쯤에서 불빛 쇼라도 펼친다면 환상의 추억을 간직하지 않겠는가. 함께 하는 누군가가 있어 감동 담긴 스토리를 조곤조곤 들려준다면 금상첨화일 테고 말이다.

# 여행은
# 놀이다!

　　　　　　과거에는 눈으로 보고 감상하며 마음으로 감동을 느끼고 배우는 정(靜)이 여행의 주였다. 그러나 이제는 달라졌다. 동(動), 그것도 '다이내믹 코리아(Dynamic Korea)!'가 아니라 '다이내믹 월드'인 세상이다. 특히 세상 어느 나라나 젊은이들은 모든 것을 직접 부딪쳐 체험해보고 싶어 한다. 그들에게 두려움이나 망설임 따위는 없다. 고생이 된다는 것도 뻔히 안다. 그럼에도 직접 해보지 않으면 직성이 풀리지 않기에 돈을 쓰는 것도 아까워하지 않는다. 그들에게는 모든 것이 놀이이기도 하다.

　수십 킬로미터 사막을 두 발로 걷고 뛰어서 건너고, 계곡 사이의 거친 물살을 종잇장 같은 배에 몸을 실어 헤쳐 나가고, 거친 산악 바윗길을 자전거와 오토바이로 달려 오른다. 바닷가를 가도 그저 수영만 즐기는 것이 아니라 파도를 타고 물속을 유영해야 제대로 놀았다고 생각한다.

　몇 년 전까지만 해도 외국에 나가 한국 관광안내문을 보면 뜨악했다. 대부분 단풍이 곱게 물든 명산(名山)이나 고요한 사찰, 불상과 자기(瓷器) 등 눈으로 보는 조용한 관광 안내가 전부였다. 그래서 어떤 서양인은 코리아가 반도인 줄은 알면서도 해수욕장은 없느냐고 묻는 황당한 사례도 있었다. 요즘에는 해수욕장 풍경이나 행글라이더 광경 정도는 실려 있다, 활기찬 재래시장, 야시장 풍경과 더불어서. 그러나 아주 역동적인 장면이라고는 한류 공연장 열기에 그치는 정도이다. 만든 사람을 탓할 수도 없다, 현실이 그러하니까.

　제법 뭘 아는 척 글을 쓰기는 했다. 그러나 구체적으로 뭘 어떻게 하면 좋겠냐고 방법을 물으면 그대로 말문이 막힐 것이다. 그저 돌아다닐 기회가 있어 눈으로 보고 귀로 들으며 생각한 것일 뿐 직접 체험한 적은 별로 없으니 말이다. 솔직히 차라리 일을 하라면 했지 몇 날 며칠을 쉬지 말고 움직이며 놀라면 눈앞이 캄캄해질 것 같다. 노는 것도 놀아본 사람이 잘하지…….

　오늘의 기성세대는 노는 데에 익숙지 못한 사람들이다. 뭐든 보면 성과를 생각했지 즐기거나 논다는 생각 자체가 안 되는 사람들이다. 그러니 그들이 만든 관광안내서가 뜨악할 수밖에.

　이제 관광정책 수립에는 잘 놀아본, 속된 말로 '날라리' 끼가 다분한 젊은 피들이 일익을 담당해야 한다. 예를 들어 백두대간을 산악 바이크로 종주하는 관광코스를 만들자고 주장해도 일단 경청해야 한다. 환경보호를 명분으로 무조건 입을 틀어막는 기존의 방식은 고쳐야 한다. 경청하고 그 다음에 환경문제는 어떻게 할지 함께 고민하는 자세가 필요하다.

　각종 국제행사를 치른 뒤 잘 만들어놓은 경기장을 비롯한 각종 시설물들이 국가재정의 덜미를 쥐고 있는 경우도 허다하다. 그 활용방안도 그들에게 물어볼 필요가 있다. 혹시 아는가. 관리비만 잡아먹는 골칫덩어리들이 세계적 로커들의 메카로, 로봇 경연장이나 게임경기장으로 거듭나게 될지. 부작용을 우려할 건 없다. 기성세대는 그야말로 관리와 '그건 안 돼!'의 귀재들 아닌가. 아무리 마음을 열어도 저절로 두 눈이 부릅떠질 그들이 있는데 무슨 걱정이랴.

어쨌거나 노는 것도 참 힘든 세상이다. 그러나 잘 노는 게 돈이 되는 세상이다. 아니다. 웰빙, 힐링, 필링…… 우리 모두에게 절실하게 다가오고 있는 새로운 화두들이다. 몸과 마음을 건강하게 하면서 수익도 낼 수 있는 일거양득의 관광산업이 되어야 한다.


## 추억을 간직하는 기념품

누구나 거실 장식장이나 책상 위에 소중하게 간직하는 추억의 기념품 하나쯤은 있다. 개중에는 특별한 사람에게서 선물로 받은 것도 있겠지만 주로는 기억에 남는 여행지에서 고르고 골라 사 온 것이다. 남들에게는 그리 대수롭지 않아도 자신에게는 나름 소중한.

사실 대개의 기념품은 실용적으로는 별 쓸모없는 것이 대부분이다. 그럼에도 사람들은 기꺼이 지갑을 연다. 다시 못 올 곳이면 영원히 기억하기 위해, 언제가 다시 올 곳이면 그날을 기약하며.

여유가 있어 제대로 값을 치른 것이면 말할 나위도 없겠지만 꼬깃꼬깃 쌈짓돈을 꺼내 산 조금은 허술한 구석이 있는 것도 구매한 사람에게는 오래도록 간직하고픈 귀한 것이 된다.

또 미안하지만, 서유럽의 기념품들은 하나같이 정말 지갑을 열고 싶게 만든다. 현지뿐만 아니라 공항 면세점에서도 지갑 열기를 유혹한다. 일본도 그 점에는 아주 뛰어나다. 민속적인 것은 민속적인대로, 현대적인 것은 또 그대로. 특히 유명한 문화예술가를 활용한 기념품에서는 정말 발군의 솜씨를 보인다. 관광수입에서 기념품이 차지하는 비중이 적지 않을 것이다. 모두가 값비싼 것도 아니다. 하지만 싸다고 품질이 허접하지도 않다. 영국의 예를 들어보겠다. 버킹검궁전의 근위병 모형은 기념품 중에 가장 흔한 것 중의 하나이다. 그런데 철제로 만들어 내구성이 강한데다 정교하기도 하다, 하지만 값은 개당 10파운드, 우리 돈 17,000원 정도이다. 주머니 사정에 따라 하나를 사도 괜찮고 여러 개를 사도 좋다.

관광 선진국의 기념품들을 꼼꼼히 살펴보고 돌아와 우리 관광기념품을 돌아보면 답답한 마음이 든다. 전통과 민속도 좋은데 그들에게는 너무 낯설게 여겨질 상품이 대부분이다. 신라 금관을 비롯한 눈이 번쩍 뜨이는 것은 너무 비싸다. 관계자에게 물어보니 디자인개발비 등 생산원가에 대비해 판매량이 너무 적어 그럴 수밖에 없다는 것이다. 알이 먼저냐 닭이 먼저냐의 논쟁이 될 수 있겠지만 값이 비싸면 소비자는 더욱 줄어들 수밖에 없지 않겠는가.

　우리의 디자인, 결코 다른 나라에 뒤지지 않는다. 요즘은 중국에 위탁생산하는 경우가 많아 품질에 문제가 있는 경우까지 자주 있는 모양이다. 이러다가는 수십만 개 일자리를 창출할 수 있는 기념품 시장에서 우리는 완전히 도태될지 모를 일이다. 홍삼, 화장품 등 다양한 상품이 세계인의 마음을 흔들고 있는데 그까짓 것, 하고 가볍게 여기는 것은 아닌지 모르겠다. 그래서는 안 된다. 기념품은 우리 땅을 다녀간 사람들이 가장 눈에 잘 띄는 곳에 예쁘게 놓고 수시로 만나는 상징이다. 오래도록 간직하며 눈을 맞추다가 불쑥 다시 찾아보고 싶게 만드는 매개가 되기도 한다.

　관광지 기념품 판매장의 자수정 장신구들은 참 뜬금없다는 생각이 든다. 우리나라 어디를 가나 거의 비슷한 상징이나 디자인은 더욱 구매욕을 떨어트리지 않겠는가. 전통과 민속만이 아니라 그것을 살린 현대적 디자인도 다양하게 펼쳐져있어야 할 것이다.

　포항이나 울산이라면 크리스털 돌고래상이나 고급스러운 인형도 있을 만하지 않은가. 경주라면 로만그라스의 디자인을 활용한 실용적 글라스나 황금보검 기념품을 다양한 금액으로 내놓는다면 시장성이 있을 것 같고. 오르골은 어떤가. 유리로 된 오토볼 안에는 한복차림의 남녀도 좋고, 그 지역의 상징을 넣어도 좋고. 음악에 있어서는 포항은 '영일만 친구'를, 부산은 '돌아와요 부산항에'나 '부산갈매기'를 넣고 말이다.

어쩌면 이런 정도의 제안은 코웃음을 살지도 모르겠다. 그럴 수도 있다. 그렇다면 더욱 아이디어를 모집해야 하지 않겠는가. 기막힌 아이디어를 제안한 사람들을 한데 모아 서로 토의하며 개발하게 하고, 시장성 때문에 가격이 높이 책정되어야 한다면 장기적 안목으로 적정 가격을 산출할 수 있도록 지원하고, 같은 디자인도 값비싼 장인의 수제품과 함께 대중성 있는 공산품도 병행하고……. 현재 집행되고 있는 관광진흥자금으로 지방자치단체들이 힘을 모으면 충분히 가능할 일이다.

스토리에 감동하고 즐겁게 논 다음 집으로 돌아가거나 한국을 떠날 때, 그들의 가방 속에는 오래도록 간직할 추억의 기념품 몇 개쯤은 들어있게 해야 하지 않겠는가. 그래야 그들이 또 다시 찾아오거나 이웃에 감동과 이야기를 나눠줄 테니 말이다.

# 문화는
# 신산업이다

개인이 자신의 상상을 실험하고 재주를 뽐낼 수 있는 자유의 마당
이 어쩌면 또 다른 일자리를 만들어 숨통을 터주고 시장을 활성화
할지도 모를 일 아닌가.

'문화산업'이라는 단어가 회자된 지 오래입니다. '출판문화산
업' '공연문화산업' '영상문화산업' '게임문화산업' …… 문화산
업과 관련하여 우리가 쉽게 접하는 용어들이지요. 그런데 문화산
업은 그와 같은 각각의 산업들을 모은 총합적 개념으로 접근하는
것이 더 옳습니다. 저 역시 잘 몰랐는데 중국이 중요국가사업의
하나로 '문화산업'을 선정하여 최고 명문 베이징대학교에 '문화
산업연구소'를 개설한 것이 1999년이라는 이야기를 듣고 적이 놀
랐습니다. 현재는 '문화산업연구소'를 '국가문화산업창신과 연구

발전기지'로 확대 개편하고, 그 책임자는 중국 3대 정치기구의 하나인 '전국정치협상회의'의 상무위원이라고 합니다.

얼핏 생각해 사실 중국정부가 문화를 선도한다는 것은 조금 어불성설로 들리기도 합니다. 문화는 자유로운 창의력이 시작인데 그 부분에서는 일정한 제한이 있다는 것을 누구나 아니까요. 그렇지만 먼저는 '산업'이 들어가니 눈이 번쩍 뜨이기도 한 것이지만 이내 경제력, 국방력이 아무리 커져도 문화적으로 선도하지 못하면 진정한 지도적 위치를 확보할 수 없다는 사실에 국가중요사업으로 선정하게 된 것이지요.

문화발전기지는 석·박사과정을 개설하여 인재를 양성하는 것은 물론 디자인, 영상, 문화예술 등 문화산업 전반에 관한 일을 주도합니다. 외국과의 교류협력, 전시, 디자인 개발, 아이디어와 기업의 연결, 창작지원 등 그야말로 총합적이지요, 그런데 우리나라는 각자 분리된 분야별 문화산업은 일견 왕성해도 총합적인 부분에서는 여태 학부개설조차 일부 대학에 불과한 실정이더군요, 말로는 문화산업, 문화창조를 외치면서 실질이나 지원은 미약한 것이지요. 앞장에서 말한 디자인개발도 바로 총합적 개발과 지원을 말한 것입니다.

오늘날 현대문화를 주도하는 나라들을 살펴보면 미국, 영국, 프랑스, 이태리, 일본 등이 대표적입니다. 영국, 프랑스, 이태리 등 유럽 국가들은 말할 것도 없이 장구한 역사와 종교의 전통이 바탕입니다. 일본 역시 오랜 역사의 전통 속에 빚어온 그들만의 유별난 개성이 세계인의 시선을 이끌지요. 미국은 좀 특별합니다. 불과 400년도 안 되는 짧은 역사이니 전통이랄 것은 아직 없습니다. 그럼에도 미국은 오늘날 세계 문화의 중심지이자 선도자 역할을 당당히 하고 있습니다.

뭐니 뭐니 해도 자본이 가장 큰 힘이지요. 지식인, 과학자는 물론이고 문화예술인에 문화예술품까지 모두가 돈을 찾아 미국으로 몰려듭니다. 그렇지만 오직 돈만의 힘은 아닙니다. 자유라는 또 다른 힘이 있습니다. 어쩌면 돈보다도 그 자유가 더 큰 힘이 되는지도 모릅니다.

미국에서는 모든 창의와 변형이 받아들여집니다. 물론 나름의 예술성은 있어야 하지만요. 한번 생각해보십시오. 앤디 워홀이라는 미술가의 작품 중에는 수프 강통, 코카콜라 병, 달러 지폐, 마릴린 먼로 등 유명인의 얼굴을 실크스크린에 판화기법으로 제작해 기계와 같은 미술작품을 만들었습니다. 얼핏 생각하면 창조는 커녕 미술품이랄 것도 없는 인쇄물로 취급되기 십상이지요, 그런데 미국 미술계는 그것들을 선구적 예술품으로 받아들여 팝아트라는 이름으로 분류했고, 무려 1억 달러 이상의 값어치로 시장을 형성했습니다. 잭슨 폴록이라는 화가는 또 어떤가요. 마룻바닥에 면포를 펴놓고 공업용 페인트를 뿌리듯 해서 만든 애매한 추상작품의 화가였지요. 액션 페인팅으로 칭해진 그의 작품 중에는 1억 달러가 넘는 것들이 수두룩합니다.

할리우드가 만들어내는 영화의 힘도 과연 자본의 힘이기만 할까요. 사실은 E.T.도, 배트맨도, 황금박쥐도, 슈퍼맨도, 아무것에도 아직 얽매이지 않는 아이들이라면 누구나 상상할 수 있는 것들입니다. 그러나 아이들은 토막토막 상상만 할 뿐 하나의 줄거리를 완성하지는 못하죠. 그걸 어른이 되어서도 상상할 수 있는 자유, 그 엉뚱한 발상에 함께 맞장구를 치며 돈을 대는 사람들이 있기에 세상을 뒤흔든 겁니다. 디즈니랜드의 만화도 마찬가지이고요.

우리가 혹시 무엇인가에 얽매어 있는 것은 아닌지 한번 곰곰이 생각해볼 일입니다. '우리 것이 좋은 것'은 맞습니다. 그렇지만 그것에만 집착해서는 우리들만의 시장에 머물게 될지도 모릅니다. 전통은 지키되 변화와 응용에서 마음대로 상상할 수 있는 자유, 그것을 용인하고 받아들일 수 있는 용기가 필요할 것 같습니다.

## 좋은 우리 것으로
## 네 입맛을 맞춰줄게!

확실히 '쉐프'가 대세이다. 영화, 드라마는 물론이고 예능이라 불리는 프로그램에까지 주역으로 등장한다. 요리 관련 방송은 부지기수이고 신문, 잡지에도 요리 관련 기사가 넘쳐난다. 음식이 문화가 되고 산업이 된 것이다. 그럴 수밖에 없다. 소득이 늘어나 어느 정도 주거가 안정되면 옷차림과 더불어 먹거리에 관심을 두기 마련이니 말이다. 그러니 특별한 난리만 없으면 앞으로도 오랫동안 음식은 문화로서 발전하고 산업에서 차지하는 비중도 높아질 것이다.

지금까지 음식문화를 주도해온 나라는 중국, 프랑스, 이태리가 주축이었고 일본도 한몫 거들었다. 우리 음식문화도 이제 세계를 향해 발돋움 하고 있지만 아직은 태국, 싱가포르, 베트남에도 미치지 못한다. 냉정하게 현실을 직시하지 않으면 제대로 길을 찾을 수 없으니 언짢게 여기거나 외면할 일이 아니다.

중국은 정말 음식천국인 나라다. 아무리 먹어도 새로운 음식이 이어지니 현지에 살지 않고서는 그 종류조차 제대로 알 길이 없다. 중국을 방문하는 모든 외국인들은 끼니마다 식도락을 즐기며 탄성의 엄지손가락을 꼽는다. 청나라 건륭황제 때 시작되었다는 '만한전석'을 체험하기 위해 2박 3일 동안 기꺼이 수백만 원을 쓰는 사람들도 즐비하다. 홍콩의 유명 호텔에서는 매년 다음해의 만한전석을 예약 받는다. 1년 동안 식재료를 구하기 위해 미리 예약 받는 것인데 그 금액이 보통 1만 달러를 넘는다. 외국으로 삶의 터전을 옮긴 화교 역사에서 요식업이 차지하는 비중은 80퍼센트를 넘는 것으로 알려진다. 어느 나라에서나 형성되는 '차이나타운'은 식당과 식재료 시장에서 비롯된다.

우리는 어떤가. 음식점은 많은데 고기구이, 생선회, 삼계탕, 치킨, 각종 찌개, 비빔밥 등 수십 종을 넘지 못한다. 한정식이 붐을 이루지만 내용은 천편일률적이다. 그래서인지 유독 한국에 있는 중국음식점만 짜장면, 탕수육 위주로 수십 종 내외의 차림표를 내놓는다. 맛은 둘째 치고 다양성 면에서는 화교조차 경쟁력이 떨어지는 것이다.

프랑스 요리는 가히 눈으로 먹는 예술의 경지이다. 맛은 기본이기도 하지만 식당을 찾는 고객에게 음식을 대하는 예절을 무언으로 강요해도 순순히 따를 수밖에 없게 한다. 일본이 한몫 거들 수 있었던 것도 프랑스 요리를 모방한 정교한 예술성과 그럴듯한 예절의 품격 덕분일 것이다. 이태리 음식은 스파게티와 피자가 양대 축을 이루는 것으로 알지만 프랑스에 버금갈 정도로 다양하고 섬세하다. 대중적인 스파게티와 피자도 세부적인 다양함에서는 우리의 김치 종류를 능가한다.

태국 음식의 다양함과 맛은 익히 알고 있는 바이지만 현지에서만 그런 것이 아니다. 세계 여러 나라에서 중국음식점 다음으로 많은 수를 차지하는 것이 태국과 베트남 음식점이다. 특히 그들 세 나라 음식점의 대중성은 거의 현지화 수준이다. 우리나라에 있는 중국음식점을 생각하면 쉽게 이해할 수 있다. 현지인의 입맛에 맞게 변화하고, 대중적인 가격으로 사랑받는 터전에서 값비싼 고급 음식점으로 진화하는 것이다.

음식문화가 산업이 되는 것은 단순히 그 음식 자체만이 아니다. 음식이 다른 나라에 진출해 사랑받고 자리잡게 되면 그 요리를 위한 식자재는 물론 곁들이는 술, 음료수, 심지어는 식기류까지 시장을 형성하고 때로는 음식 자체를 뛰어넘는 규모가 되기도 한다. 포도주, 중국의 백주, 일본의 청주 등이 대표적이다.

우리 음식의 첫 번째 상징은 웰빙 즉 건강식이다. 그렇지만 건강에 좋지 않다는 햄버거, 피자류의 패스트푸드, 콜라 등의 탄산음료, 그 밖의 기름진 음식들도 여전히 팔린다. 아니, 오히려 그 시장 규모가 커지기까지 한다. 사람들의 선택 기준은 오직 건강만이 아니라 즐길 수 있는 맛이 먼저라는 것이다.

요즘 세계적으로 뜨고 있다는 비빔밥을 예로 살펴보자. 신선한 야채 위주에 매콤달콤한 고추장 소스, 고소한 참기름이 곁들여진 건강식이니 일단은 주목을 끈다. 더구나 가정에서 그 다양한 야채를 다듬고 준비하기에는 너무 성가시니 비빔밥이 생각나면 식당을 찾기 십상이다. 그렇지만 날마다 야채 위주의 비빔밥은 이내 식상할 수 있다. 더구나 육식에 길들여진 서양인의 입맛이라면. 중국인 관광객 중에는 건강에 좋다고 점심으로 비빔밥을 먹었는데 서너 시간 지나니 배가 고프기 시작해 저녁시간만 기다렸다고 투덜거리는 사람도 있다. 기름기에 길들여진 때문이다.

포항의 대표적 음식은 과메기와 생선회다. 과메기는 겨울 음식이기도 하지만 그 독특한 비린 맛은 외국인에게는 거부감을 일으키기도 한다. 우리나라 사람 중에도 손사래 치는 사람이 있다. 신라의 천년 왕도 경주에는 왕경음식이 없다. 그러니 내국인이든 외국인이든 어딜 가나 비빔밥, 삼겹살, 생선회……. 그저 먹거리이지 음식문화라 이를 수는 없다.

음식이 문화가 되고 산업으로 성장하기 위해서는 다양화, 스토리, 전략적 예술이 필요하다. 신라 왕실에서 먹었을 법한 음식을 개발해 '천년왕국 정찬'으로 내놓을 수 있는 스토리 창조가 필요하다. 포항이라면 겸재 정선이 내연산에 머물 때 즐겼다는 이야기를 씌운 해물요리 몇 개쯤도 있어야 한다. 푸짐하게 차려주는 생선회도 좋지만 너무 예쁘게 차려져 먹기 아깝다는 소리가 나올 만한, 일본을 뺨칠 생선 상차림도 연구해야 한다.

와인이 세계적인 유행이라니 우리는 감으로 만든 와인, 건강에 좋은 막걸리, 소주 타령으로는 우리끼리의 잔치나 될 뿐이다. 집집마다 내려오는 담금술의 비법이 얼마나 많은가. 저마다 조화를 이루는 음식과 술을 조합해 이야기를 씌우는 전략이 있으면 상품화도 가능하다. '우리 것이 좋은 것이여'의 자아도취와 고집은 짧은 수명을 초래하기 십상이다. '좋은 우리 것으로 네 입맛을 맞춰줄게'의 변화가 필요하다. '네 주머니 사정에 맞춰줄게'의 차별화도 있어야 한다.

모두 비슷한 종류로 머리 터지는 경쟁은 인심마저 사납게 할 수 있다. 다양한 요리경연을 시행하고, 선정된 요리는 자리를 잡아 최소한 그 동네의 문화상품이 될 수 있도록 지속적으로 지원하는 정책이 있어야 한다. 돈의 지원이 아니라도 기왕 만드는 관광안내서와 언론의 활용만으로도 가능할 일이다.

# 도시마다
# 예술거리를

　　　　　무엇보다 아쉬운 것은 문화의 기본인 예술시장이
서울을 비롯한 몇몇 도시에 편중되어 있다는 것이다. 미술, 음악,
공연 등의 예술은 사람의 마음에 평온한 휴식을 주기도 하지만
감동은 활력을 주고 창의력을 일깨우기도 한다. 어쩌면 지방도시
의 침체나 도회의 사람들, 특히 아내들이 도시의 삶을 고집하는
가장 큰 까닭인지도 모른다. 그러나 예술의 향수(享受)에는 다른
방법들도 있다.

　예술이 번창한 나라들에 의외로 미술 복제품 시장도 번성한다.
어마어마한 값의 진품은 소유할 수 없어도 복제품을 집안 벽에
걸어놓고 감상하는 즐거움을 누리기 위해서다. 싼값에 여러 복제
작품을 구입해 수시로 바꿔 걸며 분위기를 달리하기도 한다. 복
제품을 걸어놓는다고 비웃는 사람도 없다. 오히려 작품 선택의
취향을 보고 그의 성품을 알아 대화를 이끌어가기도 한다. 그런
이들이기에 외국에 여행을 나가면 꼭 미술시장을 찾는다.

　중국 공항을 이용하다가 보면 그림을 구입해 출국하는 서양인
들을 자주 볼 수 있다. 자신들의 그림과는 다른 동양화의 이채로
움이 구입욕구를 자극한 것이다. 그래서 중국의 유명 관광지에는
화랑이 즐비하다. 아주 비싼 것보다는 대개 100달러에서 1,000달
러 선까지의 작품이 주를 이룬다. 중국은 서양미술 복제품 공장

으로도 아주 유명하다. 미술대학에서 공부를 했으나 독자적으로 빛을 보지 못한 사람들이 꽤 정교하게 복제품을 그려 원래 작품의 화가가 살던 나라에도 수출하는 것이다. 그렇다고 싸구려 그림시장만 형성되는 것은 아니다. 한국인으로 중국에서 화랑을 운영하는 사람의 말에 따르면 전시회에 들러 1만 달러 이상의 유화를 구입하는 서양인도 적지 않다는 것이다.

서울 인사동은 우리나라의 가장 대표적인 화랑거리다. 그러나 뜻밖에도 인사동 화랑에서 그림을 구입해가는 서양 관광객은 드물다. 어쨌거나 화가의 작품이라면 기본적으로 일정금액 이상을 받지 않으면 자존심이 상한다는 것이 우리의 생각이다. 더하여 서양인들에게 익숙한 유화의 경우는 예술성에 비해 너무 값이 비싸다는 것이 그들의 생각이다. 그에는 작품의 대형화도 한 원인이 된다. 아무리 값을 낮춰도 보통 수십 호가 넘는 그림이면 1·2천 달러는 훌쩍 넘을 수밖에 없지 않은가.

사실 한 나라의 대표적 예술거리에서 복제품이나 허접한 작품을 팔아서는 될 일도 아니다. 대표적인 얼굴은 얼굴로서의 값어치를 하고 자존심을 지켜야 하니 말이다. 그러나 다른 관광도시라면 이야기가 다르다. 복제품도 저작권을 침해하지만 않는다면 별로 탓할 일이 아닌데, 신예작가들의 독특하고 실험적 작품이야 적정 가격만 유지한다면 오히려 바람직한 일 아닌가.

예술의 나라라는 프랑스의 몽마르트 언덕에도 수많은 작가들이 나와 자신의 작품에 관심을 가지고 지갑을 열어줄 사람을 기다린다. 베트남이나 뉴질랜드의 미술시장도 우리보다는 훨씬 활기를 띤다. 생각을 바꿔야 한다. 대구, 경주, 포항, 울산, 안동 정도의 도시라면 반드시 예술시장이 있어야 한다. 그 지역의 작가뿐 아니라 전국의 신예작가들이 저마다의 작품을 내놓고 시장을 키워 가면 오래지 않아 세계인에게 알려지고, 반드시 들르는 명소가 되는 것도 불가능하지 않을 것이다.

미술만이 아니다. 음악이나 연극 등의 무대공연도 지방마다 한두 개쯤은 상설로 있어야 한다. 관객이 없어서 공연이 없는 것이 아니라 공연이 없어 관객이 없는 것일 수도 있다는 생각의 전환이 필요하다. 큰돈이 들어가는 대형공연만 생각하지 말고, 비워두고 있는 공연장에서 지방의 예술인들이 꾸며가는 작은 공연으로 시작하면 될 일이다. 자치단체와 지역 단체들이 십시일반 기금을 마련해 상설공연을 하다보면 자연스레 역량도 키워지고 그에 따라 관객도 늘어날 것이다.

저마다의 아름답고 의미 있는 문화는 스스로의 노력이 우선되어야 한다. 두려움으로 시작을 망설이는 이들에게 용기를 북돋우고 지원하는 시스템을 생각해야 할 때이다.

# 벼룩시장의
# 무한 가능성

       우리나라의 대표적인 벼룩시장은 서울 청계천 인근의 황학동시장이다. 오래된 전자제품을 비롯하여 민속품, 골동품, 중고품, 장식품, 모조품 등등 그야말로 없는 것이 없는 시장이다. 그런데 아쉬운 점이 하나 있다. 우리의 대표 벼룩시장을 찾는 외국인이 거의 없다는 것이다.

  외국으로 여행을 가면 많은 사람들이 그 도시의 벼룩시장을 찾는다. 오래된 민속품, 골동품 등 그 나라의 역사와 문화를 한눈에 알 수 있는 물건들과 꾸미지 않은 사람들의 모습에서 정을 느낄 수 있기 때문이다. 특히 관광 선진국의 벼룩시장에서는 일반 상점에는 없는, 개인들이 저마다 솜씨를 부린 특별한 기념품들을 만날 수 있다. 뜨개질로 짠 의류 소품, 손으로 만든 목공예품, 작은 도자기 인형, 미술 소품 등등. 마치 특별한 사람들이 자선 바자회를 위해 내놓은 아끼던 물건 같다.

  벼룩시장은 꼭 외국인을 위해서가 아니다. 우리는 일상생활에서 많은 물건들을 내다버린다. 이사를 가며 정리하게 되는 것들도 있고, 아깝지만 아이가 자라 쓸모없게 된 경우도 있다. 그럴 때 이웃에게 쓰던 물건을 주기는 조심스럽고 내다 팔 만한 마땅한 곳도 없으니 버리게 되는 것이다. 도시마다 누구나 자유롭게 이용할 수 있는 벼룩시장이 하나쯤 있었으면, 진작부터 생각한 배경이다.

또 다른 가능성도 있다. 사람들은 저마다 좋아하는 것이 다르고 재능도 제각각이다. 그런데 자신의 재능으로 뭔가를 만들어도 쉽게 상품이 되지는 못한다. 그저 심심풀이삼아 만들어 집안에 두었다가 시들해지면 버리게 된다. 그러니 자신의 재능이 어느 만큼인지 알 도리가 없고 상상도 멈춘다.

서울을 비롯한 몇몇 대도시는 부정기적이지만 주말이나 연휴에, 지방도시는 각종 축제나 행사 때 개인을 위한 판매 공간을 제공하기도 한다. 그러나 그런 비상설의 공간에 나오는 물품들은 시중의 상품들과 특별한 차별성이 없다. 잠깐 제공되는 기회에 수익성을 알 수 없는 실험적 물건을 내놓을 수는 없기 때문이다.

자신의 엉뚱한 상상력이 가능성이 있을지, 직접 만들어 사용하다가 이제는 싫증나지만 다른 사람들의 반응은 어떨지, 소설이나 영화 등을 보고 떠올린 나름의 캐릭터, 지역의 상징으로 생각한 여러 모형…… 자유롭게 시장에 내어놓고 즐기는 동안에 아이디어가 진화하고, 반응에 따라 변화를 시행하다보면 여러 상품이 나오고, 개중에는 그야말로 대박이 터지는 경우도 있지 않겠는가. 무엇보다 언제나 펼쳐진 마당이 있으면 도전의 용기를 낼 수 있고, 실험의 장이 되면 꿈의 실현도 가능하다는 것이다.

크게 돈이 들 것도 없다. 시설은 사람들 드나들기 편한 공터에 비 피할 수 있는 천막 정도면 충분하고, 제품화된 상품의 판매만 제한하면 될 일이다. 개인이 자신의 상상을 실험하고 재주를 뽐

낼 수 있는 자유의 마당이 어쩌면 또 다른 일자리를 만들어 숨통
을 터주고 시장을 활성화할지도 모를 일 아닌가.

# 존경의 뿌리,
## 청렴 · 질서 · 책임

청렴, 질서, 책임은 개인이 존경받기 이전에 나라의 힘을 키우는 근본이기도 합니다. 아무리 많은 자원을 가지고 경제력을 키우려 해도 내부가 부패로 곪아있으면 성과를 이루지 못하는 사례를 우리는 수없이 보아왔습니다.

뒤집어 말하면 이렇습니다. '선진국이어서 존경받는 것이 아니라 존경 받기에 선진국이 되는 것이다'

돈이 많고 힘이 센 것은 다음 문제입니다. 중국은 '빅2'로 칭해지지만 세계 여러 나라로부터 진정한 존경을 받지는 못합니다. 중동 산유국은 돈은 많지만 누구도 선진국이라 말하지는 않습니다. 일본은 명실상부 선진국이지만 아베의 부적절한 언행으로 여러 나라 지식인의 비난을 받습니다. 그러나 대부분 일본 국민의 질서의식은 일본 자체를 미워하지는 않게 합니다. 스웨덴, 노르웨이, 핀란드 등은 나라의 힘 자체는 아주 크지는 않지만 대부분 나라들이 귀감으로 삼습니다.

　오래전, 정보의 교류가 늦은 때에는 힘이 모든 것을 결정했습니다. 그저 힘이 있어 정복하면 그 힘에 눌려 고개를 숙여야했고 먼 곳의 다른 나라들은 나중에 그렇게 되었나보다 여길 뿐이었지요. 하지만 이제는 지구상 어느 곳에서 무슨 일이 벌어지든 곧바로 지구촌 모두가 알게 됩니다. 그러니 힘이 있다고 함부로 다른 나라를 괴롭혔다가는 지구촌 전체의 공분을 사지요. 지난해 러시아는 우크라이나를 상대로 압도적 무력을 행사해 크림반도 일부를 자국의 영토로 편입했지만 그보다 더 많은 것을 잃었습니다. 세계의 공분이 경제제재로 이어져 한때는 국가부도를 우려할 정도로 경제가 악화되었고, 공들인 '제2차 세계대전 전승절 기념행사'에는 초청받은 세계 정상 중 3분의 2 이상이 불참했으니까요.

　마음을 얻고 귀감이 되어 존경을 받는다는 것은 사람 사이의 관계만이 아니라 국가 간의 관계에서도 다르지 않습니다. 백범 선생님이 말씀하신 문화의 힘이 바로 그것이지요. 그런데 한 나라가 다른 여러 나라의 존경을 받는 데는 정부의 능력만으로 되는 것이 아니라는 점이 중요합니다. 아무리 존경받는 지도자가 있어도 국민이 뒤를 받쳐 주지 않으면 존경을 받지 못한다는 것이지요. 물론 일본과 같이 그 반대의 경우도 있고요.

　청렴, 질서, 책임은 존경받기 이전에 나라의 힘을 키우는 근본이기도 합니다. 아무리 많은 자원을 가지고 경제력을 키우려 해도 내부가 부패로 곪아있으면 성과를 이루지 못하는 사례를 우리는 수없이 보아왔습니다. 또한 부패에는 소수의 독점도 포함됩니다. 일부 왕조국가들에서 흔히 볼 수 있는 사례이지만 자본주의 체제에서도 유의해야 할 부분입니다.

질서는 다른 말로 공동의 약속이기도 합니다. 질서가 무너진다는 것은 사회공공의 약속이 지켜지지 않는다는 이야기입니다. 서로의 약속을 믿을 수 없을 때, 그 사회는 결코 앞으로 나아갈 수 없다는 것을 모르지 않을 것입니다. 약속에 대한 책임과 더불어 구체적인 약속은 없었어도 마치 그러했듯이 개인으로서, 국가로서 마땅히 다해야 할 책임도 있습니다. 그런 책임을 외면할 때 그 나라는 결코 존경받는 나라가 될 수 없습니다.

## 청렴사회, 제도개선과 자존감 확립으로

아무리 거대한 제국도 부패를 견뎌내지는 못했다는 것은 인류의 역사가 증명한다. 고대 로마에서 현대 소련까지, 중국 역사에 기록된 모든 나라의 멸망과 교체도 부패에서 기인했다. 부패는 부패 그 자체로도 문제이지만 반드시 무능으로 귀결되었기에 아직 여력이 남아있는 나라도 순식간에 몰락의 길로 내몰렸던 것이다.

절대 권력 왕조국가의 부패는 필연이었다. 절대 권력 그 자체가 이미 탐욕을 잉태한 것이었기 때문이다. 그런데 절대 권력보다 더 무서운 것은 그에 기생하는 부수 권력의 부패였다. 어쩌면 절대 권력은 이미 그 자체로 모든 것을 가진 것이기에 부패라는 의식 자체가 없었는지도 모른다. 그러나 부수 권력은 달랐다. 그들이 빌붙은 절대 권력의 눈에 들기 위한 치열한 경쟁은 수단방법을 가리지 않게 하기 때문이다. 그래서 주인보다 마름의 권력과 횡포가 더 무섭다는 말이 나오게 된 것이리라.

현대 민주국가의 주인은 국민이다. 즉 국민이 절대 권력자이고, 국민이 권한을 위임한 정치는 부수 권력이고 마름인 셈이다. 그런데 아니나 다를까, 부수 권력인 정치의 부패는 시간이 흐를수록 커지고 정교해져 기어이는 마름이 주인을 억누르는 지경에까지 이르렀다. 그렇다고 모든 나라가 그런 것은 아니다. 우리가 귀감으로 삼는 일부 선진국의 정치는 부패에서 자유로운 편이다. 물론 부패에서 자유로워 선진국이 된 것이기도 하겠지만 어쨌거나 그 바탕은 제도였다.

우리는 수시로 불거지는 우리 정치의 부패상에 눈살을 찌푸리고 절망한다. 그렇지만 곰곰이 들여다보면 부패의 사슬이 구조적이고 재발할 수밖에 없는 까닭이 우선 잘못된 제도 때문이라는 것을 알게 된다.

정당은 이념을 같이 하는 사람들이 그 이상을 정치적으로 실현하기 위한 결사체이다. 또한 그런 이념과 그에 걸맞은 정책으로 국민에게 권한을 위임해줄 것을 호소하고, 선택하는 것이 정치에서 가장 중요한 선거행위이다. 그런데 정책을 만들고 그에 대한 지지로 선택받는 데에는 상당한 돈이 소요된다. 그 돈이 이른바 정치자금인데, 그에 대해 국민과의 정직한 소통으로 근본적 제도의 해결책을 마련하는 것이 우선 필요하다는 생각이다. 또한 국민은 마름의 무능이 부패의 유혹에서 기인한다는 것을 알아 선택에 신중을 기해야 할 일이다.

청렴은 정치의 의무만은 아니다. 외국 출장길에 공항에서부터 부패와 마주치면 이후의 거래와 협상에서는 무조건 경계부터 하게 되어 상대는 얻을 수 있는 이익을 놓치게 되는 경우가 허다하다. 여행길에서 가장 흔한 택시요금 바가지라도 쓰고 나면 그 나라에 대한 인상이 어떻게 되던가. 이후에는 다시 택시를 이용하고 싶지 않은 마음까지 드니 결국 작은 이익을 위한 속임수가 자신은 물론 공동체와 나라 전체에 커다란 해악이 되는 것이다.

청렴은 언뜻 까다롭고 불편한 일로 여겨질 수 있다. 매사에 정당 부당을 따져야 하고, 인간적인 정에도 날을 세워 인심을 잃게 될 것 같기도 하니 말이다. 그러나 쉽게 생각하자면, 내가 오늘 부당하거나 편법으로 어떤 이익을 얻으려들면 남도 그리할 것이니 다른 쪽으로 잃어버리는 것이 더 많게 된다는 사실을 깨우치면 되는 일이다. 또한 이익을 염두에 두지 않는 마음은 누구라도 정임을 알 수 있지만, 정도 지나치면 설령 마음은 그렇지 않더라도 상대에게는 부담이 되고 다른 이의 눈에는 오해가 되기 십상이니 마음을 전하는 데에도 절제가 필요하다.

사실 우리는 이제 아주 절박한 처지에서는 벗어나 있고 국민 일반의 정서는 부패에 깊은 반감을 갖고 있다. 그럼에도 사회 전반에서 부패가 일소되지 않고 있는 것은 경쟁적 의식에서 벗어나지 못한 때문일 것이다. 이를테면 스승의 날 선생님에게 표하고 싶은 감사의 마음이 다른 누군가와 비교하면서 과도해지고, 선생님에게는 부담이 되어 이제는 작은 성의조차 주고받지 못하는 강제와 감시로 변해버린 것과 같은 경우이다.

우리 삶의 수준에 맞는 품위와 자존 의식이 필요하다. 저마다 나라의 주인인 국민 대부분은 아주 작은 경쟁과 욕심으로 청렴과 부패 사이를 자신도 모르게 넘나든다. 더 많이 가지려는 마음보다 나누려는 마음으로 품위를 갖추면 권한을 위임받은 공복(公僕)은 저절로 조심하고 공정함을 지키게 될 것이다.

귀감으로 삼을 분이 생각난다. 포항의 이대공 선생이다. 그분은 포항제철 창립과 함께 입사하여 연수원장, 포스코교육재단 이사장 등을 역임하며 평생을 포스코와 함께 하신 분이다. 청렴함과 매사에 최선을 다하는 모습으로 귀감이 되었으며, 경북공동모금회를 전국 최고 수준으로 올려놓기도 했다. 현재는 애린복지재단을 설립하여 지금까지 자신이 모은 정재(淨財)를 소리 없이 이웃과 나누고 있다. 그야말로 품위를 갖춘 나눔의 실천 모습이라 할 수 있겠다.

# 상선약수(上善若水)의
# 질서

　　　　　질서는 사회 공동의 약속이다. 우리는 그 약속을
믿기에 일상에서 전혀 모르는 사람들과의 낯선 상황에서도 당황
하거나 두려움 없이 자신을 지켜갈 수 있다. 그래서 질서는 구체
적인 계약에 의한 약속보다 훨씬 더 중요하고, 잘 지켜지는 질서
는 아름답기까지 하다.

　그렇다고 무조건의 획일적 질서를 말하는 것은 아니다. 인간 존
재는 저마다의 개성이 자유 의지로 살아날 때 비로소 빛을 발할
수 있고, 그 빛의 모음이 다양한 아름다움을 만들어 내는 것이 아
닌가. 그러니 질서라는 이름이 오직 반듯한 직선인 것은 아니며,
일체화의 추구로 이어져서도 안 될 일이다. 더구나 그것이 여차
서열화로 변이될 때는 사회 질서의 뿌리에 균열이 일어날 수도
있는 것이다.

　흔히 질서의 나라로 일본을 든다. 자존심이 상해도 부인할 수
없고 여러 부분에서 우리도 배워야 할 것들이 실재한다. 일률적
인 질서와 깍듯한 예절은 나름 존중할 만하다. 그러나 속마음이
라고 하는 혼네(本音)를 감추고 다테마에(建前)의 겉마음으로 대하
는 형식은 내키지 않는다. 그 부분은 오히려 감정에 정직한 우리
의 투박함이 사람과 마음을 나누는 데는 더 나을 것 같다. 물론 과

도한 감정 표현이나 섣부르게 마음을 여는 일은 자제해야겠지만 말이다.

정말 그들에게서 배우고 싶은 것은 제 분수 속에서의 질서이다. 고급음식점에서 길거리 덮밥집까지 천차만별의 식당이 있지만 어느 곳이나 청결, 예절, 손님의 질서 등은 별반 다르지 않다. 주택가를 돌아보면 고급주택가나 일반 서민의 주거지나 집의 크기나 조경의 차이는 있어도 하나같이 조용하고 골목은 청결하다. 밤늦은 시간까지 영업하는 술집과 술잔을 기울이는 주당이 있으니 당연히 취객도 있다. 그러나 고함을 치고 행패를 부려 남의 눈살을 찌푸리게 하거나 피해를 입히는 경우는 드물다.

그들이라고 남과 비교하는 마음이 없을까. 좋은 것과 뒤떨어진 것을 구분하는 눈썰미가 없고 부러움을 모를까. 시기하는 마음과 나도 뛰어넘어 보겠다는 욕망은 없을까. 사람인 이상 그들도 우리와 다르지 않을 것이다. 아니, 우리보다 더 한지도 모른다. 어쩌면 일본 문화와 경제 발전의 원동력은 그런 시기심과 욕망이었는지도 모른다. 그러나 방법은 다르다. 시기심과 욕망에 눈이 뒤집혀 함부로 질서를 깨트리지 않는 절제이다. 그들은 모방의 천재이다. 그렇지만 그냥 모방은 남의 것을 베끼는 질서 파괴의 행위지만 모방에서 재창조로 나아가면 질서를 깨트리지 않는 도전이라는 것을 명확히 인식하고 인정한다.

일본의 저작권법 침해범죄에 대한 처벌은 아주 엄격하다. '짝퉁'이라 불리는 노골적 모조품을 생산하는 일본인은 거의 없다.

만들어낼 능력이나 시장이 없어서가 아니다. 능력은 말 할 것도 없고, 한국이나 홍콩 시장에서 정교한 모조품을 찾는 그들의 행렬을 보면 알 수 있는 일 아닌가. 그렇다고 처벌이 두려워서만도 아니다. 사회 공동의 질서를 깨트리는 행위라는 사실을 아주 무겁게 공유하기 때문이다.

질서를 파괴하지 않는 도전에 애초 나설 자신이 없거나, 나섰더라도 가능성이 없다고 판단될 때 그들은 과감히 돌아선다. 그리고 자신이 할 수 있는 능력에서 최선을 다한다. 그것이 몇 대를 이은 가업(家業)의 전통과 무수한 장인(匠人)이 탄생하는 배경이다. 자신의 분수를 깨우쳐 지키는 질서와 그것을 존중하고 지켜주는 서로간의 묵시적 약속의 질서가 만들어낸 다양한 별빛의 모음. 일본이 아름답게 보이고, 아름다운 배경이다.

또 다른 질서도 있다. 되돌아선 사람들만 아니라 나아가 다른 사회에 편입된 사람들 역시 그들대로의 질서를 지킨다, 상류로 분류될수록 더욱 엄격하게 말이다. 지위가 높다고, 돈이 많다고 무작정 방종하거나 사치를 과시하지 않는다. 수백 억 엔대의 부자가 스무 평 남짓의 좁은 아파트에 사는 경우는 흔하디흔하다. 권력의 상층부라고 사무실부터 넓히고 화려하게 치장하지 않는다. 일본 왕을 비롯한 의전 상 지위에 따른 전통이나 필요, 외빈을 접견하기 위한 특별한 공간 이외에는 스스로 절제한다. 지위와 업무에 따른 차이는 있어도 사람의 계층을 가르는 질서는 용납하지 않는다. 그것이 본래부터의 의식인지 의도인지는 명확하게 알

수 없지만 다양한 계층의 질서가 융합하고 유지되는 비결인 것만
은 분명해 보인다.

　우리 국가기관이나 대기업 수장들은 보통 기관건물의 한 층을
통째로 사용한다. 한 사람의 장(長)과 몇 사람의 부(副)를 위한 공
간이다. 가구와 장식도 으리으리하기 이를 데 없다. 좁은 사무실
에서 북새통을 이루는 일반직원이 그 공간을 들여다보면 눈이 뒤
집어질 수밖에 없다. 어떻게, 무슨 수를 쓰든 나도 저 공간으로 가
봐야지! 적자투성이로 국민 혈세를 퍼붓는 공기업이나, 불법과
부당의 의심에서 자유롭지 못한 대기업에 이르면 부아를 넘어 분
노가 되기 십상이다.

　부패보다 더 무서운 것이 질서의 파괴라는 생각이 든다. 질서는
상식적 기대치에 대한 보장이다. 기관의 장이라고 터무니없이 넓
은 사무실과 화려한 치장을 누려야 한다거나 누릴 수 있다는 생
각은 상식의 기대에 어긋나는 비상식이다. 적자와 부정의 의심에
도 장(長)은 여전히 장(長)이라는 발상은 상식의 기대를 무너트리
는 범죄가 될 수도 있다.

　위에서 내려오는 물이 거칠어 흙탕을 일으키면 아래에서는 반
드시 거스르려 할 수밖에 없다. 흐르는 물이 거스르려 하는 그것
이 바로 질서의 파괴이다. 위에서 내려오는 물이 조심스러우면
아래의 물은 또 그대로 제각각의 환경과 어울려 아름답다. 굳이
거스를 이유도 없고 윗물을 부러워할 일도 없으니 그야말로 '상

선약수(上善若水)'가 된다. 아랫물이 거스르려 하는 질서를 탓하기 이전에 흙탕을 일으키는 윗물의 무질서부터 절제하고 바로잡을 일이다.

## 저마다
## 노블레스 오블리주의 책임

이 글을 쓰는 동안 중동호흡기증후군 '메르스'가 나라 전체를 불안에 휩싸이게 하고 있다. 오랫동안 겪어본 바 없는 사태이기에 초기 혼란이 다소 있기는 하지만 곧 수습될 것이라 믿어 의심치 않는다. 다만 발병 초기 우리 국민 일부가 보인 일탈은 책임과 관련한 우리의 성찰을 촉구하고 있다.

자세히 알지는 못하더라도 자신에게서 발병한 증세가 전염의 가능성이 있다면 설령 자신의 중요한 계획에 차질이 빚어지고 손해가 발생한다 할지라도 일단 외부와의 접촉을 자제하는 것이 원칙이다. 그러나 '무슨 별일이……' 하는 안이한 인식으로 국제선 비행기를 타고, 병의 확산 예방을 위한 근접자 격리결정을 거부하며 반항해 국제적 망신을 초래하기도 했다. 심지어는 자가(自家)격리 결정을 의료기관으로부터 받고도 도망치듯 집을 나가 골프를 쳤다는 데에는 아예 말문이 막힐 지경이다.

책임은 엄격하게는 '행위에 대해 추궁이나 제재'를 의미하지만 그것은 법적인 경우가 대부분이고, 일반적으로는 '맡아서 행해야 할 의무나 임무'를 말한다. 그러니 어떤 연유이든 자신에게 일어난 일이 다른 사람에게 해를 끼칠 우려가 있을 때는 그에 대한 의무와 임무를 다하는 것이 기본적인 도리이다.

지난해 아프리카에서 시작된 '에볼라' 사태 때 보인 우리의 자세를 다시금 되돌아봐야 할 것 같다.

서방 선진국의 의료진 및 자원봉사자들은 치명적 위험의 병원 균에 노출되어 있으면서도 치료와 방역의 끈을 놓지 않았다. 심지어는 자신들의 일원이 병에 전염되어 본국으로 후송되는 사태에서도 의연했으며, 생명의 위협을 직접 겪은 이들도 치료가 끝나면 다시 그 사지(死地)로 되돌아갔다. 특히 그의 부모들은 '다른 사람을 위해 봉사하는 일에서 기쁨과 보람을 느끼는' 자식의 참 행복을 지켜주기 위해 기꺼이 손을 흔들어 환송했으니, 참으로 감동스러웠다.

우리나라도 치료를 지원하기 위한 의료진 파견을 결정하고 지원자 모집에 나섰다. 처음에는 지원자가 부족할 것으로 예상하고 결국 군의관으로 파견의료진을 구성해야 하는 것이 아니냐는 우려가 대부분이었다. 그러나 예상과 달리 지원자가 넘쳐나 높은 경쟁률을 보이기까지 해 내심 자랑스럽기 그지없었다.

우리나라에서 의사 대부분은 사회적 선망과 부족하지 않은 수입으로 비교적 안락한 삶을 누리는 편이다. 그런 이들이 생명의 위협에 맞대응해야 하는 사지로의 파견을 그처럼 많이 지원하리라고는 미처 예상치 못했으니 사라진 것으로 여겼던 노블레스 오블리주의 생환에 다름 아니었다. 하지만 그들 개개인의 인적사항은 공개되지 않았고, 그들의 용기를 뜨겁게 환송해야 할 출국일자는 쉬쉬하는 분위기였다. 까닭을 알아보니 그들이 귀국하고 난 뒤 두려움과 혐오감을 가진 이웃으로부터 외면을 당할 수 있기 때문이라는 것이었다. 기가 막혔다. OECD(경제협력개발기구)의 당당한 회원국으로 G20(선진·신흥 20개국 재무장관회의) 정상회의를 열기도 한 선진국 반열의 우리 국민의 수준이 그쯤이라니…….

책임은 추궁과 제재가 아니라 의무와 임무가 주(主)이다. 노블레스 오블리주는 '높은 사회적 신분에 상응하는 도덕적 의무'로 정의되어 자신이 보통의 처지라 여기는 사람들에게는 해당이 없는 것으로 생각하기 쉽다. 그러나 사람들은 저마다의 역량 어느 한 부분에서는 높은 지위에 이르러 있고, 자신보다 낮은 처지의 사람을 생각하면 저마다 노블레스 오블리주의 지위에 있는 것이나 다름없다. 그처럼 우리 모두가 나만을 생각하지 않는, 공공적 의무와 임무에 적극 나서는 자세가 세계인의 존경을 받는 문화제국으로 나아가는 길임을 깊이 되새기기를 간절히 바란다.

# 5장
# 희망이 있는
# 삶의 꿈들

# 노마드 청춘,
## 그대들에게

본디 유목은 자유와 도전이 기본 정신이다. 별빛보다 더 빛나는 청춘인데 무엇이 두려우랴. 겁먹지 말고 달려가면 오래지 않아 푸른 초원을 만날 수 있을 것이다. 다만 주인이 되고 주인공이 되려면 앞장서 달려라.

  김찬삼이라는 여행가가 계셨습니다. 대학에서 지리학과를 졸업하고, 고등학교 교사와 대학의 교수를 지내시기도 했지만 우리 세대에게는 '동양의 마르크 폴로'로 더 잘 알려졌던 분입니다. 평생토록 3번의 세계 일주와 20여 차례의 테마여행을 하며 160여 나라, 1천여 도시를 방문했다고 하셨습니다. 그분이 펴내셨던 《김찬삼의 세계여행》 등 여러 저서에는 화려한 컬러사진이 세계 많은 나라의 문화를 생생하게 알려줬지요. 정말 가슴이 설렜습니다. 그렇지만 여행은 엄두조차 낼 수 없었고, 유학생을 제외한 대부분은 경이로운 그 세상을 나이 서른이 넘어 직장에서의 출장길에서야 처음으로 볼 수 있었습니다.

그때 곰곰이 생각해봤습니다. 왜 유학을 다녀온 저들은 나보다 뭔가를 더 잘할까? 저런 생각을 어떻게 할 수 있을까? 과연 다르구나…… 승진에서 앞서도 할 말이 없었고, 때로는 그때 벌써 유학을 갈 수 있었던 풍족한 집안 형편이나, 국비유학이라도 따낼 수 있었던 뛰어난 머리를 부러워하기도 했습니다.

이제 세상은 달라졌습니다. 기억도 가물거리는 어린 나이에 이미 아빠엄마의 손을 잡고 여러 나라를 돌아본 청춘들이 수두룩합니다. 이제 웬만하면 외국에서의 어학연수는 기본입니다. 반도의 허리가 잘려 섬이 된 나라의 청년들이 숫제 유목민이 된 격입니다. 그래서 '노마드 청춘'이라고들 하더군요. 그런데 요즘에는 유학파라고 특별히 우대 받는 경우도 거의 없고, 때로는 국내 실정에 어둡다고 치이기도 합니다. 우리나라가 그만큼 성장했기 때문일까요? 그런 면도 있겠지만 근본적인 원인은 다른 데 있는 듯싶습니다.

예전에는 국비유학은 말할 것도 없고, 어지간한 부잣집은 자식이 공부에만 전념할 수 있는 돈을 송금할 수 없었습니다. 그러니 당연히 아르바이트를 해야 했고, 그 일은 대부분 밑바닥 일이었습니다. 절치부심도 했겠지요. 그러나 보다 중요한 건 그들과 직접 부대껴 사람을 사귀고, 생활과 문화, 의식과 다른 발상을 송두리째 체화할 수 있었다는 것입니다. 더구나 그때는 그들이 우리보다 훨씬 선진국이었지요. 그러니 그들의 발상을 그대로만 써먹어도 빛이 날 수 있었던 겁니다. 물론 절치부심으로 그들보다 더 뛰어난 학문적 성과를 거둔 사람들도 있었고요.

어떤가요? 한두 번쯤은 바다를 건너본 노마드 청춘 여러분. 개중에는 아르바이트를 한 분도 있겠지만 그리 처절하지는 않았지요. 더군다나 선진국이라 해도 우리보다 앞서지 못한 부분도 많이 눈에 띄고요. 이를 악물고 그들과 부대끼며 현지에서 끝장을 보겠다는 청춘은 점점 줄어들고, 그저 말이나 익혀 어서 고국으로 돌아가야지 하는 생각이 들 수밖에 없습니다. 게다가 부모님의 넉넉한 지원으로 일탈을 일삼으며 위화감을 조성하는 이들도 적지 않으니 더욱 그렇겠지요.

청춘 여러분을 탓하자는 뜻은 아닙니다. 어차피 여러분은 노마드 인생이 될 수밖에 없는 운명, 아니 세대입니다. 울타리 안에 가만히 앉아서 내다보는 세상은 각종 정보통신의 발달로 누구나가 합니다. 경쟁력이 있을 수 없다는 것이지요. 눈길을 돌리고, 생각을 바꿔, 제대로 사고를 치십시오. 그래야 경쟁력이 생기고 세상의 주인공이 될 수 있습니다. 정말 즐거운 인생으로 행복을 얻을 수 있습니다.

# 청춘,
# 그대는 귀족이다!

　　　　졸업은 다가오는데 취업은 막막하다. 아르바이트 자리마저 녹록치 않다. 청춘이 썩어가는 느낌이다. 부모님에게 손을 벌리기에는 염치도 없고, 그분들의 노년을 망가트릴 것이 불을 보듯 환하다. 자꾸 구석으로만 파고들고 인생 자체에 회의마저 든다. 그러나 결코 아니 될 생각이다!

　자, 일단 무작정 떠나라. 워킹 홀리데이 비자를 받을 수 있는 선진국은 일정한 수입이 보장되니 좋다. 중국, 인도와 같이 떠오르는 강국도 괜찮다. 물론 정상적인 취업은 어렵다. 그러나 그들 나라에는 여러 규모로 진출한 한국인이 많다. 더 자세한 이야기를 하지 않아도 노마드 정신이 충만한 청춘이니 알아서 헤쳐 나갈 수 있을 것이다. 동남아도 여전히 틈이 있다. 남미나 중동은 미래의 가능성이 아주 밝다. 아프리카는 조금 위험 부담이 있기는 하지만 미래 가능성은 더욱 크다.

　전제해야 할 것이 있다. 설령 밑바닥 일로 다급한 돈을 벌더라도 청춘의 그대들은 귀족임을 한시도 잊지 말아야 한다. 두어 달쯤 일해서 1주일쯤 여행할 수 있다면 떠나라. 바닥은 일하며 어느 정도 체험했을 테니 이제 높은 곳을 바라봐라. 그 나라 사람들이 선망하고 간절히 원하는 것을 눈으로 실컷 구경하는 거다. 최고의 보석상, 백화점, 쇼핑가는 절대 거르지 마라. 아무리 후진국도 최고는 역시 명품이다. 그래도 청춘의 눈에는 빠진 것과 허술한 구석이 보일 거다. 그게 청춘의 미래, 성공의 발판이 될 수 있는 거다.

일하고, 여행가고, 일하고, 여행가고…… 서너 달 일해 열흘쯤 여행할 자금이 마련되면 일정은 닷새로 줄이고 럭셔리 특급호텔에도 묵어봐라. 침대는 어느 정도의 쿠션이고, 이부자리의 감촉은 어떤지, 욕실의 세제는 어떤 향이 나는지, 아침 식사 뷔페의 음식은 어떻게 차려지고 다른 고객들은 어떤 요리를 선호하는지, 호텔 수영장 벤치에 하루 종일 누워 책을 읽으면 어떤 기분이 드는지……. 예전에 유학파들이 우대 받을 수 있었던 건 그런 최고에 대한 간접체험이라도 있었기에 앞서갈 수 있었던 거다.

저가의 박리다매, 힘들고 값싼 노동력의 결집 등은 이제 우리의 몫이 아니다. 더구나 긴 내일을 살아가야 할 청춘들은 최고와 유일을 무기로 높은 부가가치를 노려야 한다. 변신도 빨라야 한다. 베스트에 대한 직접 체험 없이 책에서 보고 강의로 듣기만 해서는 헛발질하기 십상이고 더구나 변신은 꿈도 못 꾼다.

한 이년쯤 여기저기를 헤매며 그대들 각자의 먹이를 찾는 거다. 이거면 내가 즐겁게 인생을 올인 할 수 있겠다 싶으면 이제 본격적으로 3년쯤 그 나라, 그 종목에 집중해 오감의 날을 세워 치열하게 체험하는 거다. 마침내 자신감이 붙고 계획이 서게 되면 그대의 일로 시작하는 거다. 자본이 없는데, 그러다가 실패하면 내 인생은, 따위로 망설인다면 그냥 그대로 살 수밖에 없다. 하지만 그때는 누구도 원망할 수 없는, 스스로의 책임이다. 전문가가 아니라 진짜 선수, 베스트가 되면 자본은 걱정할 일이 아니다. 진짜 선수를 찾는 자본은 수두룩하기 때문이다.

그렇게 5년이나 뒤처지면 경쟁에서 이미 밀린 것이 아니냐는 따위의 하릴없는 걱정도 하지 마라. 잘난 기업에 들어가 연봉 좀 넉넉히 받아봐야 그냥 샐러리맨일 뿐이다. 그들이 뒤늦게 시작하려들 때면 그대는 벌써 저만큼 앞서가 있는 거다. 그래도 부모님이 걱정된다고? 시쳇말로 '헐~ 너나 잘 하세요'다. 걱정하지 마라. 자식의 야심에 기대를 걸고 밤마다 정화수 떠놓고 빌면서 건강하게 노후준비 탄탄히 하실 거다.

절대 잊지 마시라, 그대들은 귀족이다. 이미 잘나가는 대한민국에서 태어난 그 자체만으로 귀족이고, 귀족이라 생각해야 최고가 제대로 눈에 들어올 수 있다. '개 발에 편자'라는 말이 있지 않은가. 마음이 귀족이 아니면 아무리 최고를 체험해도 개 발에 편자가 되고 마는 거니 허송세월이 될 수 있다. 또 하나, 반드시 재미있어야 한다. 아무리 휘황찬란한 일이라도 재미가 없으면 지루해 버틸 수가 없기 때문이다. 누가 뭐래도 자신이 미치도록 재미있어야 창의력이 나오고 끝까지 버티며 변신에 변신을 거듭할 수 있는 거다.

노마드 청춘이여, 눈앞이 막막하면 에라, 하고 일단 떠나라, 저질러라. 그게 시작이다. 집으로 돌아올 비행기 표 한 장만 있으면 두려울 게 무엇인가.

# 무엇이든
# 길부터 찾아라

친구 아들이 대학 입학을 앞두고 물었다. '아빠, 나 전공 뭐해?' 아버지가 고민 끝에 대답했다. '신문방송학과 전공하고 방송국 프로듀서가 되는 건 어때?' '왜?' '이제는 영상시대니까 네가 하고 싶은 말을 영상으로 하면 좋잖아' '난 관심 없어' 그렇게 주거니 받거니 하다 보니 아무래도 딴 생각이 있는 것 같아 아버지가 진짜 속내를 말하라고 다그치니 그때서야 역사학과를 지원하고 싶다는 것이었다. 솔직히 요즘 세상에 역사학 전공하겠다는 자식이 내킬 아버지가 어디 있겠는가. 그래서 '다 결정해놓고 왜 물어!' 퉁명스레 대꾸했더니 '그런데 역사학 전공해도 밥은 먹고 살 수 있을까? 하더란다.

안다. 청춘 그대들이 얼마나 의뭉스럽고 야무진지. 그럼에도 그놈의 먹고사는 문제 때문에 가고 싶은 길을 포기하는 경우가 허다하다는 것을.

내 친구, '역사학이 먹고사는 데 썩 유리하지는 않지만 특별한 성과가 있으면 먹고는 살지' 대답하고 말았다. 그 아들, 어쨌거나 아버지가 동의한 것이니 태연하게 역사학과에 입학해 졸업하고 석사과정까지 마쳤다. 군대를 다녀오더니 불쑥 '옛날이야기만 갖고는 안 되겠어. 요즘 세상을 좀 알아야겠어'라는 핑계를 대며 취직을 하겠다 더란다. 아버지, 속으로 쾌재를 부르며 기왕이면 공무원이 어떠냐고, 그것도 외교아카데미나 국정원같이 좀 폼나는 직종으로 유혹했지만 들은 척도 않고 기자를 지원해 어떻게 붙었다. 면접 뒷이야기를 들으니 평생 기자 노릇할 것으로 보이지 않아 망설였지만 한일역사나 중국의 동북공정과 관련해 제대로 된 기사를 쓸 수도 있겠다 싶어 뽑아줬단다. 아버지도 이제는 전공을 살리려면 마흔쯤에는 돌아오거나, 기자로서 평생을 살거나 제 마음대로 하되 어서 결혼이나 했으면 바랄 뿐이란다.

꼭 특별하거나 튀어야 잘 살아갈 수 있는 것은 아니다. 별반 비전이 보이지 않는다고 정말 하고 싶은 일을 회피하는 것이 어리석은 일일 뿐이다. 가장 외면 받는다는 철학, 종교학 등의 인문학도 길은 얼마든지 있다. 문제는 대충이 아니라 제대로 파들어 갈 의지가 있느냐다. 문화인류학은 십여 년 전만 해도 이름마저 생소했다. 그러나 이제는 가장 주목받고 잘 팔리는(?) 학문 중의 하나이다. 국문학이 외면 받는다지만 언어가 왜곡되고 글쓰기 능력이 저하되는 현실을 감안하면 머지않아 다시 주목받게 될 것이다.

간절히 하고 싶은 일을 하는 것이 중요하다. 공부하기 쉬워서, 취직하는데 유리해서 따위의 자세로는 아무것도 얻을 수 없다. 쉬워 보이고, 유리한 것이라면 다른 사람도 마찬가지 생각일 테니 경쟁은 당연히 치열해진다. 그 치열한 경쟁에서 미치도록 흥미가 없는 사람이라면 어쩔 수 없이 뒤처진다. 어쩌다 운이 좋아 취업이라는 대단한(?) 성공을 거두었다 할지라도 더 치열한 경쟁이 시작되는 것일 뿐이다. 일단 취업부터 하고 다시 공부한다는 생각은 영원히 안착하지 못하는 떠돌이의 길이다. 그런 이의 장래가 어떨지는 모두가 짐작할 수 있는 바이다. 일찍 길을 찾아 매진하고, 결실을 유지해야 인생의 여유를 즐길 수 있다.

길을 찾는다는 것이 쉬운 일은 아니다. 부딪쳐 찾는 것도 어느 정도의 기본은 있어야 한다. 학교를 가 공부하는 것도 실상은 우선 제 길을 찾기 위함이다. 그렇지만 지금 우리 교육은 길 찾기의 인도자가 되지 못하고 있는 실정이다. 그래서 제각각의 독서가 필요하다. 너무 흔한 이야기라 식상할지는 모르지만 책은 가장 훌륭한 인생의 길라잡이이다. 책을 읽는 것이 싫으면 서점에 찾아가 서가에 꽂혀있는 제목이라도 열심히 훑어봐라. 국립생태원장인 저명한 동물행동학자 최재천 교수는 '서가의 책 제목만 통관(通觀)해도 학문의 흐름을 짚어낼 수 있다'고 말했다. 그조차 귀찮으면 토요일자 신문의 북 섹션이라도 꼼꼼히 읽어라. 생전 보지 못한 수많은 길의 이야기들이 핵심이 요약되어 실려 있다.

## 인재가 태어나는 의식의 전환

영국 출신의 세계적 동물행동학자이자 환경운동가인 제인 구달(Jane Goodall)을 모르는 사람은 거의 없다. 그녀는 이제 단순히 학자와 운동가로 저명한 것이 아니라 인간과 자연의 공존, 그 미래에 관한 한 마디 한 마디가 곧바로 세계인의 마음자세를 바꾸어놓을 정도이다. 그녀의 이력을 잠깐 살펴보자.

제인 구달은 고등학교를 졸업하고 대학에 입학할 형편이 되지 않아 여러 직업을 전전했다. 23살이 되었을 때 아프리카 케냐에 농장이 있는 학교 친구의 초청을 받자 웨이트리스로 일해 뱃삯과 생활비를 마련했다. 한 달 남짓 농장에 머무는 동안 동물에 대한 그녀의 관심을 알아본 지역 주민이 케냐 나이로비의 국립자연사박물관장으로 있던 저명한 고고학자 루이스 리키에게 소개했다. 루이스 리키는 이내 그녀의 동물에 대한 관찰력을 알아보고 조수로 채용했고, 곧 침팬지 연구를 제안했다. 선사시대 인류의 화석이 자주 발견되는 호숫가에 사는 침팬지를 연구하면 선사시대 인류의 행동 양식에 관한 단서를 잡을 수 있을 것이라는 생각 때문이었다. 그게 그녀의 동물행동학자로서의 시작이었다.

더 중요한 이야기는 이제부터이다. 제인 구달의 연구를 위한 자금 마련에 나선 루이스는 미국 일리노이주에 있던 윌키 재단으로부터 초기자금을 지원받을 수 있었다. 그녀는 빅토리아 호숫가의 곰베 침팬지 보호구역(지금은 곰베 국립공원)에서 연구를 시작했다. 곰베 침팬지의 일상생활과 도구 사용 등에 대한 그녀의 관찰은 상당한 성과를 거두었고, 그에 관한 학문적 인정을 위해 루이스는 자신의 모교인 케임브리지 대학교에 제인의 박사과정 입학을 주선했다. 케임브리지는 대학에 입학한 적 없는 제인 구달이지만 그녀의 연구 성과를 학사학위 과정으로 인정해 박사과정 입학을 수락했다. 지도교수는 제인의 연구 현장인 곰베를 3차례 방문하여 별도의 스승 없이 본능과 열정으로 진행하는 그녀의 연구를 인정했고, 3년 만에 박사학위를 받았다. 제인은 그 후로도 내셔널 지오그래픽을 비롯한 여러 단체의 지원을 받아 연구 활동을 지속할 수 있었다.

한 사람의 인재가 그 나라의 격(格)에 기여하는 바는 상상 이상이다. 아무리 가난한 나라라도 걸출한 한 인재의 업적은 세상 사람들이 그의 나라를 기억하는 데 생각의 줄기를 바꾼다. 그래서 선진국일수록, 아니 세계를 주도하는 국가일수록 인재를 키우는 데 국적과 같은 사전 조건에 얽매이지 않고 나서는 것이다. 더구나 인류의 과거를 반성하고 보다 나은 미래에 기여하는 업적이라면.

놀랍지 않은가. 겨우 고등학교를 졸업한 26살의 여자가 기껏(?) 침팬지를 연구하겠다는 프로젝트에, 아무리 걸출한 학자의 추천이 있었다지만 더구나 국적도 다른데 연구자금을 지원한다는 것이! 대학에 입학한 적도 없는 학력임에도 곧바로 박사과정 입학을 허용하다니! 지도교수의 수업이 아니라 독자적인 현장연구를 인정해 박사학위를 수여하다니! 겨우(?) 침팬지 연구에 세계적 단체와 기금이 끊이지 않고 자금을 지원하다니! …… 우리의 상식과 생각을 되돌아보게 한다.

당장 활용할 수 있고, 성과가 눈에 보이는 이익의 창출로 연결되어야만 의미가 있는 것일까? 아니, 그보다도 자타공인 세계적이라면 최소한 이익과 상관없는 인류의 미래를 위한 프로젝트 몇 개쯤은 지원해야 그 대단하게 여기는 체면을 차릴 수 있지 않겠는가.

인문학과 기초과학에서 돈은 되지 않지만 원대한 꿈을 품은 청춘이 우리에게는 없을까. 최소한 그들에게 시작의 기회는 줄 수 있는 형편은 되지 않는지 진정 묻고 싶다. 정부와 기업 모두가 잘 사는 데에만 매달리는 모습이 안타깝다. 잘 사는 것은 중요하다. 당면의 문제이다, 언제나. 그렇지만 품위 있는 정부라면, 세계적이라 자부하는 기업과 기관이라면, 더 먼 미래와 나라의 격을 생각하는 정책과 작은 기여로 엉뚱해 보이는 청춘에게도 기회를 주고, 기대를 걸어보았으면 싶다.

# 청춘아,
## 그래도 사랑은 지켜라

기성세대는 살아봤으니 잘 알지 않는가. 자식이 주는 기쁨이 어떤
것인지. 자식이 있어 그 수많은 고난에도 어떻게든 버티고 헤쳐 나
오지 않았던가. 그럼 자식에게도 그런 기쁨과 버팀목을 만들어줘
야 할 것이 아닌가.

대학을 졸업하고 괜찮은 기업에 입사하면 평균 연봉이 3천만
원쯤 됩니다. 작지 않은 돈이니 목을 맬 만도 합니다. 쉽게 월 300
만 원으로 계산해볼까요. 세금, 각종 연금, 보험 등을 공제하면 실
수령액은 대충 250만 원쯤 되겠지요. 아주 착실하게 대중교통만
이용하여 한 달 20일 출근하면 교통비 5만 원, 구내식당만 이용해
서 점심식사비 5만 원 내외. 그 밖의 지출은 일절 없이 부모님께
기생해 숙식, 의류비를 해결하면 월 240만 원씩 1년 동안 거의 3
천만 원을 고스란히 저축할 수 있겠군요. 대단히 착실하고, 능력

있는 부모님 덕까지 보았지만 서울시내 변두리의 25평대 아파트를 사는 데도 꼬박 10년이 걸립니다.

잘 아실 겁니다. 앞에 언급했던 사람처럼 직장생활을 했다가는 동료들 눈총에 부대껴 금세 사표를 내게 되리라는 것을요. 서울에서 지켜보니 점심 값이 평균 7천 원은 되더군요. 커피도 한 잔 마셔야 합니다. 4천 원은 되지요. 한 달 20일 근무하면 20만 원이 더 듭니다. 일주일에 두어 번 동료들과 어울려 퇴근길 맥주라도 한 잔하게 되죠. 밤이 늦으면 가끔은 택시도 타고요. 토, 일요일에는 친구나 연인을 만나 이런저런 문화생활을 합니다. 옷도 사야하고, 여자는 화장품 값도 듭니다. 그래도 명색이 버젓한 직장인인데 부모님께 선물이나 용돈을 드리는 경우도 있지요. 당최 돈이 모일 가능성이 없습니다.

요즘은 나이 든 사람보다 청년들이 자기 차를 더 많이 운행하더군요. 차종도 중형의 멋진 디자인이고요. 농담처럼 애인을 만나고 즐기기 위해서라고 말하기도 하더군요. 그럴 수 있습니다, 청춘인데. 그렇지만 충분히 이해는 하면서도 마음이 아픕니다. 평생을 성실하게 살아도 계산상으로는 도무지 집을 마련할 길이 없습니다. 그러니 차라리 집은 평생 셋집을 못 벗어나더라도 자동차나마 멋진 걸로 만족감을 누리고 주말여행이나 즐기자는 생각인가 싶어서입니다.

열심히 노력해서 남들이 부러워하는 직장을 잡았는데도 막상 앞날을 내다보니 희망이 안 보인다면, 그 마음 모르지 않습니다.

사랑은 하는데 평생 집 한 칸 마련하지 못할 미래에 선뜻 결혼 생각이 들 리 만무하지요. 맞벌이로 끝까지 버티면 집은 마련할 수 있겠다 싶지만 날이 갈수록 피곤이 더할 텐데 사랑이 온전히 지켜질까 또 두렵습니다. 아이요? 엄두가 안 날 만하죠.

솔직히 저는 여성 독신이 늘어나는 가장 큰 이유는 경제문제라는 생각입니다. 물론 여성이 아니라 한 인격체로서 꿈의 완성과 사회적 성공을 꿈꾸는 사람들도 있습니다. 하지만 다수는 안정된 생활을 바라는데 결혼이 오히려 불안정할 수 있다는 생각에 자신의 생활이 유지되면 독신으로 직장생활을 지속하는 듯합니다. 커리어 우먼으로 반짝 빛을 발하는 시간도 있었지만 남성사회와 마찬가지로 치열한 경쟁에서 지치거나 밀리는 때문이지요.


인구감소보다 더 심각한 건 고령화 사회입니다. 지금 우리는 그 가장 무서운 시한폭탄을 안고 살아가는데 시간을 멈추게 할 길이 안 보입니다. 가장 큰 피해자는 지금의 청춘이 되겠지요. 그다음에는 이어질 청춘이고요. 우리 기성세대의 자식이고, 그 자식의 아들딸들입니다. 그렇다고 부모들이 모두 내놓을 수도 없습니다. 그분들도 살아갈 날이 너무 많이 남아 있으니 말입니다.

모두 넋이 빠진 듯합니다. 진정으로 자식을 사랑한다면, 우리의 미래를 걱정한다면, 당장의 복지가 아니라 오늘의 청춘들이 마음 놓고 사랑의 결실을 이룰 수 있게 하는 일인데 말입니다. 부디 생각을 바꿔 힘을 모아봅시다.

# 내 집으로 시작하는 사랑

서유럽의 삶을 조사해봤다. 연봉이 우리보다 얼마간 많기는 하지만 물가가 비싸니 비슷한 여건으로 봐도 된다. 부모의 도움은 대부분 고등학교 졸업 때까지다. 더구나 대학을 졸업하고 직장을 구하면 경제적 문제에서는 완전히 남남이다. 결혼을 해도 우리에게는 큰 밑천이 되는 부조금 따위는 없다. 그저 선물 정도이다. 맞벌이가 보통이기는 하지만 보통 30퍼센트가 넘는 세금을 공제 당하고, 100퍼센트 월세 구조에서 집세까지 낸다면 먹고사는 것조차 빡빡해진다. 그래서 어지간하면 수입을 고려해 집을 산다. 다행인 것은 집값의 80퍼센트 이상까지 은행 대출을 받을 수 있다는 것이다. 이율은 낮지만 워낙 대출금액이 크다보니 대부분 퇴직할 때까지 갚아나가야 한다.

그들에게 가장 바라는 것을 물으면 여름휴가 때 따뜻한 나라에 가서 맛있는 걸 실컷 먹는 거라고 대답한다. 나이 마흔이 들어서도 맛있는 타령이라니 철이 없는 것인가 했는데 그게 아니었다. 세금, 대출금, 최소 생활비를 빼고 나면 그야말로 쥐꼬리만큼 남는다. 어차피 크게 뭘 할 수도 없는 돈, 아끼며 모아 여름휴가나마 제대로 즐겨보자는 거니 애절한 마음까지 들었다. 옷도 어지간한 남자들은 코트 하나로 몇 년의 겨울을 지낸다. 소매 정도가 낡아서는 바꿀 생각을 안 한다. 영국 신사? 대부분의 영국 직장인은 영국의 대표 브랜드 '버버리'는 꿈도 못 꾼다, 아니 안 꾼다. 그나마 아내에게는 몇 년에 한 번씩 기회를 준다. 왜냐고? 사랑하는 아내니까.

그런데 왜 사느냐고 비웃지는 말라. 중요한 것은 행복이고, 행복은 사랑에서 나오는 거니까. 아이? 출산율은 우리보다 높다. 대학의 교수를 하는 여자도 꿈은 '하우스 와이프'라며 아이 기르고, 집안 가꾸는 상상만으로 행복에 몸서리치는 시늉이어서 가슴이 뭉클했다.

그들이 기다리는 것은 퇴직 후의 삶이다. 그때는 집 대출금도 다 갚았고, 높은 세금 묵묵히 낸 덕분에 넉넉한 연금을 평생 보장받기 때문이다. 그래서 서유럽 사람들은 노년이 더 행복하다. 곱게 차려입은 아내와 손을 맞잡고 산책하고, 세계 여러 나라를 돌아다니며 한가한 여행을 즐긴다. 그나마 요즘은 그런 연금까지 줄여야 한다는 소리가 나온다. 어쨌거나 젊어서 고생하고 늙어서 안락한 삶을 누릴지, 젊어서 신나게 즐기고 늙어서 후회할지는 각자 선택의 몫이다.

최소한의 내 집은 마련할 수 있는 제도가 마련되어야 한다. 토지나 주택과 관련된 공기업이 나서야 할 일이다. 기본적인 생활이 가능한 평수의 아파트와 저리의 장기대출로 해법을 만들어야 한다. 부모가 능력이 있어 손을 벌릴 수 있는 사람들이야 비싼 사기업의 넓은 아파트를 사서 투기를 하건 말건, 보통 청춘들이 제

힘으로 안정되게 시작할 수 있는 여건은 지금 가장 시급한 과제로 정부가 나서야 한다. 그래야 인구감소를 줄이고 고령화 사회라는 시한폭탄의 시계를 멈출 수 있기 때문이다.

투기? 지속적으로 공급하면 걱정할 일이 아니다. 뭐 약간의 프리미엄이 붙어 언젠가는 조금 더 넓은 평수로 옮길 수 있으면 그것도 기쁨이고 희망이 되니 나쁠 것도 없다. 금리 변동에 따른 은행의 수익성 문제는 별도의 국책은행이라도 만들어야 한다.

청년의 희망이 나라의 희망이다. 사랑을 지킬 수 없으면 그 어떤 행복도 절반이고 공허하다. 행복을 포기한 청춘에게 남을 것은 불만과 불평뿐이다. 불만과 불평은 파괴로 이어질 뿐 생산과 창조는 기대할 수 없다.

기성세대는 살아봤으니 잘 알지 않는가. 자식이 주는 기쁨이 어떤 것인지. 자식이 있어 그 수많은 고난에도 어떻게든 버티고 헤쳐 나오지 않았던가. 그럼 자식에게도 그런 기쁨과 버팀목을 만들어줘야 할 것이 아닌가. 자식의 희망을 위해서라면 부모는 모든 것을 양보할 수 있는 법이다. 청년을 위한 제도 마련을 위해 터놓고 복지의 일정부분 양보를 양해 받을 수도 있는 일이다. 출산장려를 위해 아이를 더 낳을수록 장려금을 준다는 기상천외한 발상은 정말 어이가 없다. 세상에 그깟 돈 몇 푼에 일부러 아이를 낳을 사람이 있겠는가. 근본은 육아대책이지만 이미 앞서 이야기한 바 있으니 중복을 피한다.

# 할리우드
# 영화처럼

　요즘은 애완동물을 반려동물이라고도 부르는 모양이다. 동물을 반려로 삼아야할 만큼 외로운 탓이겠지만 그 또한 수월하지만은 않을 것이다. 잘은 몰라도 어디가 아프기라도 하면 사람보다 더 많이 들어가는 병원비에, 지지든 볶든 사람만큼 의사소통은 원활하지 않을 테니 말이다. 하긴 말이 통해도, 오히려 그 말 때문에 더 힘들게 되는 경우도 있기는 하다.

　아내가 있고 자식을 키워왔다. 아내에게 혼날 소리지만 사랑이 이처럼 맥없는 것인가 생각한 날이 있었다. 채 몇 년이 지나지 않아 내가 언제 가슴이 뜨거웠던 적이 있었나 싶을 만큼 덤덤해지고, 내 심신이 고단하면 그저 귀찮기만 했으니. 그래도 큰 사단 없이 오늘이 있는 건 아내의 무던함도 있었지만 자식이 있다는 사실의 덕이 컸다. 그렇지만 아주 솔직히 말하자면 자식은 사랑이면서도 가장 두렵고 무거운 짐이기도 했다. 그래서 돌이켜보면 살아오면서 아내가 가장 고마웠던 것은 그 두렵고 무거운 짐을 덜어줬다는 것이었다.

　가끔 할리우드 영화를 보며 그런 생각을 했다. 가족이 뭐라고 저렇게까지……. 그네들의 영화는 액션이건 드라마건, 심지어는 공상과학영화까지 결국은 가족으로 귀결되는 경우가 대부분이었기에 말이다. 가족이 소중한 건 나 역시 공감한다. 그렇지만 그토록 절절하고, 그처럼 큰 흥행성과를 거둔다는 것은 동감한다는 뜻일 테니 새삼스럽기도 했다. 사랑은 또 어떻던가. 그게 뭐 그리 대단하다고 그리도 요란을 떠는 것인지. 그렇지만 머리가 하얗게 세고, 굽은 허리에 병이 깊어도, 아니 그럴수록 더욱 소중하게 여기고 마음 깊이 사랑하는 그 모습은 정말 부러웠다.

 연초에 다큐멘터리 영화 〈님아, 그 강을 건너지 마오〉를 봤다. 영화를 보다가 콧등이 시큰해지는 대목에서 극장 안을 살폈는데 의외였다. 우리 또래는 덤덤한데 오히려 젊은 연인, 그것도 어린 연인들일수록 서로의 눈물을 닦아주며 깊이 공감하는 게 아닌가. 영화가 끝나고 난 뒤에도 기성세대와 달리 어린세대들은 꽤 오래도록 의자를 지키며 여운을 담는 듯했다.
 아무래도 할리우드나 유럽 영화는 일찍부터 그 문화적 세례를 받고 자란 젊고 어린 세대들에게 더 익숙할 것이다. 그래서 가족, 특히 절절한 사랑에 깊이 공감할 수 있는 것인지 모르겠다. 나쁘지 않은 일이다. 아니, 바람직한 일이다. 우리들 세대처럼 사랑에 조심스럽거나, 절절함에 낯부끄러워 턱없는 일탈에서 위안을 얻으려한 어리석음에 비하면.
 좁은 방안에서 한 집안 삼대가 뒤엉켜 잠을 자야 하는 가정도 적지 않았다. 그렇지 않은 형편이라도 부부가 애정을 밖으로 드러내 표현하면 흉이 되는 세상이었다. 더구나 살아간다는 것이 여간 치열하지 않은 세상이었다. 단언컨대 '이 뼈저린 가난을 결코 자식들에게는 물려주지 않으리라'가 인생의 가장 큰 목적이었다. 과장이 아니라 죽을힘을 다하는 날이 허다했다. 핑계가 아니라 아주 지치거나 기쁜 날 아내에게 위안을 구하거나 희망을 전한다는 것이 툴툴거리는 것으로 변하기 일쑤였다. 그래서 뒤늦어 사랑을 더듬지만 여전히 어색하다. 참으로 가장 소중한 걸 잃어버리고 산 삶이었다.

영화관에서 서로의 눈물을 닦아주는 어린 연인들이 부럽고 든든했다. 저들이 다 자라면 얼마나 예쁘게 사랑하며 살까. 그런데 그 바로 윗세대 청춘들은 아무래도 불안하다. 사랑은 하면서도 예쁘게 지켜가길 엄두내지 못하는 듯 보여서다.

우리 세대가 자라온 그때만큼 삶이 고단한 모양이다. 아니다, 고단함에도 들어서지 못하는 두려움 때문이리라. 미안한 마음이 깊다. 죽을힘을 다해 살았다는 말이 부끄러울 지경이다. 그래도 삶을 포기할 수 없듯 사랑도 지켜내야 한다. 아무렴 사랑하는 사람이 반려하는 동물만 못할까. 힘이 들더라도 사랑만 지켜 가면 〈님아……〉의 그날이 올 것이니 청춘이여, 사는 것보다 더 소중한 것은 사랑하는 것임을 잊지 마시길.

# 사랑보다
# 의리

　내친 김에 청춘에게 사랑에 관한 조언을 할까 싶다. 아니다, 이 나이가 들어 청춘에게 사랑을 조언한다는 건 코웃음 칠 일이고, 까만 선글라스가 트레이드마크인 배우 김보성 씨가 수시로 상기시켜주는 '의리'에 대한 조언이다.

　우리 세대의 연애는 요즘 청춘들에 비하면 연애라 할 것도 없었다. 손 한 번 제대로 잡지 못한 채 눈웃음만 주고받았는데도 어느새 동네방네 소문이 퍼지기 일쑤였고, 입만 맞춰도 평생 책임져야 되는 걸로 여기는 친구들도 있었다. 데이트라 해봐야 다방이나 극장 출입 정도였는데 그래도 재주 좋게(?) 속도위반 사고를 치는 친구들이 있었고, 그러면 당연히 결혼으로 이어졌다.

　나도 어떻게 아내를 만났고, 아무런 사고(?)를 치지 않았는데도 운 좋게 결혼까지 했다. 또 아내에게 빌미를 주게 될 소리지만 처음에는 그렇게 반짝거리던 사람이 시간이 흐르면서 점점 그저 그런 모습이었다. 거기에 비하면 요즘 청춘들은 참 복이 많은 거다. 어디로 고개를 돌려도 거의가 선남선녀이니 말이다. 그런데 살아보면 선남선녀, 그것도 별거 아니다.

　알겠지만 산다는 건 그리 만만한 노릇이 아니다. 우리 때만 그랬던 것이 아니라 청춘들이 살아갈 날도 마찬가지일 거다. 왜냐하면 삶은 언제 어디서나 경쟁이고 부족함을 느끼기 때문이다.

사실 옛날을 돌이키면 어쨌거나 지금 우리 삶의 수준은 놀랍도록 높아졌고 앞으로 갈수록 나아질 것이다. 그럼에도 삶을 쉽지 않은 것으로 만드는 그 부족함이라는 것은 상대적 비교인데 그게 성인군자가 아닌 다음에야 내려놓기가 쉽지 않다. 그러니 삶에 지치다가 보면 어느새 반짝거리던 아내가 시들해 보이고 사랑은 어디로 갔는지 흔적도 보이지 않는다.

그러나 사는 건 한편 그리 대단한 것도 아니다. 그저 살아보면 또 그럭저럭 살아지는 것이 삶이기도 하다. 그렇게 삶에 적응하면 빛을 잃은 아내도 여전히 곱거나 귀엽고, 더 아껴주고 싶은 마음에 눈빛 말빛이 부드러우면 사랑이 이어지는 거다. 아니다. 그즈음이 되면 사랑은 좀 오글거리고 의리로 든든하다.


의리는 본래 영화에서 나오는 건달이 외치는 의미가 아니다. '사람이 살아가는 데 있어서 마땅히 지켜야할 도리'의 사전적 의미는 너무 밋밋하다.

직장생활을 할 때도, 퇴사한 뒤에도 그리 큰 굴곡이랄 건 없었다. 그래도 세상에 부대끼는 일이 쉽지는 않은지라 지치고 때로는 힘에 부치기도 했다. 가장(家長)으로서 그런 꼴사나운 모습을 들키지 않으려고 집안에서 괜한 트집을 잡거나 짜증낼 때가 있었다. 그런데 아내는 정말 좋은 일에는 늦어도 나쁜 일에는 귀신처럼 빨리 눈치를 챘다. 그리고 아무런 내색 없이 트집과 짜증을 받아주며 다 살뜰하게 집안을 챙겼다. 그게 문득 의리로 느껴지며 마음 든든하고 정이 깊어갔다.

청춘이여, 사랑 그거 별 거 아니다. 한때의 아름다움은 더더욱. 의리가 깊어져야 사랑이 지켜지는 거다. 사랑에는 마땅히 지켜야 할 도리가 있다. 몸이 아플 때 더 사랑해야 하듯, 곤경에 처했을 때 묵묵히 곁을 지켜주는 의리. 사랑이 식어가고 미워질 때, 등 돌리지 않고 마주 앉아 그의 눈동자를 지켜보는 의리. 다른 사랑에 마음이 흔들리고 버리고 싶을 때 그의 이름을 백 번쯤 큰소리로 부르며 콩깍지 씌었던 날의 얼굴을 떠올리는 의리. 그런 의리로 사랑하면 사는 건 정말 살 만한, 날마다 사는 게 행복한 날들로 이어지게 되리라.

# 희망을 잡고
# 한(恨)과는 이별하기

'한 맺힌'의 맺힌 마음은 그 문을 절반쯤 닫았다는 의미일 수 있습니다. 맺혀있다는 건 소통이 안 된다는 것이니까요. 그런 마음의 눈으로 세상을 바라보면 어떨까요. 아무래도 왜곡이 생기겠지요. 마음의 문이 좁아졌으니 무엇을 받아들이는 데에도 편협할 수밖에 없습니다.

한국인의 정서로 한(恨)을 드는 사람들이 많습니다. 사전은 '억울하고 원통한 일을 당해 응어리진 마음'이라고 정의하지만 다른 나라 말에서는 명확하게 일치하는 단어가 없으니 그 뜻이 모호한 면도 있습니다. 어쨌거나 옛 사람들 대부분은 '내 가슴에 한이 얼마데' '한을 다 풀지 못하면'과 같이 한을 마음에 품고 살았습니다. 요즘에는 나이 지긋한 어른들이 아니고는 주로 노랫말에서나 한을 듣고 입에 담습니다. 그처럼 그저 흥얼거릴 뿐 한이 무엇인지 제대로 인식하지 못하는 이들도 불쑥불쑥 진지하게, 때로는 거칠게 한을 입에 올리는 건 좀 난감합니다.

　한은, 품은 이에게는 우선 아픔입니다. 그럼에도 불구하고 한의 긍정적인 면은 결코 포기하지 않는 끈기를 준다는 것이지요. 억울해서건 원통해서건, 마음에 응어리가 질 정도면 어떤 고난 속에서도 쉽게 잊거나 내려놓을 수 없으니까요. 반만년쯤 된다는 우리 역사를 돌아보면 밖으로 안으로, 참 분통터질 일이 많았습니다. 그 숱한 외침(外侵)에도 끈질기게 버텨서 나라를 지켜온 저력도 한이 밑바탕이었을 겁니다. 그러니 한을 우리의 정서로 내세우는 것에 망설이지 않습니다. 하지만 이제는 생각을 다르게도 해볼 필요가 있을 것 같습니다.

　한의 본질은 무엇보다 미움과 복수입니다. 당했으니 증오하고 반드시 되돌려주겠다는 것이 일반적이기는 하지만, 그게 가슴에 사무쳐 한으로 자리 잡는다면 관용이나 포용보다는 경계와 배척의 마음이 먼저가 되겠지요. 앞에서 개방과 관용이 제국의 바탕이라고 말한 바 있습니다. 긍정의 힘을 말한 것이지요. 그런데 한은 부정의 자세가 되기 십상입니다.

　요즘 우리 사회가 겪고 있는 갈등과 대치를 돌아봅니다. 민주사회가 건실하려면 견제와 감시 기능이 살아있어야 합니다. 그래서 항상 양방의 제도를 만들지요. 그런데 마주보는 양방이라고 무조건 다퉈야 하는 건 아니지 않습니까. 한쪽이 개선과 발전을 위한 안을 내면 일단 긍정적으로 검토한 뒤, 미진하거나 잘못된 부분에 대해서는 수정을 제안하여 보다 나은 결론을 도출해야지요. 혹시 특정계층의 이익만을 위하거나 이치에 닿지 않는 방안을 내놓으면 잘못된 점을 지적해 수정이나 폐기를 요구하고, 또 상대는 받아들이거나 그렇지 않다는 것을 설득해야지요. 그런데 어떻습니까.

정치는 말할 것도 없고 사회 전반에서 어떤 현상이나 제안이 이슈화되면 상대는 일단 반대부터 하고 봅니다. 타협을 이룰 것같이 대화는 시작하지만 그 끝은 파행이기 일쑤고요. 가만히 지켜보면 애초부터 타협할 생각은 없었던, '올 오어 나씽'(all or nothing)의 버티기입니다. 그러니 상식이나 이치는 아무런 의미가 없는 것이지요. 사실 죽기 살기로 버티기 하는 그들도 속으로는 답답하고 부끄러울 겁니다. 그럼에도 그 억지에서 벗어나지 못하는 건 무슨 까닭일까요.

한의 유전인자라면 듣기에 거북하겠지요. 그럼 한의 긍정적인 부분에만 너무 치우쳐있는 건 아닐까요. '한 맺힌'의 맺힌 마음은 그 문을 절반쯤 닫았다는 의미일 수 있습니다. 맺혀있다는 건 소통이 안 된다는 것이니까요. 그런 마음의 눈으로 세상을 바라보면 어떨까요. 아무래도 왜곡이 생기겠지요. 마음의 문이 좁아졌으니 무엇을 받아들이는 데에도 편협할 수밖에 없습니다. 말은 저절로 거칠어질 테고요.

살다보면 억울한 일도 있겠지요. 그렇지만 이제는 세상이 많이 바뀌어 법률적, 사회적 구제수단이 어지간히 마련되어 있습니다. 생각해 보세요. 소위 '갑질'이라는 잘못된 행동이 어떤 파장을 일으켰는 지요. 혹여 분풀이가 덜 되고 약간의 손해가 남는 경우도 있겠지만 조금 양보할 수는 없을까요. 우리 사회의 대치와 갈등, 작은 것에도 한을 품고 조금도 손해 보지 않겠다는 오기 때문이라는 생각이 듭니 다. 나보다도 우리 후대들이 살아갈 앞날을 생각해서 이제 그만 희망 과 손잡고 한과는 이별하는 것이 어떨까요.

## 세월호가 보내온 선물

세월호가 우리에게 아주 큰 선물 하나를 주고 갔 는데 그게 뭔지 아느냐고 친구가 물었다. 그 슬픈 희생에서 선물 이라니 무슨 뚱딴지같은 소리냐고 타박했더니, '선생님을 우리 아이들에게 돌려줬다'는 것이었다.

'선생님을 부모로 삼고, 그 그림자조차 밟지 말라'는 말은 이미 아득한 이야기가 되었다. 부모도 친구 같은 아빠 엄마가 대세인 시대이니 선생님이라고 권위가 지켜질 리 없고, 바라지도 않을 것이다. 그러나 가르치는 사람이니 존경의 마음은 품어야 하고 질서를 위한 규제에는 따라야할 텐데 오히려 선생님을 조롱하고 위협하기까지 한다. 원인은 여러 가지겠지만 결국은 신뢰의 부재 때문일 것이다.

과연 선생님이 신뢰할 수 없는 존재일까. 학생이나 부모의 눈에는 그저 반드시 거쳐야 하는 과정의 학교 '교사'로서, 필요에 따라 사교육으로 얼마든지 대체할 수 있다고 여길지 모르겠다. 그러나 제자들을 앞에 두고 교단에 선 선생님의 기본적인 자세는 학생에 대한 무한책임이다. 그것은 선생님이 될 때까지의 교육과정에서 품성이 형성되기도 하지만, 가르치는 자리에 서면 그 자리의 무거움에 저절로 그리 되기도 하기 때문이다. 물론 이제는 이상(理想)이 되었을 뿐 일그러진 부분이 없지 않은 것도 사실이다. 하지만 어디서부터 어떻게 잘못되었는지는 모르지만 이상의 좌절은 자포자기나 왜곡으로 이끌기도 하기에 더욱 어긋나고 있는 것인지도 모른다. 그런데 세월호는 우리에게 선생님을 선생님으로 돌려주는 선물을 했다.

가장 절박한 순간이 다가오자, 우리가 믿지 못했던 그 선생님들은 단 한 사람도 예외 없이 본래의 선생님으로 돌아와 제자들을 지키려 목숨을 아끼지 않았다. 심지어는 피하려한 것은 아니었는데 구조를 당해(?) 피한 격이 되어버린 교감선생님은 기어이 스스로 목숨을 끊기까지 했다. 우리가 신뢰하지 못했던 그 분들이 무의식적으로 보여준 무한책임의 자세, 우리 사회에 선생님은 여전히 있었다는 증거 아니겠나.

선생님을 성적의 인도자로 내모는 제도부터 뜯어고쳐야 한다. 자식의 성적을 기준으로 선생님을 판단하는 부모의 자세도 바꿔야 한다, 학교는 공부할 수 있는 여건을 조성해 실마리를 터주는 곳이지 밥을 떠먹이듯 모든 것을 구겨 넣어주는 곳이 아니다. 인성을 가르쳐 사람다운 사람으로 만드는 것이 우선이지 성적으로 순위를 지어 줄을 세우는 곳도 아니다. 본디부터 공부란 선생님이 물꼬를 터주면 학생이 스스로 하는 것이다. 하다가 막혀서 고개를 돌리면 그때 열쇠 하나를 내주고, 저마다의 소질을 찾아 더 멀리 내다볼 수 있도록 양서(良書)를 안내해주는 것이 선생님의 역할이다. 그런 선생님에게 성적으로 순위를 세우도록 강요하니 원래의 품성을 잃어버리게 되는 것이다.

한참 동안 성적이 우열을 가르는 절대 기준이었다. 성적증명서와 시험 답안지가 당락을 결정지으니 제자의 앞날을 생각하는 선생님으로서는 거기에 매달릴 수밖에 없는 노릇이었다. 선생님은 같은 제자를 같은 교실 안에 두고 순위를 정해야 하고, 자식을 생각하는 부모는 그런 선생님을 해바라기할 수밖에 없는 난감한 구조가 조금씩 부작용과 원망을 낳았고, 그것들이 쌓이고 곪아서 교육의 장에 오늘의 어두운 그림자를 드리웠던 것이다.

그렇지만 이제 근본적인 변화의 기미가 보이기 시작하고 있다. 성적위주의 교육이 그 한계를 드러내고 있다는 것이다. 그에 의해 빚어진 인성 파괴, 융합과 다양한 변화에 적응하기 어려운 시험위주 교육의 한계는 바야흐로 중·고등학교 교육의 정상화를 필요로 하고 있다.

먼저 선생님이 앞장서 주기를 바란다. 세월호가 선물해준 선생님의 신뢰를 지켜가는 일이다. 먼저는, 어떻게 왜 시작되었는지 모르지만 분노와 한을 내려놓는 일이다. 선생님은 제자에게 부정이 아니라 긍정을 가르쳐야 한다. 미움이 아니라 사랑을 마음에 심어줘야 한다. 미래와 희망으로 꿈을 키워줘야 한다. 편협함과 오기에서 벗어나는 자기 절제와 희생의 자세에서 시작될 수 있을 것이다. 학생과 학부모는 선생님에 대한 신뢰의 마음을 되찾는 것으로 발걸음을 맞춰야 할 일이다.

## 더는 한을 잇지 않는 제도

존경받는 원로 정치인이 이런 말을 들려줬다. '사흘 굶어 담 넘지 않을 사람 별로 없는데 생계형 범죄가 가장 중하게 처벌받는 건 여전히 굴곡진 우리 사회의 단면이다'

물론 절도, 강도 등의 범죄를 저지르는 사람 중에는 절박한 처지보다 향락을 위해, 힘들이지 않고 보다 쉽게 살아가기 위해 남의 생명과 신체에 위해를 가하고 재산을 탈취하는 자들도 있다. 설령 그렇지 않고 아주 절박한 목전의 어떤 사정이 있었더라도 남의 것을 탐하는 행위는 분명 범죄이고, 양심과 도덕에도 반한다.

그러나 우리는 범죄에 분노를 느끼면서도 때로 동정의 눈물을 짓는 경우도 있다. 소년 가장이 어린 동생이나 조부모의 급박하고 절박한 사정 때문에 남의 물건에 손을 대었을 때, 목숨이 경각에 달린 자식의 수술비 마련을 위해 부모가 그야말로 눈이 뒤집어져 범죄를 저질렀을 때와 같은 경우이다. 이제 우리 사회는 그같은 경우의 선처에는 대부분 동의하는 사회적 성숙은 이루었다.

그렇지만 설령 나쁜 범죄적 습성에 기인했다 할지라도 사소한 절도 등의 범죄에 대한 사법규정이나 처리는 엄격하기 이를 데 없다. 대부분 구속해서 실형을 살게 한다. 당연한 일일 수 있지만 그들의 입장에서는 너무 가혹하다는 생각이 들고, 그로 인해 반사회성이 더욱 커지고 체화될 수 있다는 것도 생각해볼 일이다.

과거 형벌의 목적은 그의 행위에 대한 책임과 피해에 대한 복수에 주안을 둔. '눈에는 눈, 이에는 이'라는 응보(應報)가 우선이었다. 그러나 현대에 들어서는 반성하고, 범죄적 습성을 탈피하여 사회의 복귀를 유도하는 교화(敎化)가 주된 목적이다. 그래서 형이 확정된 수형자에게는 기술교육 등 사회복귀를 돕는 각종 프로그램을 마련해 시행하고 있다. 그런데 문제는 실수에 가까운 사소한 범죄라도 일단 구속되고 형을 살게 되면 '전과자'에 대한 선입견으로 사회복귀에 상당한 제한을 받는다는 것이다. 그러니 재범의 유혹에 쉽게 빠져드는 악순환의 구조가 된다. 더군다나 사회지도층의 엄청난 액수의 부정비리에는 상대적으로 관대한 처벌이 내려지기 일쑤이니, 그들은 죄를 반복하면서도 죄의식마저 약해지게 된다.

복잡하고 쉽지 않은 문제인데 이야기를 꺼낸 데는 다른 특별한 까닭이 있다. 바로 청소년 범죄의 문제이다. 과거에도 그랬지만 앞으로도 '전과자'에 대한 편견은 쉽게 사라지지 않을 것이 분명하다. 그런데 청소년 범죄는 날이 갈수록 증가하고 있고, 그들의 재범률 또한 상당히 높다. 즉 청소년기의 실수 한 번이 평생토록 범죄자의 길로 이어지게 된다는 것이다.

흔한 말로 '질풍노도의 시기', 아직 제대로 이성이 여물지 않은 불안한 청소년들에게 현대사회의 특질이 가하는 중압감은 이전과는 비교할 바가 아니다. 성적에 대한 강요, 한번 뒤처지면 다시 따라잡기 힘든 구조, 미숙한 감성을 자극하려는 기업의 브랜드 비교 상술, 눈만 돌리면 마주치는 말초적 문화……. 범죄적 유인에 무방비로 노출된 그들 청소년에게 오직 책임만 물어서는 미래가 너무 어둡지 않은가 싶다.

무엇보다 중요한 것은 범죄의 유혹에 빠지지 않도록 예방하는 것이지만, 이미 범죄를 저지른 경우에도 일반적 사법제도로만 대처해서는 안 될 일이다. 그들이 아직 성숙되지 않았다는 점을 고려하면, 무작정 처벌하지 말자는 것이 아니라 죄의 질에 따라 형의 부과는 불가피하지만 철저하게 교화 위주의 형이 되어야 한다는 것이다. 또한 청소년기 한두 번 범죄에 대한 처벌의 전과는 이후 범죄적 성향을 판단하는 자료로 쓸 것이 아니라 성인이 되면 과감히 말소해 '전과'라는 멍에에서 자유롭게 해주는 것도 고려해볼 일이라는 생각이다.

어른이 되어 과거를 되돌아보면 누구나 자신의 치기가 과오였음을 깊이 깨닫는다. 그때 과오의 멍에가 사법적 자료로서 억누르고 있는 것과 그렇지 않은 경우의 희망은 천지차이가 될 것이다. 엄격한 제도의 틀에 묶여 한의 고리를 끊지 못하게 하는 여러 문제를 진지하게 고민할 사회적 성숙도는 이미 갖춰지지 않았나 생각된다.

# 저녁과
## 웃음이 있는 가정

저는 아직도 하고 싶은 일이 많습니다. 이루고 싶은 것도 있고요, 그런데 반드시 지켜야 할 가장 소중한 첫 번째는 가족과 가정입니다, 누구나 그럴 테지요. 하고 싶은 것, 이루고 싶은 것도 결국은 각자의 가족과 가정을 위해서일 테니까요.

　나이 마흔을 넘어 늦둥이를 보았습니다. 기쁘고, 새롭고, 새삼스레 신기하기까지 했습니다. 먼저 태어난 두 녀석들이 조금 서운하게 여길지는 모르겠습니다만 마치 하늘에서 내려준 가장 특별한 보석 같더군요. 밖에 나가서 일을 할 때도 늦둥이가 눈에서 멀어지지 않았지요. 일이 끝나면 집으로 달려가기 바빴습니다. 친구들에게 '애 바보'가 되었다고 놀림을 당하기는 했지만 행복했습니다. 저녁이 있는 삶이 이런 것이겠구나 알았고 저절로 그리 되더군요, 늦둥이를 보고서 어떻게 인상을 찌푸리고 화를 낼수 있겠습니까. 집에만 들어오면 그저 웃기만 했지요, 뒤늦었지만 아내에게 고맙다는 인사를 보냅니다.

저는 아직도 하고 싶은 일이 많습니다. 이루고 싶은 것도 있고요, 그런데 반드시 지켜야 할 가장 소중한 첫 번째는 가족과 가정입니다, 누구나 그럴 테지요. 하고 싶은 것, 이루고 싶은 것도 결국은 각자의 가족과 가정을 위해서일 테니까요.

사실 살다가보면 모든 것이 귀찮고 무의미하게 여겨질 때도 있습니다. 심지어는 너무 힘들어 목숨을 버릴 생각까지 하는 사람들도 있고요. 그렇지만 대부분 막다른 길목까지 가지 않는 것은 지켜야할 것이 있기 때문일 겁니다. 그때의 지킨다는 것은 자신을 위한 동기가 아니라 가족에 대한 책임이지요. 그리고 그 책임은 조금이라도 감당하면 그만큼 행복해집니다. 그 행복에 무거운 책임을 스스로 만들어 지려하는 것이겠지요.

행복해지고 싶어서 무엇이 행복인지를 생각하게 됩니다. 많은 돈, 대단한 명예…… 뭐 그런 것들도 사람을 행복하게 하겠지요. 그렇지만 가족의 웃음보다 더 한 행복은 없는 것 같습니다. 그래서 가족의 웃음을 지키는 데는 무엇이 가장 우선일까 생각해보니 안전이더군요.

지난 해, 다시 떠올리고 싶지 않은 너무도 엄청난 사고가 있었습니다. 우리 모두는 자신의 일이 아니어도 몸서리치고 마음 아파했습니다. 올해는 메르스라는 느닷없는 불청객이 우리를 불안에 떨게 했고요. 그처럼 큰 사고들이 아니어도 여기저기서 불거지는 각종 사건과 사고는 항상 우리의 행복을 위협합니다. 사람이 살아가는 데 불가피한 일이기는 합니다만 예방과 피해의 최소화가 절실합니다. 나라에서 최우선으로 삼아야 할 과제입니다.

## 국민안전,
## 히딩크의 기적에 답이 있다

사건과 사고를 완전히 예방하기란 불가능한 노릇이다. 특히 사고는 자연재해를 비롯해 예측 불가능한 원인으로, 갑작스레 닥치는 경우가 많아 더욱 그렇다. 특히 개별적인 경우가 대부분인 사건에 비해, 사고는 불특정다수 누구나가 대상이 되어 자칫 대형 참사로 이어지는 경우가 허다하다. 그래서 뜻하지 않은 대형 사고나 재난이 발생하면 반드시 정부에 대한 비난이 뒤따른다.

우리 정부는 지난해 대형 해난사고를 겪은 후 국민안전처를 신설해 국가안전에 관한 기능을 통합했다. 그러나 얼마 전 발생한 메르스 사태에 대한 대처는 안심은커녕 국민을 화나게 했다.

국민안전처는 대형 사고나 재난에 대해서는 모든 국가기관의 기능을 통할할 수 있어야 한다. 각종 대형사고 및 재난은 정부의 다양한 부처가 연관되는 것이 일반적이다. 그런데 문제는 연관된 각 부처가 저마다의 목소리를 내고, 심한 경우 부처이기주의에 집착하여 대처에 차질을 빚기도 한다는 것이다.

상징적인 사진 한 장이 생각난다. 지난 2011년 파키스탄 한 지역에서 미국 해군특전대가 알 카에다의 오사마 빈 라덴 사살작전을 펼칠 때 백악관 상황실 모습을 담은 그것이다. 사진을 보면 가장 상석에는 마셜 B. 웹 연합특수전 부사령관이 앉아 노트북을 펼친 채 작전을 지휘하고 있고 오바마 대통령을 비롯한 바이든 부통령, 힐러리 국무장관, 로버트 국방장관 등 국가수뇌부 모두는 마셜 주위에 앉거나 서서 입을 다문 채 상황실 모니터를 주시하고 있다. 당시 마셜의 계급은 준장이었다. 일개 준장이지만 작전을 지휘하는 실제 책임자이기에 대통령마저 상석을 내준 채 그 옆에 쪼그리듯 앉아 말 한마디 거들지 않는 자세. 그것이 세계 최강국 미국의 위기 상황 대처 방식이다.

국가안보와 관련된 중요한 사태가 발생하면 청와대 국가안보실의 지휘에 국방부, 국가정보원, 외교부, 안전행정부, 합동참모본부 등이 따라야 한다. 군사작전을 수행하는 과정에서는 합동참모본부의 작전 지휘권에 설령 상급부서라 하더라도 수시로 '밥 놓아라, 배 놓아라' 식의 간섭을 해서는 안 되는 일이다. 마찬가지로 대형 해난사고나 자연재해, 전염병 우려 등의 재난이 발생하면 국민안전처가 관련부서를 일사분란하게 통제하고 각 부서는 그에 따라 최대한 신속하게 수습함으로써 피해를 최소화해야 한다. 그러기 위해서 국민안전처를 만든 것이다.

아직은 초창기이니 혼란이 있을 수 있다. 그러나 한 번의 혼란으로 그쳐야지 더는 안 된다. 이번 메르스 사태를 계기로 국민안전처를 점검하여 그 기능이 제대로 발휘될 수 있도록 대비에 만전을 기해야 한다. 그를 위해서는 무엇보다 히딩크의 정신을 가진 장관과 히딩크를 믿고 따른 스태프와 선수가 필요하다. 스태프는 각종 사고와 재난에 직간접으로 관련 있는 각 부서일 것이고, 선수는 해당 분야 전문가들일 것이다.

사고와 재난에는 반드시 과학적이고 기술적인 대처가 요구된다. 그래서 각종 사고와 재난에는 해당 전문가가 선수로 나서서 제대로 역량을 펼칠 수 있는 체계를 구축해야 하는 것이다. 필요하다면 전문가가 지휘를 총괄하고 장관과 다른 스태프들은 그를 지원하는 방식까지 고려해야 한다. 그것을 위해서 국민안전처 장관은 미리부터 여러 재난을 염두에 두어 관련 전문가군을 확보하고, 관련 부처와 협의하여 만일의 사태에 대비한 구체적인 체계를 구축할 수 있는 인물이어야 한다. 물론 스태프가 되는 관련 부처를 무난히 컨트롤할 수 있는 정치적 화합력도 있어야 할 것이다.

보다 더 중요한 것은 국민이다. 우리는 지난 2002년 월드컵에서 4강이라는 기적을 생생하게 목격하고 환호한 적이 있었다. 그리고 우리는 히딩크의 정신을 입이 닳도록 이야기했다. 그렇지만 히딩크와 우리 선수들이 일군 기적에는 초기의 실패와 불안함에도 묵묵히 지켜보고 기다려준 국민들의 힘이 가장 컸다. 마찬가지, 상상하지 못한 대형재해의 뒤끝에 이제 막 출범한 국민안전처의 한 번의 실패를 탓하고 불신하기 보다는 문제를 제기하고 성원하며 지켜보는 자세가 필요한 때이다.

아무쪼록 더 이상은 재난에 휘둘려 국민 전체가 불안에 떠는 일은 없기를 간절히 소망한다. 다시 한 번 강조하지만 잊지 말아야 할 것은 히딩크와 같은 전문가의 역량이다.

## 정의심과 측은지심으로 서로를 지키는 사회

우리나라는 세계에서 가장 안전한 치안을 자랑하는 나라 중의 하나이다. 그럼에도 두 딸을 둔 아비의 입장에서는 밤이 되면 걱정을 거둘 수가 없다. 비단 딸들뿐일까. 어린자녀를 둔 부모는 물론 연세 높은 부모를 모시는 자식들도 나름대로 불안감을 가지고 있는 것이 현실이다. 그런 국민 불안을 줄이기 위해 경찰 등 공권력이 불철주야 애를 쓰고는 있지만 '열 포졸 도둑 하나 못 막는다'는 속담처럼 완벽한 치안은 쉽지 않은 일이다.

치안 대책으로 쉽게는 공권력 강화를 말한다. 범죄 예방을 위한 사전적 금지와 제한의 폭을 넓히고, 범죄현장에서는 강력한 진압을 허용하는 방안 말이다. 그렇지만 사전적 금지와 제한은 여차 국민의 기본권을 침해할 가능성이 높아 그 허용이 쉽지 않고, 오히려 자유권이 확대되는 추세이니 딜레마에 봉착한다. 범죄현장에서의 강력한 진압도 생각처럼 쉽지만은 않다. 총기소지가 허용되는 미국의 사례에서 보듯 범죄 진압수단이 강력하면 항거 역시 거칠어지는 것이 일반적임으로 오히려 사회불안이 가중될 우려가 있기 때문이다.

사람은 누구나 불의를 보면 분노하는 정의심(正義心)과 가엾은 사람을 마주하면 느끼는 측은지심(惻隱之心)을 가지고 있다. 그래서 예전에는 약한 여자가 길에서 봉변을 당하면 그녀와 아무런 인연이 없음에도 사내들이 나서 보호하려 했고, 이웃집에 불이나면 먼저 양동이에나마 물을 담아 불을 끄려 나섰다. 길에 혼자서 울고 있는 아이가 있으면 집을 물어 귀가를 도와주거나 파출소에라도 데려다놓아 미아가 되지 않도록 마음을 썼다. 그러나 요즘에는 그런 정의와 측은지심을 섣불리 실행하기가 어렵다. 사람들은 쉽게 이기주의가 만연해 남의 일에 무관심해진 것이라 말하지만 반드시 그 때문만은 아니다.

봉변당하는 여자를 도와주는 과정에서 상대에게 약간의 상해라도 입히게 되면 폭력사범으로 입건되기 십상이고, 길 잃은 아이를 돕는다는 것이 범죄의 의심을 받게 되는 경우도 있다. 선의로 나섰다가 생각지 않은 피해를 입거나, 최소한 몇 시간 진술이나 증언은 다반사이니 남의 일에는 점점 외면하게 되는 것이다. 심지어는 경찰관의 범죄 진압행위도 여차하면 과잉으로 비난받고 징계에 처해지기도 하니 망설이고 조심하다가 범인을 놓치기도 하고, 상해를 입거나 목숨을 잃는 경우까지 있다.

사람은 누구나 자신이나 타인의 눈앞에 닥친 현재의 위험이나 손해를 회피하기 위한 정당한 방어의 권리가 있다. 이는 흔히 말하는 '사적 복수'나 '사적 구제'와는 다른 천부적 권리인 '정당방위'로서, 그로 인해 야기되는 위법적 결과는 처벌할 수 없다고 형법에 명시하고 있다. 또한 법률상, 업무상, 또는 사회상규(社會常規)에 위배되지 않는 행위 역시 '정당행위'로서 처벌하지 않는다고 법은 분명히 규정하고 있다. 그러나 우리 법 기관은 지금까지 정당방위나 정당행위의 수단과 한계를 지나치게 엄격하게 해석하여 피해를 감수하면 했지 적극적 방어나 도움에 나설 수 없도록 억제했다.

쉽게 말하자면, 하굣길 골목에서 내 아이가 아니더라도 누군가가 불량한 학생들에게 괴롭힘을 당하고 돈을 빼앗기고 있다면, 어른으로 나서 꾸짖고 타이르며 힘 약한 학생을 피해 없이 귀가하도록 도울 수 있어야 한다는 것이다. 또한 그 과정에서 혹여 불량학생들이 폭력을 휘두르기라도 한다면 그것을 제압하기 위한 일정한 강압도 허용되어 위법행위로 처벌받지 않아야 한다. 경찰관의 진압행위 역시 예를 들어 강력범인이 흉기를 휘두르고 있다면 그보다 더 강력한 무기로 제압할 수 있어야 하고, 그 과정에서 빚어지는 범인의 피해를 섣불리 과잉으로 몰아 비난하거나 책임을 묻지 않아야 한다.

우발적이든 계획적이든 대부분의 범죄는 공권력을 눈앞에 두고 벌어지지는 않는다. 그렇기에 공권력이 진압에 나섰을 때는 이미 범죄가 완료 되었거나 진행 중으로 피해가 발생하는 것이 보통이다. 피해의 구제는 2차적이고, 국민의 불안은 피해 그 자체에 있다. 그래서 국민의 불안은 공권력과 함께 대다수 선량한 사람의 정의감과 측은지심이 한 축을 담당할 수 있어야 한다.

어린 아이 모두를 내 자식같이 여기고, 어르신 모두를 내 부모처럼 공경하며, 스치는 사람 모두는 가까운 이웃으로 생각해 서로가 서로를 보살피고 지켜줄 수 있는 건강한 사회로 불안을 씻을 수 있기를 간절히 바란다.

## 아내와 엄마, 연인의 웃음에서 찾는 행복

어린 시절 집안 형편은 어려웠어도 불행하다는 생각을 한 적은 없었다. 아버지의 보살핌과 형제간의 우애도 그랬지만 무엇보다 어머니의 사랑이 있었기 때문이다. 어머니는 언제나 자식들의 마음을 들여다보고 있는 듯 무엇을 바라는지 알아서 채워주셨다. 배가 고플 때는 감자 한 알이라도 건네주셔서 요기를 할 수 있게 했고, 몸이 아픈 듯 보이면 '내 손이 약손'을 노랫가락처럼 부르며 아랫배를 문질러 주거나 이마에 물수건을 올려주셨다. 돈이 들어가는 것이어서 해주지 못하는 경우에는 조곤조곤 낮은 음성으로 달래서 위로해주셨다. 그래서 불편해도 불행하다는 생각이 들지는 않았지만 가끔 어머니의 얼굴에 슬픔이 깃들 때는 덩달아 슬프거나 불안했다. 성장해서 가정을 꾸리고 자식을 낳아 보니 비로소 알게 된다. 가정의 행복은 엄마의 얼굴에 번진 웃음에서 비롯된다는 것을.

사회도 다르지 않은 듯싶다. 아무리 경제적 성과를 거두어 풍요를 누려도 여성의 얼굴에 밝은 웃음이 번지지 않으면 세상에 행복이라는 말이 전파되지 않는다. 어쩌면 지난 근대화의 그 빛나는 성과에도 우리 사회에서 거두어지지 않았던 우울함과 불만의 실체가 그것이었는지도 모른다.

여성의 바람은 모두 같은 하나가 아니다. 어떤 이는 평온한 가정의 아내와 엄마이기를 원하고, 어떤 이는 인간으로서의 성장과 결실에서 행복을 느끼기도 한다. 전자의 경우에는 결국 자녀와 미래가 중요한 관건이 될 텐데 그에 대해서는 앞 장에서 간략하게나마 다뤘으니 접어두고, 후자의 경우를 살펴본다.

성평등의 문제는 어제 오늘의 화두가 아니지만 여전히 사회적 갈등과 불만의 요소가 되고 있다. 출신의 배경이 아니더라도 특별한 능력으로 발군의 성과를 거두는 일부 여성층을 제외하고는 여성이 사회적 경쟁에서 드러나지 않는 차별을 겪는다는 사실은 부인할 수 없기 때문이다. 근본적 해소방법을 고민하지 않는 사람은 없겠지만 명쾌한 답은 나오지 않는다. 정치권이나 행정부, 기업 등에서 고위직에 대한 비율적 배분 등의 여러 방안이 거론되지만 그 또한 특별한 능력으로 주목받는 여성이 대상이지 보편적 성평등의 대책은 되지 못한다. 솔직해져야 할 필요가 있다. 그에 앞서 먼저 중국의 사례를 보자.

세계적으로 중국만큼 여성의 사회적 활동이 보장된 나라는 없다고들 한다. 그렇지만 시작은 여성 노동력의 활용, 혹은 착취가 목적이었음을 간과해서는 안 된다. 전쟁이 끝나고 공산중국 건설에 성공한 마오쩌둥은 국가재건에 부족한 노동력을 여성으로 충당하기 위해 여성평등을 슬로건으로 내세웠다. 가정에서의 해방을 위해 '밥 공장'까지 만들어 모든 인민이 공동의 식사를 하며 평등하게(?) 노동했다. 그래서 지금도 중국 여성의 취업률은 세계 최상위이고 사회적 위상도(?) 높아 길거리에서 남편의 뺨을 후려치는 경우도 심심치 않게 목격된다. 그렇지만 과연 그녀들은 자신의 삶이 행복하다고 말할까.

일부 상류층(물론 인구에 대비한 상류층의 숫자가 워낙 많기는 하지만)을 제외한 중국 여성 대부분은 삶의 고달픔을 호소한다. 맞벌이를 하지 않으면 도저히 생활을 꾸려갈 수 없기 때문이다. 그것은 중국의 임금수준과 생활비를 비교해보면 금방 고개를 끄덕일 수 있다. 좀 이상하지 않은가. 그만한 경제적 성과에 여전히 우리의 절반에도 미치지 못하는 평균적 임금 수준이. 기업인에게 물어보니 금방 답이 나왔다. 고용숫자가 많으니 임금을 높여줄 수가 없는 것이라고. 절반으로 줄이면 임금을 배로 올려줄 수는 있으나, 생산성의 문제도 있지만 그랬다가는 사회적으로 엄청난 파장이 일게 될 것이라고. 그로 인해 빚어지는 자녀교육 문제 등을 생각하면 어쩌면 악순환의 고리라는 생각이 들기도 한다.

　우리는 노동력의 수뿐 아니라 생산성 면에서도 중국과는 완전히 다른 경우이다. 특히 여성만의 특별한 창의력은 우리 경제의 미래를 위해서도 더욱 발굴하고 활용되어야하는 실정이다. 그렇지만 그것만을 위해 가정의 행복이 허물어지고 사회적 갈등이 초래된다면 아무리 성장하고 결실을 거두었다 할지라도 결코 행복한 사회가 되지는 못할 것임을 먼저 생각해야 하지 않겠는가.

　여성의 사회적 활동은 보장하고 확대하지만 손학규 전 의원이 말한 '저녁이 있는 삶'을 위한 특별한 배려를 진지하게 고려해보는 것은 어떨까 싶다. 그것은 여성이기에 누리는 특혜가 아니라 가정과 우리 모두의 행복을 위한 사회적 기반일 수도 있으니 말이다.

　모두가 치열한 경쟁에만 나서는 사회는 결코 행복을 만들 수 없다. 해가 떠 있는 동안은 부지런히 일하고, 해가 지면 가족이나 벗과 함께 둘러앉아 도란도란 이야기를 나누며 행복에 젖어드는 것이 인간 본래의 삶이 아니었던가. 성공도, 결실도, 결국은 행복이 최종 목표임을 망각한 오늘, 아내와 엄마와 연인의 얼굴에 번지던 그 웃음을 떠올려보았으면 한다.

# 에필로그

우리 정치가 큰 눈으로 세상을 바라보았으면 좋겠습니다. 조금 더 멀리, 넓게 보면 큰 정치가 나올 수 있을 것이기에 말입니다. 국민만을 생각하는 정치였으면 좋겠습니다. 모두가 국민을 내세우지만 자신과 자신들의 이익을 감춰두었다는 생각이 수시로 듭니다. 따뜻한 정치가 그립습니다.

이 책은 우리 사회와 아이들을 걱정하는 지인들과 차를 마시거나 밥을 먹으며 편안하게 나누었던 이야기들입니다. 대형 사고가 발생하거나, 이런저런 세상일들이 답답할 때는 목소리를 높이며 통분하기도 했고, 따뜻하고 희망이 보이는 일이 있을 때는 신이 나서 더 좋은 세상을 만들자고 머리를 맞댔지요.

몇 해 전에는 〈포항의 눈으로 미래를 봅니다〉라는 제목의 책을 낸 적이 있습니다. 저의 생각과 꿈을 담기도 했지만 제 짧은 인생을 고백하는 내용이 더 많았습니다. 그런 저의 이야기가 아닌, 많은 사람들이 세상을 바라보는 마음의 이야기를 함께 나누어보고 싶었습니다.

자식의 앞날을 위해 자신의 인생을 다 바치는 어머니, 가장이라는 어깨의 짐만 해도 무거운데 세상을 짊어지는 일에도 한쪽 어깨를 내놓으려는 아버지, 부모님의 자랑스러운 자식이며 자신의 삶에 당당한 주인공이고 싶은 청춘. 따져보면 모두 같은 목표를 향한 희망입니다. 그럼에도 어느 순간에는 바로 곁에 두고서도 서로를 잊거나 잃어버린 채 외로움에 아파합니다. 마음대로 뜻대로 되지 않으니 그런 거지요.

이 길이 아니다 싶은데도 갈 수밖에 없는 길을 가고 있지는 않은지요. 삶에서 기쁨과 행복이 가까이 느껴지지 않은 것은 그 때문일 겁니다. 압니다. 혼자서만 다른 길을 간다는 건 너무 불안하고 두려운 일이니까요. 너무 답답하고 안타까워, 마음을 터놓고 '내일은 희망'이 있는 길을 찾아보자는 마음에서 글을 썼습니다.

'내일'과 '희망'을 생각해 보자면서 정치 이야기를 꺼내기는 정말 싫었습니다. 그런데 뭔가 잘못되고 있는 것이 분명한 사회 현상의 밑바탕도, 바로 잡을 길도 결국 정치인 듯싶습니다. 그래서 짧게 한 단락만 덧붙이겠습니다.

우리 정치가 큰 눈으로 세상을 바라보면 좋겠습니다. 조금 더 멀리, 넓게 보면 큰 정치가 나올 수 있을 것이기에 말입니다. 국민만을 생각하는 정치이면 좋겠습니다. 모두가 국민을 내세우지만 자신과 자신들의 이익을 감춰두고 있다는 생각이 수시로 듭니다. 따뜻한 정치가 그립습니다. 아픈 사람의 상처를 어루만져주고, 나란히 앉아 낮은 목소리로 편안하게 어려움을 털어놓게 할 수 있는 손과 귀를 가진 정치인이 보고 싶습니다.

부족한 글 읽어주셔서 진심으로 고맙습니다. 서툰 솜씨로 쓴 글을 다듬느라 애쓴 편집 관계자들에게도 감사의 말씀을 드립니다.

2015년 11월
영일만 언저리에서
김순견